MOI PIERRE LEROY,
PROPHÈTE, MARTYR
ET UN PEU FÊLÉ DU CHAUDRON
DE VICTOR-LÉVY BEAULIEU
EST LE CENT VINGT-CINQUIÈME OUVRAGE
PUBLIÉ CHEZ
VLB ÉDITEUR.

DU MÊME AUTEUR

La vraie saga des Beauchemin

1. Race de monde
2. Satan Belhumeur
3. Jos Connaissant
4. Les grands-pères
5. Don Quichotte de la démanche
6. Stéven le Hérault (en préparation)
7. Le sorcier de Longue-Pointe (en préparation)
8. La grande tribu (en préparation)
9. Bibi (en préparation)
10. Le clan ultime (en préparation)

Les voyageries

1. Blanche forcée
2. N'évoque plus que le désenchantement de ta ténèbre, mon si pauvre Abel
3. Sagamo Job J
4. Monsieur Melville
    1. Dans les aveilles de Moby Dick
    2. Lorsque souffle Moby Dick
    3. L'après Moby Dick ou la souveraine poésie
5. Una
6. Discours de Samm (à paraître)

Autres romans

La nuitte de Malcomm Hudd
Un rêve québécois
Oh Miami, Miami, Miami
L'Irlande trop tôt (à paraître)

Théâtre

En attendant Trudot
Ma Corriveau
La tête de Monsieur Ferron
Cérémonial pour l'assassinat d'un ministre
Monsieur Zéro
Votre fille Peuplesse par inadvertance (à paraître)
In terra aliena (à paraître)

Essais

Pour saluer Victor Hugo
Jack Kérouac
Manuel de la petite littérature du Québec
Le livre des passions ouvertes (en préparation)

Victor-Lévy Beaulieu
Moi Pierre Leroy, prophète, martyr et un peu fêlé du chaudron plagiaire

vlb éditeur

VLB ÉDITEUR
2016 est Sherbrooke
Montréal
H2K 1B9
Tél. : 524-2019

Maquette de la couverture :
Mario Leclerc

Illustration de la couverture :
Archimboldo

Distribution en librairies
et en tabagies :
AGENCE DE DISTRIBUTION POPULAIRE
955 rue Amherst
Montréal
H2L 3K4
Tél. : à Montréal — 523-1182
      de l'extérieur — 1-800-361-6894
                       1-800-361-4806

© VLB ÉDITEUR & Victor-Lévy Beaulieu, 1982
Dépôt légal — 4e trimestre 1982
Bibliothèque nationale du Québec
ISBN 2-89005-153-6

à André Hamelin, pour la
beauté de l'amitié

— *Je ne suis jamais devenu écrivain. Je ne suis devenu* ni *romancier* ni *poète, et quant aux essais, de toute ma vie, je n'ai écrit qu'un seul et unique essai. Savez-vous ce que c'était ?*
— *Non, qu'est-ce que c'était ?*
— *Un truc pour le* Saturday Evening Post. *Une petite anecdote que je leur ai envoyée, une anecdote inspirée par des vacances que ma femme et moi nous étions offertes au Québec. Aucun intérêt. Mais ça m'a rapporté deux cents dollars, et plusieurs jours durant, j'ai été l'écrivain le plus heureux d'Amérique.*

WILLIAM STYRON
LE CHOIX DE SOPHIE

Introduction

La langue française, bien qu'elle soit une langue très pauvre, connaît le mot plagiaire, *quoiqu'elle n'en donne, selon le Robert, que les sens suivants : 1) est plagiaire celui qui vole les esclaves des autres ; 2) est plagiaire la personne qui pille ou démarque les ouvrages des auteurs. Nulle mention de ce mot, ni dans le Robert ni dans le Larousse, pour une œuvre issue de tout ce qui, dans les lignes d'icelle, est emprunté aux autres. Bien sûr, il y a le plagiat, mais que voilà un mot restrictif puisque, selon Giraudoux lui-même, qui savait de quoi il parlait, « le plagiat est la base de toutes les littératures, excepté de la première, qui d'ailleurs est inconnue » — ce qui revient à dire que pour* Moi Pierre Leroy..., *tout cela ne peut m'être de grand secours, surtout si je songe au fait qu'il me faut justifier l'appellation contrôlée que je lui ai donnée, c'est-à-dire celle d'être un plagiaire.*

Voyons donc d'abord où m'est venue l'idée de tout cela. C'était à l'époque où Jacques Ferron, qui savait pourtant que je ne comprenais rien à tout ce qu'il me racontait, s'amusait quand même à me prêter quelques-uns des livres les plus étranges de son impressionnante bibliothèque, me refilant coup sur coup La petite Annette de Saint-Jude, Essai philosophique sur les Américains, Vie de Monseigneur Turquetil *et, pour finir, cet ouvrage intitulé* La fin de l'énigme *par un dénom-*

mé Pierre Leroy.

Comme de bien entendu, à les lire je n'y compris pas grand-chose puisque de la littérature, tout ce que je connais, c'est l'émotion qui m'y porte et m'y déporte, me forçant, dans la schizophrénie, à ajouter mes mots (ou ceux qui se prétendent tels) à ceux des autres. Je n'ai jamais rien inventé, sauf la maladie d'écrire en moi. Je n'ai jamais rien imaginé non plus, sauf la maladie de vivre en moi, qui me vient de tout ce qui est né avant et que l'on retrouve, anonyme, sous les petites croix blanches de n'importe quel cimetière.

Aussi, faut-il bien que je le dise, la lecture de La fin de l'énigme *m'a bouleversé. Pouvait-il en être autrement, puisque je suis bon public, capable de pleurer aux mélodrames que vivent les personnages de* Terre humaine, *tout autant qu'à ceux du Québec d'hier et de maintenant conçu comme un interminable feuilleton, où le burlesque et l'opéra-bouffe se côtoient avec tant de naturel et de complaisance que de seulement en avoir la conscience, c'est déjà devenir hystérique, ce qui, me semble-t-il, est la forme la moins déshonnête de chercher à être banalement historique.*

Quoi qu'il en soit, toujours est-il que je me mis à lire La fin de l'énigme *de Pierre Leroy, ouvrage publié à compte d'auteur, à Bordeaux, vers la fin des années 1880. Et savez-vous de quoi il était question dans ce livre? De l'autobiographie du dénommé Pierre Leroy, né en Vendée et sujet, à douze ans, d'une révélation divine qui le voulait voir devenir missionnaire pour se faire casser la tête chez les barbares de Chine. Jusque-là, rien de très particulier, notre petite littérature, plus nombreuse que le nombre, ayant parlé de cet épiphénomène. Là où, toutefois, les choses se corsent, c'est dans l'après, quand Pierre Leroy, pour n'être pas devenu prêtre, se fit zouave, puis trappiste, avant de se prendre de passion pour l'enseignement qui le força, au début des années 1870, à venir s'établir au Québec, propagandiste d'une réforme de l'éducation qui, bien accueillie d'abord, devait se retourner contre lui, le faire capoter et le domper, pieds et poings liés, dans l'enfer du mysticisme, ce qui est bien le meilleur départ que l'on puisse faire pour atteindre à la stature de héros, ce dont notre pays a toujours manqué et manque encore.*

Voilà donc d'abord pourquoi je me suis intéressé à Pierre Leroy. Et voilà aussi ensuite pourquoi, parce qu'éperonné par André Hamelin de La vie quotidienne *à Radio-Canada, j'ai écrit ce livre, sans trop savoir ce qu'il me fallait en faire. Un temps, j'ai songé à imiter les éditeurs français quand ils ressuscitent ce qu'ils appellent* les monstres du passé, *qu'ils publient in extenso, avec tout un appareillage de notes, de présentations et d'introductions. Mais l'hystérie du romancier s'est réveillée en moi, de sorte que je n'ai pas tenu le coup, et cela d'autant moins que peu connaissant de la fin du dix-neuvième siècle québécois, il m'apparut bientôt qu'à moins de confier tout cela à un historien, il n'y avait pas beaucoup de chance que je ne m'en sorte. Mais qu'est-ce donc que l'histoire racontée par un historien? Rien de plus qu'une création littéraire, géniale quand on s'appelle Jules Michelet mais carrément insupportable si l'on a pour nom Guy Frégault et Robert Rumilly, c'est-à-dire des commentateurs toujours à l'extérieur de ce dont ils parlent, pareils à des poux de baleine, ces parasites de ce qui crée et se crée dans ce vertigineux maelström qu'est toute vie.*

Aussi, pour ne pas faire confiance à l'histoire quand elle ne se vit pas comme un roman (selon l'expression même de Jacques Ferron), me mis-je à relire et relire La fin de l'énigme *de Pierre Leroy, mais bien davantage: tout ce qui me tombait sous la main et qui se trouvait à avoir quelque rapport avec ce livre, aussi bien les écrits venus du Palais épiscopal de Québec que ceux mettant en cause l'abbé Arnauld, la situation de l'enseignement au dix-neuvième siècle ou la pratique du journalisme. Tout compte fait, et une cinquantaine d'ouvrages avalés par moi, je me trouvai véritablement enceint de Pierre Leroy. Dès lors, plus qu'un traitement possible, celui du roman. Mais pas n'importe quel roman — le roman d'un Pierre Leroy en qui, pour un certain temps, je m'étais immiscé, bardé de toute la littérature lue (alors que lui l'avait simplement et horriblement vécue). D'où ce choix qu'il m'a fallu faire d'écrire un plagiaire, celui de Pierre Leroy d'abord, mais également celui de tous ces Québécois du dix-neuvième siècle rencontrés au hasard de mes lectures, elles-mêmes venues de* La fin de l'énigme. *J'aurais pu utiliser ce maquillage très satisfaisant sans doute des historiens, et mettre entre guillemets ce que j'ai puisé chez les autres. Mais alors, il m'aurait fallu tout guillemetiser cet ouvrage parce que je ne sais plus trop d'où il vient, de Jacques Ferron dont je n'ai jamais rien compris, de Pierre Leroy et de sa* Fin de l'énigme, *de l'abbé Arnauld, de Jean-Baptiste Meilleur ou bien de moi-même — car comment savoir dans l'hystérie de l'écriture et quelle importance savoir? Comme écrivait Jean-Paul Sartre dans son* Idiot de la famille, *le romancier qui se colletaille avec l'histoire a tous les droits, particulièrement celui de prendre à son compte les mots des autres et d'en faire, non pas une représentation personnelle de l'histoire, mais de l'histoire tout court, ce qui, depuis la naissance du monde, n'arrête pas de se conter, autour de n'importe quel feu, dans la naïveté de ce qui n'est pas encore advenu parce que non encore imaginé. Au Québec, ces mots de Sartre n'ont encore que plus de justesse, étant donné qu'ici rien ne saurait appartenir à personne puisque nous sommes, dit Jean-Claude Germain, d'un pays dont la devise est* Je m'oublie.

Alors j'ai emprunté joyeusement partout où j'ai pu, incorporant mes mots à ceux de Pierre Leroy et de tous les autres, simplement soucieux de respecter, autant que faire se pouvait, son étrange histoire et celle de tous ces Québécois, Français et Italiens, qui, l'espace d'une trentaine d'années, l'avaient côtoyé. Et, dois-je le dire, je me suis bien amusé dans ce chassé-croisé, ce dont, il me semble, cet ouvrage rend compte. Vis-à-vis le lecteur, je ne prétends pas, pour une fois, à autre chose: lui faire plaisir comme je me le suis fait à moi-même, à cette précision près, toutefois, que souvent c'était avec, dans ma tête, les fesses serrées, puisque rien de plus pathétique que le dérisoire, et rien de plus douloureux aussi que le rire jaune et québécois, cela même que, pour n'avoir pourtant jamais rien compris à Jacques Ferron, je suis persuadé malgré tout d'avoir mis dans mon livre.

1

Moi Pierre Leroy, je suis né le 20 février 1846, à Mauve, en Vendée. Mais je me suis retrouvé bientôt orphelin quand ma mère, après des relevailles difficiles, est morte, emportée par l'hydropisie. Dès son deuil terminé, mon père s'est remarié avec une jeune femme de Nantes. Comme elle n'aimait pas la Vendée, qu'elle se trouvait loin de sa famille et s'en ennuyait, elle insista tellement auprès de mon père qu'elle finit par le persuader à déménager à Nantes. Pour mon père, ce fut une épreuve difficile parce que vendéen, il avait encore en mémoire les horreurs de 1793 alors que son père et son grand-père s'étaient fait chouans pour combattre la Révolution qui, à Paris, avait guillotiné le bon roi Louis XVI, et mis tout le pays à feu et à sang. Mon ancêtre paternel fut l'un de ceux qui assiégèrent Nantes et prirent la ville au nom des chouans. Lorsque les armées révolutionnaires de Paris y furent envoyées, défaisant les forces vendéennes, on assista, aussi bien à Saint-Jean-de-Monts qu'à la Roche-sur-Yon, à une répression si inqualifiable, comme toutes les répressions d'ailleurs, qu'elle vivra tout le temps dans le cœur des chouans authentiques.

Ceci étant dit, on comprendra mieux le sentiment de mon père lorsque, sa seconde femme et moi à côté de lui, nous nous embarquâmes pour Nantes, cette ville honnie dans toute la Vendée parce qu'elle s'était rangée du côté des ennemis du bon roi Louis XVI et du clergé, ses habitants et la soldatesque pillant les églises et s'appropriant leurs richesses, ce qui a donné naissance à une bourgeoisie d'affaires sans morale comme sans justice. Arrivant à Nantes, mon père eut l'impression d'être tombé dans un guêpier. Il ne se trompait pas, comme je vais le faire assavoir dans la suite de mon récit.

Mon père était un homme d'une grande valeur. En tout cas, comme médecin, il connaissait sa valeur. Pendant deux ans, il a été l'interne des hôpitaux de Nantes et, plusieurs fois, lauréat de l'école. Or, ce ne sont pas, d'ordinaire, les élèves les moins intelligents qui obtiennent les prix. Mais comme de son temps le titre de docteur ne signifiait pas grand-chose et que d'ailleurs il était trop pauvre pour se rendre à Paris, il s'est contenté du grade inférieur. Ses ennemis s'en sont servis pour le décrier dans l'opinion publique et pour lui opposer un jeune docteur, tout frais éclos de Paris. La place étant excellente, mon père a tenu bon. Depuis que nous étions à Nantes, il avait travaillé comme un forçat, de sorte que maintenant possesseur d'une certaine fortune, il se trouvait en mesure de lutter. Et il le fit férocement.

Si je raconte ces détails sur ma première en-

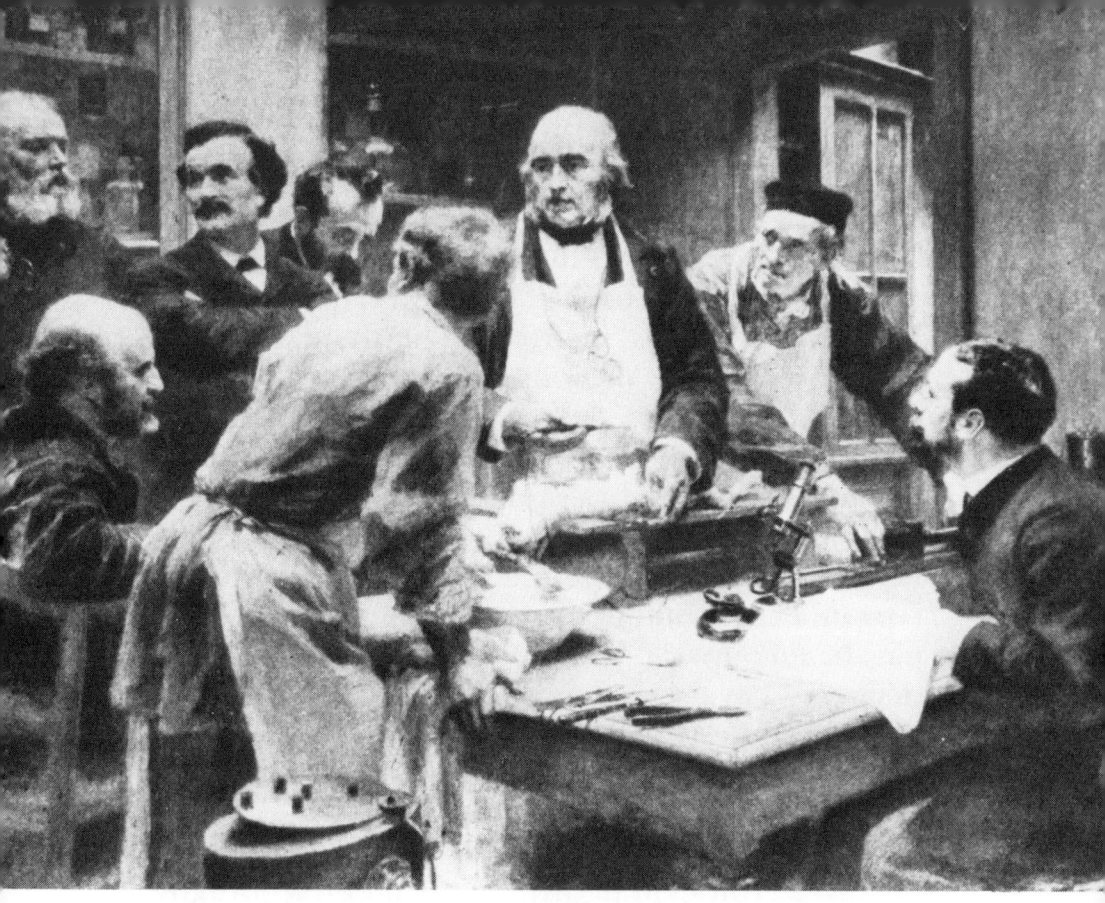
Groupe de médecins du dix-neuvième siècle.

fance, c'est que ma vie à moi ne présente rien de particulier jusqu'à l'âge de douze ans, époque où je reçus enfin la première révélation qui ait influé d'une manière sérieuse sur mon avenir. Avant ce temps, je ne m'étais jamais occupé de rien ; et cependant, il me manquait quelque chose dont les petits enfants ont grand besoin pour que leur cœur puisse se développer à l'aise ; il me manquait les caresses d'une mère à qui, dans l'occasion, j'aurais pu confier mes peines et mes joies. En revanche, j'avais une belle-mère, mais les belles-mères n'ont pas l'habitude d'aimer à l'excès les enfants du premier lit. Aussi, faute d'épanchements, étais-je plus sensible que d'autres aux impressions religieuses comme, du reste, à toutes espèces d'impressions. La moindre caresse me rendait heureux, la moindre injustice, le moindre froissement, me révoltaient déjà.

Et c'est ainsi que j'entrai dans ma douzième année, avec ce tempérament de rebelle qui me fit songer qu'il n'y avait que la foi qui fût capable de me dompter. Je me confiai alors au directeur de l'école où j'étais pensionnaire. Je n'obtins pas beaucoup de succès, le directeur trouvant déjà que j'avais le chaudron un peu fêlé (ce fut son expression) parce que j'avais de grands moments d'absence et que pour un rien, je me mettais à pleurer sans savoir pourquoi.

Beaucoup de gens, même de nos jours, sont portés à croire qu'il suffit à un homme de faire un cours de théologie, dans un séminaire quelconque, pour être ensuite en état de diriger les âmes dans la bonne voie, et d'autant plus aisément s'il s'agit d'enfants. Bien entendu, c'est une erreur. Il faut, en plus de cela, le sentiment de sa propre faiblesse, la connaissance du cœur humain, une grande volonté et des efforts personnels sous la conduite d'un maître expérimenté dans les combats de la vie intérieure ; et s'il est vrai, comme le dit saint François de Sales, qu'il faille choisir son directeur *entre dix mille personnes*, c'est, apparemment, qu'il n'y en a pas beaucoup de bons. Là plus qu'ailleurs, il faut des principes, *une méthode*, et tout le monde n'en a pas. Je l'ai appris à mes dépens. J'ai pour certain que la plus grande partie des chrétiens se perdent parce qu'on ne les éclaire pas ou qu'on les éclaire mal, parce qu'on ne les dirige pas ou qu'on les dirige mal.

À douze ans donc, j'étais en sixième avec un professeur qui ne manquait pas de talent, mais qui ne comprenait rien à la religion. Je l'ai rencontré depuis dans le monde, à un âge où j'étais en mesure de juger du vrai et du faux, *même en spiritualité*, et je compris le danger, pour un enfant dont le cœur est droit, d'être instruit par un homme comme ça. Il m'a donné, il est vrai, l'appréciation juste de la vie; mais par ses observations sur les pénitences des saints qui, souvent, ne sont pas admirables du tout, comme on peut s'en convaincre en lisant la vie de saint Paphnuce, il a fait que, pendant longtemps, j'ai mis la vertu là où elle n'est pas.

Mais voici la méditation qui a été mon point de départ en spiritualité; elle force à réfléchir quiconque a la foi et même celui qui ne l'a pas. Pour bien se représenter la scène que j'ai vécue, il faut imaginer une petite salle de classe, avec une trentaine d'élèves entassés dedans, les mains jointes sur les pupitres, et regardant notre professeur qui se tenait debout près de son bureau, les yeux fixant le crucifix à l'autre bout de la salle, quand ce n'était pas dans nos yeux à nous qu'ils se vrillaient. Et cette voix de toutes les gravités qui disait avec fièvre:

— Oh! qu'elle est longue! qu'elle est profonde! qu'elle est immense et infinie, dans ses biens comme dans ses maux, cette Reine de tous les siècles, cette interminable et toujours vivante

Éternité!

« Je compte mille ans, cent mille ans, cent millions de fois mille ans, autant de millions de fois mille ans qu'il y a de feuilles d'arbres dans les forêts, de brins d'herbe dans les prairies, de grains de sable sur les rivages, de gouttes d'eau dans l'océan, d'atomes dans les airs, d'étoiles au firmament, et je n'ai pas encore commencé à dire ce que tu es, ô Éternité!

« Un jour viendra que le soleil aura été éteint, le monde aura été consumé, la race humaine aura fini, les vivants et les morts auront été jugés, les siècles se seront amoncelés; puis, il y aura eu des abîmes, et des abîmes de durée, depuis le jour de la vie passée si vite; la vie ne paraîtra plus que dans un immense éloignement, comme ces étoiles presque imperceptibles que l'œil ne découvre qu'à force de se fixer, comme un songe évanoui... et ce sera encore, et ce sera autant que jamais, l'Éternité! Ô toujours! Ô jamais! »

Je vous fais grâce de la suite, parce que vous la connaissez tous: c'est le genre de discours que vous avez régulièrement entendus sur les bancs de la petite école, pour que vous sachiez les beautés du ciel et les tourments qui vous attendaient en enfer, avec les démons munis de leurs grandes fourches pour vous faire souffrir par là où vous aviez péché. Aussi, je ne vous citerai que la fin du discours du professeur alors qu'il était comme entré en transes:

— Si c'est pour moi l'Éternité dans les cieux, incompréhensible bonheur! Toujours la vérité et la vertu, la vie et les délices, les bienheureux et les anges. Toujours Dieu, à contempler, à aimer, à posséder, à bénir, toujours! et jamais plus de larmes, ni de mort, ni de douleur, jamais!

« Mais si c'était pour moi l'éternité dans les enfers, effroyable malheur! Toujours le péché qui souille, toujours les ténèbres qui pressent, toujours le ver qui ronge, toujours les chaînes qui serrent, toujours les pleurs qui coulent, toujours les dents qui grincent, toujours les réprouvés qui s'irritent et s'enragent, toujours les démons qui tourmentent, toujours la malédiction de Dieu qui écrase. Et jamais un rayon de jour qui réjouisse, un moment de sommeil qui délasse, une goutte d'eau qui rafraîchit, une parole d'ami qui console : jamais Dieu!

« Mortel! il y a une éternité et tu n'y penses pas! tu n'y penses pas et cette éternité est pour toi; et tu es sur le bord de cette éternité! Et, bientôt, de tous ces plaisirs qui t'amusent, de toutes ces affaires qui t'occupent, de toute cette vie qui t'abuse, il n'y aura que l'éternité. L'Éternité et tes œuvres et leurs fruits; alors, le plaisir du pécheur aura passé, mais pas la peine qui restera; et la peine du juste aura passé, mais le plaisir lui restera. Donc, ou les plaisirs du temps avec les peines de l'éternité, ou les peines du temps avec les plaisirs de l'éternité. Choisis! Choisis! Choisis! »

J'étais alors un enfant, sans expérience des hommes et de la vie, incapable de comprendre qu'on allait me jeter dans le faux. J'écoutais attentivement cette effrayante méditation que notre professeur disait en scandant chaque mot pour nous frapper davantage. Mon impression fut terrible, et je m'en souviens encore. Ce fut comme un trait de lumière dans mon intelligence et, avec une implacable logique qui prouve que les enfants raisonnent juste quand il s'agit de questions religieuses, je me dis en moi-même : « Si c'est comme ça, la vie ne vaut rien. Coûte que coûte, il faut que je me sauve. Mais comment faire pour être sûr de mon coup ? »

Toute la soirée (c'était en hiver), je méditai là-dessus ; et comme j'avais entendu dire que les martyrs allaient droit au ciel, qu'à cette époque la persécution sévissait en Chine contre les chrétiens, je pris, dès lors, l'énergique résolution de me rendre, un jour, dans le Céleste Empire avec l'intention bien arrêtée de m'y faire casser la tête d'une façon ou d'une autre. Il me semblait qu'il n'y avait pas à hésiter et qu'il était plus avantageux pour moi de souffrir un peu dans ce monde-ci que beaucoup dans l'autre. Le soir, en me couchant, j'annonçai solennellement à mon professeur que je voulais être missionnaire.

Il faut savoir ce que c'est que la vie intérieure, et même avoir pénétré très loin dans l'étude de la religion, pour comprendre ce qu'il y a de dangereux dans le principe que je plaçais ainsi à la base de mon édifice spirituel et qui, tantôt sous une forme et tantôt sous une autre, a dominé ma vie pendant dix-huit ans.

Car si ma résolution indiquait une foi très

vive, elle dénotait, d'autre part, un manque absolu de confiance en Dieu et une ignorance complète des lois qui président au salut et à la transformation de l'âme. Tant que j'agissais d'après ce principe, mon salut n'était pas facile.

Et si, ayant été jeté hors de ma voie, je n'avais pas été logique avec moi-même jusqu'à l'absurde, je ne sais pas trop ce qui serait arrivé. La permission du mal est donc, de la part de Dieu, une preuve de son amour pour nous; et, en certains cas, le péché est la conséquence nécessaire de l'erreur. La preuve en est dans l'Évangile. Notre-Seigneur n'a-t-il pas prédit à saint Pierre qu'il tomberait trois fois? Or saint Pierre n'est pas seulement un homme, *c'est un type*: il représente tout un groupe de l'humanité.

Quand nous prenons une bonne résolution par un autre principe que la confiance en Dieu, le diable, qui est un fin matois et qui nous connaît bien, va immédiatement demander la permission de nous tenter, et, comme il est plus fort que nous, il s'arrange de manière à nous faire échouer.

C'est absolument comme dans le siège d'une ville, avec cette différence que le diable évite généralement de montrer ses cornes, pas toujours cependant. Ah! c'est un garçon intelligent, faut le reconnaître; il en a donné et il en donne encore des preuves nombreuses.

Ainsi on va jusqu'à prétendre que, lors du grand combat qui s'est livré, jadis, dans le ciel entre les anges et les démons, il avait trouvé moyen d'embarrasser saint Michel lui-même et que celui-ci, à bout d'argument et ne sachant plus trop quoi répondre, pour se tirer d'affaire, dut en appeler à Dieu.

En un mot, il faut arriver à reconnaître que, par nous-mêmes, nous ne pouvons rien dans l'ordre du salut. Autrement nous sommes exposés à faire de dures expériences. Car Satan a contre nous des moyens puissants dont il se sert avec avantage comme, par exemple, de l'affection naturelle que nous portons à nos parents. Aussi est-il écrit : « Celui qui aime son père ou sa mère plus que moi, n'est pas digne de moi. » C'est le premier sacrifice qu'il faut faire à Dieu pour obtenir ses faveurs. Quand on hésite, on a lieu de s'en repentir plus tard, et les parents aussi. J'en puis servir de preuve.

Et c'est de cela même dont je vais parler dans le prochain chapitre pour qu'on sache bien ce qu'il m'en a coûté (et ce qu'il m'en coûte encore) d'avoir voulu rester fidèle à la révélation que j'ai eue alors que j'avais douze ans.

2

J'ai déjà dit que mon père comptait beaucoup d'ennemis dans Nantes, qu'il dut lutter férocement pour évincer le jeune docteur que l'on voulait mettre à sa place dans les hôpitaux, en qualité d'interne. Mon père sut déjouer toutes les machinations et avoir gain de cause. Son triomphe (car c'en était un) arriva au moment même qu'à l'école, je prenais la ferme résolution de devenir missionnaire pour me rendre, un jour, dans le Céleste Empire avec l'intention bien arrêtée de m'y faire casser la tête d'une façon ou d'une autre.

Un soir que mon père était à la maison et que je m'y trouvais aussi parce qu'à l'école, c'était jour de congé, j'allai le trouver dans le boudoir, avec dans la tête l'idée de l'informer de ma vocation. Mon père était assis dans son fauteuil, un journal sur les genoux, mais les yeux fermés. Je m'approchai de lui et lui dis simplement :

— Père, je voudrais vous parler.

Il ouvrit les yeux, me regarda et me sourit. Puis il m'invita à m'asseoir, me regarda encore, et dit :

— Mon fils, cela tombe bien que vous désiriez me parler car moi aussi j'espérais m'entretenir avec vous d'un sujet qui me tient à cœur. Vous savez tout le mal que je me suis donné pour venir à bout des intrigues des gens de Nantes. Je rends grâce à Dieu d'avoir pu déjouer leurs noirs desseins. Mais toute cette histoire m'a fait comprendre que lorsqu'on est vendéen, il ne faut pas attendre de quartier de personne. Il faut être non seulement un homme de valeur, mais avoir aussi des diplômes pour le prouver. Aussi ai-je rêvé pour vous un grand rêve : vous serez médecin comme moi, et même professeur dans une faculté. Ainsi, personne ne pourra rien contre vous, ni à Nantes ni ailleurs.

Je fus si bouleversé par les propos de mon père que, sur le coup, je ne trouvai rien à dire. Mon père ajouta :

— Mais pour vous rendre jusqu'à la médecine, il va vous falloir travailler bien davantage que vous ne le faites présentement. À mes yeux, votre plus grand péché, c'est de ne pas réussir dans les compositions. Vous le savez, pourtant : je ne vous pardonnerai jamais une mauvaise place. Allez étudier maintenant, pour être déjà à la hauteur de ce que vous deviendrez plus tard.

Passionné par son art, ne voyant que la médecine, n'aimant que la médecine, mon père avait si bien amalgamé ses intérêts aux miens qu'il n'admettait pas (et ne l'admettra jamais) que je puisse avoir une idée juste en dehors de lui. Pendant dix ans, il va poursuivre le même but avec une ténacité incroyable et ne me pardonnera jamais d'avoir fait échouer ses plans. C'est que les parents ne comprennent guère la responsabilité immense qu'ils assument devant Dieu en s'opposant à l'action de la grâce dans le cœur d'un enfant. Ils jugent de ces choses-là par les maximes du monde qui sont, pourtant, même dans les pays les plus catholiques, la contradiction des principes de l'Évangile. Trompés par l'affection et, aussi, quelquefois, par l'égoïsme, ils s'imaginent assez généralement que les enfants doivent se soumettre à toutes leurs volontés. Oui, en règle générale. Non, quand il s'agit des questions religieuses. Car un tout jeune enfant peut avoir, à cet égard, des idées plus justes qu'un homme fait; et à douze ans, je jugeais plus sainement les choses de la vie que mon père qui en avait quarante.

Dès lors, mon père était incapable de me conduire; et en subissant son influence, bien qu'à contre-cœur, je m'exposais à ne faire que de faux pas. Je n'ai jamais cédé entièrement. Aussi bien dire que la lutte entre mon père et moi a été effrayamment continuelle. Pour me convaincre de ne pas entrer en religion, il a tout tenté, aussi bien la colère que la flatterie, aussi bien la douceur que la flagornerie. C'est ainsi qu'un jour il me fit mander dans sa chambre, pour m'apprendre qu'il était frappé de cette idée qu'il allait mourir. Il avait une maladie de foie et, par une inconséquence qui n'a pas de nom, il me dit :

— Mon fils, si je vis, je veux que vous deveniez médecin. Si je meurs, je désire que vous soyez prêtre.

Du même souffle, il m'apprenait qu'il venait de me placer dans un collège spécial, tenu par les prêtres du diocèse mais dont, pendant vingt ans, sauf deux ou trois exceptions, il n'est sorti que des hommes du monde. Mon nouveau collège en était un pour les fils des nobles; la religion y était considérée comme une chose secondaire; et les enfants n'y parlaient guère que du monde et des plaisirs du monde. Comme je n'avais personne parmi mes camarades avec qui je pouvais m'entretenir de mes projets pour l'avenir, je devais perdre ma vocation ou, tout au moins, ne pas savoir comment faire au moment décisif. C'est ce qui est arrivé.

Au reste, les professeurs eux-mêmes, assez ignorants pour la plupart de la science des âmes, ne semblaient guère occupés qu'à nous remplir la tête d'abstractions sans s'inquiéter d'autre chose. À part de froides conférences et quelques sermons d'apparat où l'orgueil de l'homme se faisait beaucoup trop voir, ils ne cherchaient point à nous éclairer et ne nous parlaient jamais de vocation. Aucun d'eux ne comprenait, je crois, qu'il put y avoir des destinées spéciales, et, ne connaissant rien de la vie religieuse, ils n'avaient guère à l'esprit de nous en montrer les hautes exigences.

D'ailleurs, la vie de collège a cet inconvénient qu'elle ne correspond à rien de réel. C'est une vie à part, sans rapport avec le passé, sans liaison avec l'avenir, vie d'abstractions, très propre à tromper les enfants, et où il n'est pas tenu compte de la nature de l'homme ni de ses goûts.

On dit quelquefois que le temps des études est le plus beau temps de la vie. En un certain sens, on a raison de le dire, mais non pas à cause des études considérées en elles-mêmes. Car je ne vois pas trop quel si grand plaisir on peut trouver à faire une version ou un thème, à se caser dans la cervelle une foule de choses inutiles comme, par exemple, des vers latins, à rester claquemuré, en silence, pendant des journées entières, sous la surveillance sévère d'un argus inflexible qui observe tous nos mouvements.

Si l'enfant est heureux dans ces conditions-là, bien qu'étant condamné à ne pas avoir une pensée à lui, pas un moment dont il puisse disposer, soumis à un travail pénible qui absorbe tout l'effort de son intelligence, et cela durant dix ans, c'est qu'il y a en lui une telle surabondance de vie, une sensibilité si grande, tant d'insouciance, tant d'illusions, qu'il s'attache à des riens et que, faute de jouir d'une certaine liberté, il se nourrit de chimères, appelant, de tous ses vœux, le temps où il sera son maître, et c'est un danger.

Plus tard sans doute, il regrette ce temps-là ; mais c'est parce que les soucis ont succédé à l'insouciance, le désenchantement aux illusions, la maladie à la santé, non pas, certainement, parce qu'il n'a plus ni thèmes, ni versions à faire. En somme, c'est une vie de galérien, et je prouverai dans la suite de mes écrits, qu'elle ne signifie pas grand-chose.

Aussi bien avouer tout de suite que quand je sortis du collège à l'âge de dix-huit ans et demi, j'étais naïf comme pas un et je croyais bonnement, ayant passé mon baccalauréat avec succès, que c'était un grand point d'acquis ; mais en réalité, cet examen n'est qu'un obstacle ; c'est purement et simplement le droit d'oublier ce que l'on enseigne au collège pour apprendre des choses plus utiles. Tout est à recommencer.

Il en résulte que le plus bel âge de la vie s'écoule à la poursuite d'un bonheur éphémère et que, pour arriver aux positions dites libérales, on doit, jusqu'à l'âge de vingt-cinq ou vingt-six ans, comprimer au dedans de soi tous les sentiments naturels pour vivre d'une vie absolument factice et, plus tard, quand on est arrivé au but de ses désirs, on voit que la réalité n'est pas ce qu'on croyait.

Mais si, d'un autre côté, on examine dans quelles conditions et de quelle manière se font les études professionnelles, alors qu'il faudrait fixer les jeunes gens d'une façon ou d'une autre, on ne peut s'empêcher de dire que l'éducation, dans son ensemble, pour tous ceux qui ne sont pas ou prêtres ou religieux, est la plus grande cause de démoralisation qui existe. Qu'on ne me dise pas le contraire, je sais ce qu'il en est.

Quoi qu'il en soit, mes études finies, je me trouvai placé dans une situation spéciale. Ayant jusque là vécu dans l'isolement le plus complet, je ne savais rien du monde et de la vie, et je voyais les choses tout autrement qu'elles ne sont.

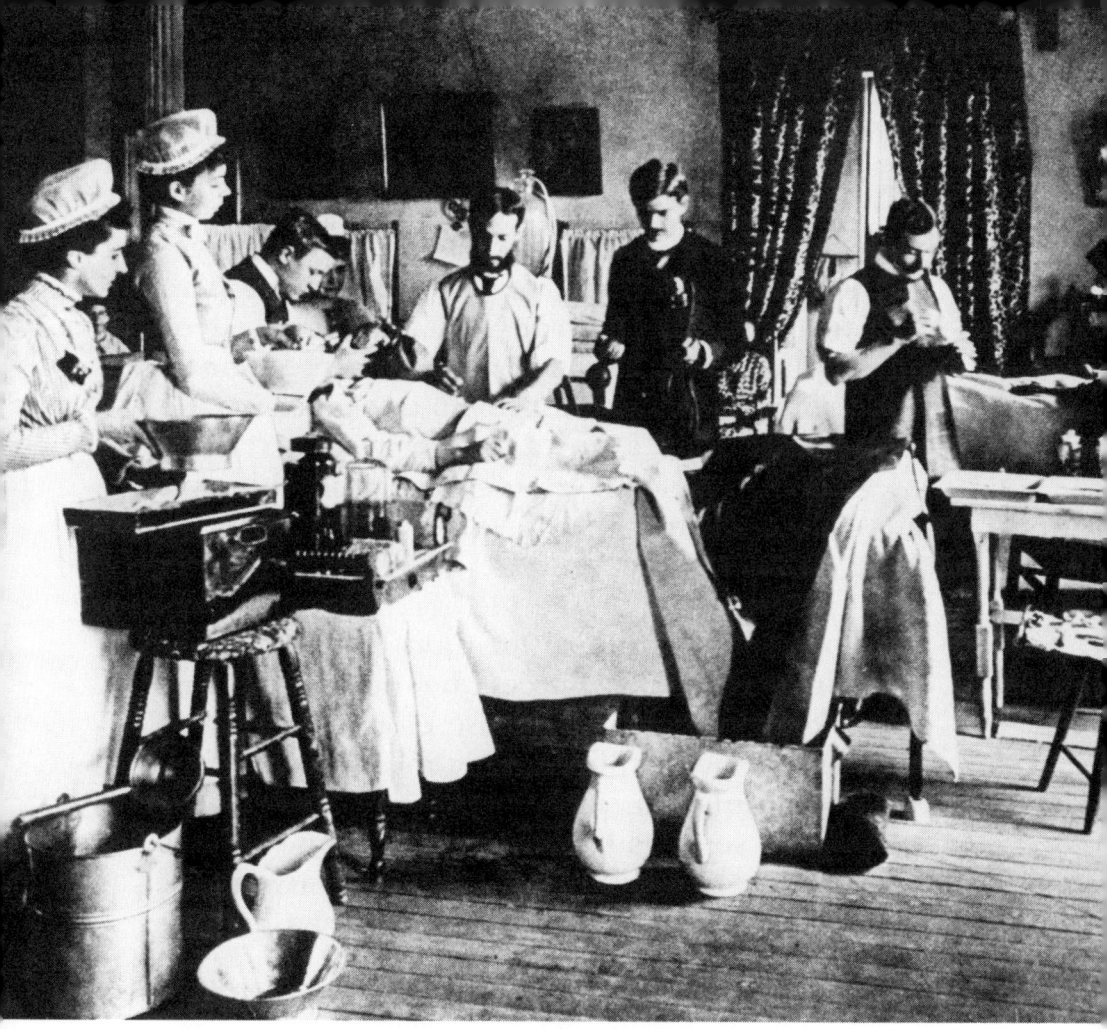

Une salle d'hôpital du dix-neuvième siècle.

J'aimais beaucoup mon père et même je l'aimais trop. Aussi étais-je à sa merci. D'ailleurs, il avait si bien dressé ses batteries que, pour trente-six raisons, je devais succomber dans la lutte, d'autant plus que, par une fatalité dont j'ai l'explication aujourd'hui, le seul homme en état de me comprendre, trouvait son intérêt à ce que je fusse médecin. C'était mon confesseur.

Ne pouvant le voir, je lui écrivis en lui expliquant qu'elles étaient mes répugnances pour la médecine. Il me répondit ceci : « Étudiez la médecine un an, deux ans, pour plaire à votre père et, par après, nous verrons. Mais quel excellent missionnaire vous feriez si vous étiez médecin ! » Est-il rien de plus absurde qu'une décision de ce genre imposée à un caractère de ma trempe, assez peu capable de rester dans une situation fausse, à une intelligence qui a besoin de voir clair ? C'étaient l'incertitude et l'hésitation établies comme règle de ma vie.

Et savez-vous pourquoi mon confesseur me donnait ce conseil ? Parce que nommé depuis peu curé d'une petite paroisse éloignée, sachant que l'argent ne signifiait rien à mes yeux (et c'est encore comme ça), il voulait faire cadeau d'un médecin à ses ouailles. Il me l'a avoué depuis et cela m'a paru d'une charmante naïveté. Et voilà comment on dirige les enfants. La bataille était mal engagée.

Et pourtant, la médecine ne me déplaisait pas en soi. C'est en effet une étude intéressante que d'apprendre comment un homme est bâti et quelles sont les lois qui président à notre existence.

Il serait même à désirer, je crois, qu'au lieu de suivre les philosophes dans leurs différents systèmes, travail bien inutile à mon avis, on puisse, en quelques pages, réunir tous les préceptes positifs de la médecine (il n'y en a pas beaucoup), et mettre *scientifiquement* les élèves en garde contre certaines choses dont, avec une sotte pruderie, on ne leur dit rien. Qu'en résulte-t-il ? C'est qu'ils s'instruisent seuls et c'est un mal. La médecine et la théologie constituent la véritable philosophie et je dis que l'une ne va pas sans l'autre.

Au reste, il en est de la médecine comme des autres études : c'est une organisation qui laisse beaucoup à désirer. L'élève est trop abandonné à lui-même pour qu'il puisse faire de sérieux progrès. Or, et je l'ai déjà dit, une des conditions d'un bon enseignement, sans laquelle même un enseignement ne saurait exister, condition dont on ne tient pas compte dans les études supérieures, c'est qu'il faut des rapports directs du professeur à l'élève. L'enseignement du professeur ne doit pas être en dehors des connaissances déjà acquises par l'élève. Il faut, au contraire, qu'il se modifie chaque jour d'après une marche irrégulière et suivant les besoins actuels de l'enfant ou du jeune homme, qu'il se prête aux difficultés de celui qui reçoit l'enseignement.

Il n'en est point ainsi. Aussi peut-on dire que la science des médecins est moins le résultat de leurs études que des observations personnelles qu'ils font pendant leur pratique.

Je ne sais trop comment font les autres ; mais pour moi, quand j'étudie quelque chose, il faut que j'arrive à me rendre compte de tout. Tant que je n'ai pas le dernier mot d'une question, je cherche à la pénétrer.

En soi, cette disposition de l'esprit est une qualité ; c'est elle qui fait les inventeurs, mais comme elle procède de la logique, quand on est obligé de suivre un cours, elle peut devenir un grave défaut.

Pour moi, sans être de beaucoup inférieur aux autres, j'avais le sentiment de mon impuissance et, quoique ne travaillant pas mal, en face de cette science si vaste, je me trouvais si peu capable que, ma foi, à la veille des examens, et pour ne pas éprouver d'échec, comme j'étudiais par amour de l'art et non par nécessité, je préférais attendre. Il en résultait que j'avançais lentement, trop lentement même, paraît-il.

Ajoutez à cela que, dans une science d'observation où la pratique n'a rien de positif, je n'ai jamais pu me résigner à faire même une saignée, non par excès de sensibilité, mais crainte de me tromper, et vous admettrez avec moi que je n'étais pas né pour être médecin et qu'il ne suffisait pas que mon père le voulût pour que j'en eusse la vocation.

Pourtant, sans ma belle-mère, je crois bien, ayant commencé, que j'aurais fini par l'être, et il semble, en vérité, que la Providence l'eût placée là, auprès de mon père, pour me dégoûter de ce métier que je n'aimais pas et pour me forcer, malgré moi, à ne pas m'attarder dans cette voie, ayant à remplir une mission autrement plus importante.

Dans la famille, le père représente l'autorité: c'est la tête; la mère, au contraire, a pour mission d'adoucir ce que l'autorité du père peut avoir de trop rude: c'est le cœur. Un enfant se développe naturellement entre son père et sa mère, mais il n'en est point ainsi quand une étrangère vient s'asseoir au foyer de la famille, entre le père et l'enfant. Dans ce cas, la moindre peccadille est imputée à crime et, sous l'action dissolvante d'une jalousie qui ne pardonne rien, les qualités deviennent des défauts.

Les femmes, même les meilleures, arrivent à n'avoir qu'un but qu'elles poursuivent avec une persistance incroyable : éloigner le père de l'enfant. C'est ce qui fait que les belles-mères ont reçu le nom odieux de marâtres qu'elles méritent généralement, bien qu'au fond elles ne soient pas plus mauvaises que d'autres.

Ainsi ma belle-mère, qui était une femme d'ordre et de conduite, n'était pas sans avoir des qualités, et même de grandes qualités ; et d'ailleurs, elle avait pour excuse, chose à peine croyable, qu'elle ignorait mon existence quand elle s'était mariée ; mais il n'en est pas moins vrai qu'en un sens son action sur ma vie a été funeste, d'autant plus funeste que, mes idées ne concordant pas avec les vues de mon père, elle avait là une mine inépuisable de discussions irritantes dont elle a su profiter considérablement. Aussi, ma situation était devenue tellement intolérable que, moins par ennemi de la médecine que pour trouver la paix, j'attendais avec impatience d'avoir vingt-et-un ans pour suivre mes goûts, en toute liberté.

Ces années-là me furent interminables, coincé que j'étais entre mon père et ma belle-mère, et le désir que j'avais toujours de me faire missionnaire. C'est pourquoi je vis arriver l'année 1867 avec joie. J'étais maintenant dans ma majorité et pouvais donc faire de moi ce que je voulais. Il était temps parce que poussé à bout par ma belle-mère et par mon père, et tout en sentant bien que je n'étais pas à ma place, qu'il me manquait quelque chose, il devenait urgent pour moi de me rassembler, corps et âme. Je ne sais pas ce que j'aurais fait alors parce que je ne me sentais sûr de rien. Mais il y eut, un soir, cette nouvelle extraordinaire que j'appris en lisant le journal : Satan avait débauché une multitude de révolutionnaires qui, marchant derrière l'Anté-Christ en personne, le terrible Garibaldi, montait vers Rome afin d'attaquer les États de l'Église, de se les approprier et d'en chasser le Pape. Je songeai alors à ce qui s'était passé dans la Vendée, quand les hérétiques armées de Paris l'avaient envahie, blessant, tuant et violant, pour mieux piller les églises et faire mourir les saints prêtres. Je me dis qu'il y avait un lien entre ce qui, jadis, s'était passé en Vendée et ce qui risquait d'arriver maintenant aux États du Pape si toute la chrétienneté ne se présentait pas aux portes de Rome, armée jusqu'aux dents, pour mettre en déroute Garibaldi et ses armées athées. Je me fis aussi la secrète pensée que me faire casser la tête pour le Pape ou bien me la faire casser chez les barbares de Chine, c'était la même chose.

Absolument déterminé, je partis donc pour Rome afin de me faire zouave. Je n'en informai ni mon père ni ma belle-mère de crainte qu'ils ne tentassent de mettre fin à mon entreprise.

3

La route étant longue pour se rendre à Marseille où je comptais prendre le bateau pour l'Italie, j'eus le loisir de lire les quelques ouvrages dont je m'étais munis avant de partir. Je ne sais trop comment font les autres, mais, pour moi, quand j'étudie quelque chose, il faut que j'arrive à me rendre compte de tout. Tant que je n'ai pas le dernier mot d'une question, je cherche à la pénétrer. En soi, cette disposition de l'esprit est une qualité; c'est elle qui fait les inventeurs, mais comme elle procède de la logique, elle peut devenir un grave défaut.

Mais encore faut-il avouer que je n'entends pas grand-chose à la politique qui m'a toujours paru être un amalgamme touffu d'intrigues et de compromissions, voire même de crapuleries et de méprisantes frauduleuseries. Dès qu'on s'intéresse à la politique, on entre dans le flou et dans l'à-peu-près; et même si on est pourvu d'une logique à toute épreuve, on doit bientôt rendre les armes tant les contradictions sautent vite aux yeux, à croire que les États sont pareils aux girouettes qui virent là où vire le vent, c'est-à-dire partout et nulle part.

Pour l'Italie, mon jugement s'applique on ne peut mieux, car ce pays n'a jamais été capable de continuité depuis la Chute de l'Empire romain, tout en petits morceaux, chacun tirant sur sa chacune et enviant les États du Pape qui, parce que bien organisés, prospéraient dans la grandeur de la foi. C'est pourquoi les autres pays ont toujours voulu se les approprier, suscitant guerre après guerre pour empêcher Notre-Saint-Père-le-Pape de régner dans sa temporalité et dans sa spiritualité. Longtemps, la France a été la seule défenderesse de l'intégrité de la Papauté, entretenant même une garnison à Rome, toujours prête à venir en aide aux armées du Pape. C'était à l'époque où la France pouvait se glorifier, à juste titre, d'être *la fille aînée de l'Église*.

Toutefois, lorsqu'on commença à parler de l'unification de toutes les principautés et villes autonomes de l'Italie, ce qui a donné naissance à la révolution qui a ensanglanté le territoire italien pendant des siècles, les conspirateurs du nouvel ordre à établir visaient à bien autre chose : défaire la Papauté et briser son rayonnement divin qu'elle a sur tous les peuples depuis saint Pierre. Les forces du mal sont puissantes, toujours à l'œuvre, têtues et sanguinaires. Envahis tout à la fois par les Russes et les Autrichiens, les États de l'Église risquaient d'être avalés, aussi bien par les révolutionnaires de l'intérieur que par les monarchies de l'extérieur. C'est Napoléon qui, en 1800, a chassé Russes et Autrichiens, et refait la carte du pays, annexant une partie du territoire, faisant une République de la deuxième (qui devint subséquemment le Royaume de l'Italie), et divisant en États familiaux ce qui restait, créant notamment le Royaume de Naples qu'il confia à son beau-frère, Joachim Murat.

Mais Napoléon vaincu à son tour, les guerres reprirent de plus belle, alimentées par les sociétés secrètes toutes favorables à l'unification radicale de l'Italie. En 1846, Pie IX est élu. Comme il est libéral, on attend tout de son élection, comme dit un chroniqueur :

« Acclamé par les masses populaires, Pie IX consentit à des réformes mineures telles l'amnistie des condamnés politiques, la formation d'une *Consulta* chargée de lui transmettre les doléances populaires, l'introduction des voies ferrées dans ses États et l'éclairage au gaz à Rome. Ces mesures suscitèrent un grand enthousiasme en Italie; elles firent croire que Pie IX acquiesçait au projet de Gioberti. Sa popularité, sa réputation de libéral et son exemple déclenchèrent alors dans la péninsule un vaste mouvement de libéralisation. La liberté de presse fut introduite au Piémont et en Toscane, et des régimes constitutionnels furent consentis aux sujets de quelques royaumes. Le pape lui-même abdiqua une part de son pouvoir personnel en accordant une constitution à ses sujets en mars 1848. Mais ces réformes s'avérèrent insuffisantes ou trop tardives. »

À mon avis, ce n'est pas tellement les réformes qui s'avéraient insuffisantes ou trop tardives, mais le fait que les forces du mal ne voulaient pas désarmer, les révolutionnaires se liguant à Milan et dans le Piémont pour bouter dehors les Autrichiens qui occupaient le territoire. Pour une fois, la France était coincée. L'Empereur Napoléon III était un mou, sympathique comme toute la France à la cause du Pape, mais peu désireux de devenir l'allié des Italiens contre les Autrichiens. Sous un pseudonyme (ce qui montre bien son peu de courage), Napoléon III publia une brochure, *Le Pape et le congrès*, dans laquelle il demandait à Pie IX de limiter son pouvoir temporel à la ville de Rome.

C'est ainsi, à cause de toutes les bassesses que l'on retrouve immanquablement dans la politique, que les États de l'Église ont été réduits à la part congrue : la ville de Rome et ses environs, une centaine de kilomètres carrés, mal défendus par les armées du Pape et la faible garnison française toujours sur place. Avec Garibaldi et ses hordes barbares se lançant à l'assaut de Rome, l'esprit du mal était en train de terminer son œuvre. Le pire, c'est que les États de la chrétienneté ne levèrent pas le petit doigt pour défendre le Pape, laissant plutôt ce soin aux volontaires catholiques qui, des quatre coins du monde, levèrent des légions pour aller à Rome, comme moi, et combattre pour le Pape, enrégimentés dans des bataillons auxquels on donna bientôt le nom de zouaves.

C'est toujours entre Paris et Marseille que j'ai su, en lisant Louis Veuillot, d'où fut tiré le nom zouave que l'on a donné depuis à tout volontaire dans les armées du Pape. Il vient du général Lamoricière, un bon monarchiste français qui avait combattu en Algérie, et que Pie IX mit à la tête de toutes les troupes recrutées dans la chrétienneté. En Algérie, le général Lamoricière avait formé un corps d'armée indigène, de la tribu Kabyle, et c'est cette tribu qui a donné son nom à ce grand mouvement qui a illuminé toute la chrétienneté par son courage et sa foi.

Il est temps, toutefois, que je revienne à mon histoire. Arrivé à Marseille, je fermai mes livres, pris ma valise et descendis du train, désireux de me promener dans la ville avant de me rendre au port afin de m'embarquer sur le premier bateau pour l'Italie. Mais le soir tombait déjà, de sorte que je ne trouvai rien de mieux à faire que de me chercher un gîte pour la nuit. À l'hôtelier qui accepta de m'héberger, je demandai à quelle heure était le service religieux à l'église Notre-Dame-de-la-Garde, et il me répondit :

— Demain, c'est exceptionnellement à onze heures parce qu'il y aura une cérémonie très spéciale. Il y a toute une armée de zouaves qui viennent d'arriver du Canada et qui y entendront la sainte messe avant de s'embarquer pour l'Italie.

Imaginez ma joie d'entendre de telles paroles, moi qui venais de faire de longues heures de route, convaincu que je serais seul dans mon camp lorsque Marseille m'apparaîtrait, alors que la Providence s'était déjà entendue pour mettre sur mon chemin des gens appelés tout comme moi à la défense du Pape!

Je n'en dormis pas de la nuit, surexcité par le lendemain que j'appréhendais déjà avec impatience. Aussi, je fus très tôt dans la rue, à marcher vers l'église Notre-Dame-de-la-Garde. J'en étais rendu peu loin lorsque je vis, de chaque côté de la rue, des gens attroupés qui, visiblement, attendaient quelque chose. Je me joignis à eux et presque aussitôt, les zouaves canadiens passèrent devant nous. À leur tête, flottait leur magnifique drapeau, immaculé comme celui de la vieille France, portant, d'un côté, les armes et le nom du Canada avec la devise: « Aime Dieu et va ton chemin! » et, de l'autre, l'écusson pontifical brodé d'or. Je trouvai aux zouaves canadiens l'air martial, leur tenue digne mais sans raideur, fière mais sans jactance. Ils avaient tous de belles physionomies, intelligentes. Cela se voyait que leur sang était vif et bien conservé. Je crus y reconnaître tout de suite le sang français, mêlé chez quelques-uns de sang anglais. La population marseillaise, toujours aussi sympathique aux causes qui demandent du dévouement et de l'honneur, regardait passer les zouaves canadiens avec complaisance, leur faisant même cortège jusqu'à l'église où ils prirent place dans le sanctuaire. La messe fut servie par des volontaires et célébrée par l'abbé Moreau, l'aumônier des zouaves canadiens qui chantèrent plusieurs hymnes de l'église, notamment l'*Ave Maria Stella*.

Je me sentis si transporté que, tout le temps que dura l'émouvante cérémonie, je récitai dans

Un zouave canadien portant le drapeau.

la profondeur de mon cœur le chant des zouaves de France, que j'avais appris par cœur après l'avoir découpé dans *L'Univers*, le journal de Louis Veuillot :

> Pas un contre dix, mais se battant bien,
> Toujours au plus dru des sanglantes fêtes,
> Ils ont vu le dos du garibaldien,
> Qui les appelait jadis les fillettes.
> La chemise rouge alors s'étonnait :
> Contre ces pillards, gueux sans conscience,
> Un troupeau d'enfants ! Qui les soutenait,
> Les beaux collégiens échappés de France ?
> Oui, les soirs de combat, ils revenaient brisés,
> Mais les tambours battaient au champ, devant
> [Saint-Pierre,
> Et le Pape passait. Sur les cheveux frisés
> Il posait sa main douce et parlait de la mère.
> Et sentant sur eux tous planer, le bon vieillard,
> L'ombre de Celle qu'il avait auréolée,
> Il nommait son petit Régiment si gaillard :
> Les Zouaves de l'Immaculée.

La messe célébrée, je n'eus de cesse tant que je ne trouvai pas l'abbé Moreau, l'aumônier des zouaves canadiens. Je fis sa connaissance au presbytère de Notre-Dame-de-la-Garde où il daigna m'accorder une audience. Je lui fis part de mon sentiment, qui était d'aller combattre à Rome pour le Pape. Il me répondit :

— Il y a en France un grand mouvement zouave. Venant de Vendée, vous êtes passé par Paris. Vous auriez dû vous enrôler là, et nul doute qu'on vous y aurait reçu avec joie. Quant à nous, notre bataillon est composé exclusivement de Canadiens et, pour venir jusqu'ici, il nous a fallu beaucoup de renoncement et de souffrance. Néanmoins, j'admire votre sentiment et vous engage à aller jusqu'au bout dans votre exemplaire dignité.

Mon Dieu! que j'étais ignorant de toutes choses, ce qui était bien le résultat de l'éducation que j'avais reçue, sinon de l'influence de mon père sur moi! Il me fallut mettre beaucoup de temps pour convaincre l'abbé Moreau de me laisser embarquer avec ses zouaves sur *La ville de Marseille* qui appareillait le lendemain pour l'Italie. Il accepta mais à la condition que, dès mon arrivée à Rome, je m'engageasse dans une compagnie de zouaves français.

Je sortis du presbytère rasséréné, m'arrêtant devant l'église pour rendre hommage à la divine Providence. Jamais je n'oublierai ce monumental clocher surmonté d'une colossale statue de la Sainte-Vierge en métal doré, et il me semble que j'entendrai toujours la voix harmonieuse de ces superbes cloches s'épandant sur Marseille, la campagne environnante et la Méditerranée.

Très tôt le lendemain, nous nous embarquâmes sur *La ville de Marseille*. La Méditerranée nous fut aussi bénigne que l'aurait été la Loire. Sur le pont, je retrouvai l'abbé Moreau qui me dit:

— Pour expliquer la cause d'eaux si calmes, je ne sais pas si ce sont les *Ave Maria* que partout au Canada on chante pour nous, ou si c'est la protection de Notre-Dame-de-la-Garde à qui nous avons chanté, en sortant du port, un vibrant *Ave Maria Stella*. Je ne sais. Mais toujours est-il qu'on se croirait sur notre beau Saint-Laurent tant la mer est étale.

Je vis plusieurs zouaves canadiens qui, appuyés à la rambarde, récitaient le chapelet. J'en fus touché à un point tel que je demandai à l'abbé Moreau de me renseigner sur le Canada que je connaissais mal. Il me dit :

— Même abandonnés par la France, leur mère-patrie, les Canadiens n'ont jamais cessé de la chérir dans leurs cœurs, bien qu'ils aient toujours trouvé dommage que la foi de leurs pères s'y soit étiolée. En partant de Montréal, c'est ce que Monseigneur Bourget nous a rappelés, dans une harangue digne de passer à la postérité. C'est pourquoi nous en avons fait imprimer plusieurs exemplaires, à l'intention de nos zouaves et de tous ceux qui ont le désir de comprendre pourquoi, venus d'aussi loin que du Canada, nous avons entrepris ce grand voyage pour défendre le Pape.

L'abbé Moreau m'emmena dans sa cabine et m'offrit l'opuscule de Monseigneur Bourget, que je lus de la première à la dernière ligne, touché au plus profond de moi par la foi qui s'y manifestait, foi que devaient partager tous les Canadiens puisque les plus vaillants de leurs fils s'étaient faits conscrits pour la défense de Rome. L'abbé Moreau m'avait dit :

— Que n'étiez-vous dans l'église de Notre-Dame-de-Montréal pour voir tout ce que, pour

Monseigneur Bourget.

la foi, nos braves Canadiens ont fait! Sous la main aussi habile que délicate des Dames de l'Hôpital-Général, dirigées par la vénérée Mère d'Youville, les décorations de la cathédrale revêtaient un symbolisme des plus éloquents en hommage de la Sainte-Vierge. Au sommet d'un majestueux piédestal dressé au centre de la nef, et décoré de banderoles, elles avaient planté le drapeau des zouaves dont les plis soyeux étincelaient sous le feu de milliers de lampes multicolores. Pour la circonstance, elles avaient aussi fait rehausser le maître-autel de plusieurs pieds, au niveau presque de la première galerie; puis, au-dessus de la statue de Notre-Dame, elles avaient suspendu un oriflamme portant, en lettres d'or, cette inscription on ne peut plus significative: « Vive le Pape! Vivent la Sainte-Vierge et Pie IX! »

Je n'eus pas de mal à m'imaginer Monseigneur Bourget, montant en chaire et prononçant, pour les zouaves canadiens, ces paroles enflammées:

— Partez maintenant, soldats du Christ et de la vérité! Partez! Allez jusqu'à Rome, sur ce théâtre des grands événements de l'histoire. Allez-y défendre notre Père outragé, notre Mère attaquée, nos frères dépouillés et trahis!

Ces paroles me furent un baume dans le cœur et m'accompagnèrent tout au long de la traversée, de Marseille jusqu'au port de Civita-Vecchia où nous jetâmes enfin l'ancre au centre de la rade. Avec les zouaves canadiens, j'entonnai l'hymne de la reconnaissance. Puis, genou à terre, j'écoutai l'abbé Moreau qui rendit gloire à Marie de nous avoir protégés d'une manière si visible durant tout le cours de notre long et périlleux voyage. Il termina son action de grâce en disant :

— Nous les zouaves canadiens, nous avons si souvent répété à la Vierge-Marie le *Monstrate esse Matrem*, qu'elle a dû se rendre à notre ardente prière en nous couvrant du manteau de sa protection. Prions pour qu'à Rome elle nous accorde autant de miséricorde.

Nous nous jetâmes à genoux, moi particulièrement heureux à l'idée qu'enfin je m'y ferais casser la tête pour le Pape.

4

Dès notre arrivée à Rome où nous fûmes accueillis par une foule de zouaves de toutes les nationalités avec, à leur tête, le prince indien Doorésamy, je suivis les conseils de l'abbé Moreau et allai m'engager dans le troisième bataillon des zouaves français, où je n'eus qu'à payer les frais d'habillement pour être reçu. Puis je me rendis tout de suite à la caserne qui nous était assignée. J'eus pour voisins de lit le neveu de Lamartine et le beau-frère d'Eugène Veuillot. D'ailleurs, les plus grands noms de France et les fils des meilleures familles s'étaient donnés rendez-vous dans la ville éternelle. Nous ne rêvions tous que de plaies et de bosses, et attendions avec fébrilité le moment de partir à l'assaut des armées de Garibaldi. Mais le temps se mit à passer et, sauf quelques bombes qu'on nous lançait de temps à autre, et une tentative pour nous faire sauter à Sora, nous n'eûmes pas à tirer un coup de fusil en dehors de l'exercice à feu, et je vous avoue que je n'étais pas venu à Rome pour cela.

Aussi passai-je presque tout mon temps à méditer sur ma vocation, me disant que, puisqu'il semblait si difficile de se faire casser la tête pour le Pape, même à Rome, qu'il ne me resterait plus qu'à me faire moine, pour adorer la Divinité en toute tranquille contemplation dans une cellule dénudée. Je ne comprenais pas qu'étant dans la Ville éternelle, je me sentisse d'autant de morosité affligé, et c'est pour secouer les puces qui m'encombraient le cerveau qu'un jour, n'en pouvant plus, je me résolus à aller rendre visite aux amis que je m'étais fait chez les zouaves canadiens, particulièrement Gustave Drolet avec qui je m'étais lié intimement depuis Marseille. C'était un fier chrétien qui, en Canada, avait étudié les arts militaires à l'École de Québec dont il était sorti avec ses certificats de première et de deuxième classe. Patriote, Gustave Drolet s'engagea tout de suite dans l'armée, pour défendre le Canada contre les féniens américains. Son régiment était celui des Chasseurs, cantonné à Labelle, délicieux petit village par moitié canadien et par moitié américain où Messire Antoine Labelle (alors jeune prêtre, mais laissant déjà deviner le futur apôtre de la colonisation qu'il allait devenir par la suite) était chargé du soin des âmes. Alors que nous naviguions sur la Méditerranée, j'aimais bien me retrouver sur le pont de *La ville de Marseille* avec Gustave Drolet, afin de l'écouter me raconter ses aventures. Il m'avait dit :

— Imaginez-vous le Canada où rien ne se passe comme ça devrait se passer et, encore là, vous aurez une bien faible idée du guêpier dans lequel je m'étais fourré en acceptant le commandement des Chasseurs de Lacolle. Quand j'y arrivai avec mes hommes, le major Force m'attendait à la gare. Il distribua mes soixante soldats dans trente maisons du village. Il était tard. J'avertis de suite cet officier que je n'approuvais pas l'éparpillement qu'il venait de faire de mes hommes, parce que je n'avais ni tambour ni trompette pour battre la générale ou le rappel en cas d'alerte. J'ajoutai qu'il m'était impossible d'aller frapper à trente portes, sur un parcours d'environ deux milles, pour éveiller mes volontaires en cas d'urgence. Le lendemain, j'allais me fâcher quand Messire Labelle, bombardé aumonier des troupes de Sa Majesté, vint me voir pour me faire une proposition. Il me dit: "Capitaine, je sais que vous n'avez pas de *bugler* ni de *bugle*; vous devez souffrir beaucoup, dans le service, de la privation de cet instrument aussi sonore que guerrier. Je passais jadis pour avoir un joli talent sur le cornet à piston, dans la fanfare du collège de Sainte-Thérèse, lorsque je faisais mes études dans cette maison. Un ancien piston peut bien *bugler*, je suppose. Or, je pars pour Montréal, et si ça vous est agréable, je vais acheter un *bugle*, je rattraperai mon embouchure d'autrefois, j'apprendrai vos sonneries, puis je marcherai en tête de votre compagnie et je vous sonnerai l'école des tirailleurs".

« Je ne pouvais en croire mes oreilles; l'attendrissement me gagnait. J'étais véritablement ému de voir ce bon curé, venant ainsi naïvement, franchement, sans se douter des sourires que ne manquerait pas de soulever sur son passage un prêtre de sa corpulence sonnant du clairon à la tête d'une compagnie de soldats. Je remerciai Messire Labelle bien cordialement, cherchai à le dissuader, mais il l'avait dans la tête, et il partit aussitôt pour Montréal.

«Un soir, j'étais occupé à écrire, lorsque j'entendis résonner une éclatante fanfare, qui faisait trembler les vitres du quartier général de mon régiment. Je me hâtai de sortir pour voir ce qui se passait. C'était Messire Labelle, assis dans sa voiture, arrêté devant ma porte, au retour de la gare; il me donnait une sérénade! Il avait découvert à Montréal le plus immense clairon à clefs, en cuivre rouge, que j'ai jamais vu. C'était un instrument monumental qui devait dater d'avant la capitulation du Canada. Il fallait les vastes poumons et les fortes lèvres du curé pour en tirer les sons éclatants qui avaient attiré, outre mon attention, tous les enfants et une partie des habitants du village.

«À partir de ce jour, Messire Labelle pratiqua consciencieusement les diverses sonneries de l'infanterie légère, même des marches militaires. Un soir, Monsieur le curé m'informa triomphalement qu'avec encore quelques heures de pratique, il serait prêt à commencer le service. Hélas! Deux jours après, une malheureuse clé de sa trompette se détraqua et entraîna la perte totale de cet instrument dont nous reverrons peut-être le modèle à la bouche des anges qui nous sonneront la retraite, au jugement dernier: *«Tuba mirum spargens sonum!»*»

Si je raconte tous ces détails sur Gustave

Drolet, c'est qu'il n'y a rien que j'aime autant qu'un bon chrétien capable, à l'occasion, de se doubler d'un fort pertinent humoriste. Aussi bien à Marseille que durant la traversée de la Méditerranée, Gustave Drolet n'a pas cessé de nous raconter avec verve ses hauts faits d'armes. Cela a contribué pour beaucoup à me faire échapper au cercle infernal de ma morosité, venue de mes conflits avec mon père et avec ma belle-mère, tout autant que de mon sentiment de ne pas faire ce qu'il m'aurait pourtant été urgent d'accomplir. Aussi accueillis-je comme un baume dans mon cœur les confidences de Gustave Drolet dont je ne me lassais pas. J'aimais le voir retrousser calmement sa moustache entre ses doigts et me dire, dans son parler canadien si savoureux :

— Nous étions à Lacolle depuis un bon petit bout de temps, et rien, semble-t-il, n'était à la veille de nous arriver. Moi, j'avais la fièvre et je rêvais de gloires nouvelles. J'avais du salpêtre dans les veines. Je faisais travailler mes soldats sept heures par jour. Je les *drillais* cinq heures dans la journée, et je leur infligeais moi-même deux heures d'escrime au sabre dans la soirée. Mais tout ça n'était pas suffisant pour me calmer.

« Nous tenions garnison tout près du lac Champlain, immortalisé par cent cinquante années de batailles livrées par nos pères, aux Sauvages d'abord, puis aux Anglais. Je sentais le vieux sang de Le Gardeur de Tilly, mon illustre ancêtre, et de Jumonville, l'arrière-grand-oncle de mon père, ne faire qu'un tour dans mes veines, lorsque je voyais couler cette eau, si souvent rougie du sang des défenseurs des forts de Saint-Frédéric, de Carillon et de l'Île-aux-Noix, tous situés dans notre voisinage et rendus fameux par tant de vaillants combats.

« À quelques milles de Lacolle s'élevaient les restes du célèbre Fort Montmorency, presque à cheval sur la frontière. Je ne sais pas ce qui me tarabustait, mais ce diable de fort démantelé me trottait par la tête, et il me semblait que ce serait une bonne farce à faire aux Américains, qui tenaient garnison à Champlain, que d'aller m'en emparer et m'y établir avec mes habits rouges. C'était justement au mois d'avril 1865, quelques jours après l'assassinat du Président Lincoln.

« J'en parlai à mes deux lieutenants qui ne virent pas la joke du même œil que moi. Quoique je fusse leur supérieur hiérarchique, ils n'en avaient pas moins de douze à quinze ans de plus que moi, et je crois qu'ils avaient aussi du bon sens en proportion de leur âge, plus que moi en proportion de mon grade.

« Toujours est-il qu'un bon jour, j'empruntai le cheval du Major Force, qui était devenu mon meilleur ami et, conduit par mon ordonnance, je résolus d'aller reconnaître le Fort Montmorency, pour dresser mon plan d'attaque, mes moyens de défense, et mon système d'approvisionnement futur.

« Je me laissais conduire, absorbé dans mes pensées. Je prévoyais bien que les Américains feraient un nez en apprenant l'occupation du vieux Fort et que l'on me prierait de déguerpir;

je refuserai, pensai-je. Alors on enverra des troupes pour me déloger. Je résisterai : on me tuera des hommes, je leur en tuerai. L'Angleterre sera forcée d'intervenir. Ça sera peut-être un *Casus belli*. Quelle belle affaire ! Enfoncé, Érostrate !

« Pendant que je roulais ces pensées, cahoté dans le buggy du major, je fus soudainement tiré de ma rêverie par un coup de canon qui me fit faire un soubresaut tel que j'en fus presque jeté hors de la voiture. Je revins à moi et constatai qu'à la bifurcation, mon ordonnance, au lieu de prendre à gauche pour aller au Fort Montmorency, avait pris à droite. Nous étions rendus dans la jolie ville de Champlain, où toutes les troupes étaient sous les armes pour prendre part aux hommages funèbres que l'on rendait à la mémoire du Président Lincoln. C'était une salve d'artillerie, tirée par les batteries que j'apercevais, rangées en bataille, qui m'avait fait revenir du pays des rêves.

« Je pris mon parti de la nouvelle situation, et, après avoir remisé mon cheval, je suivis la foule qui entrait dans un temple protestant. Je pris place dans un banc et j'attendis.

« Hélas, malheureux, j'ignorais ce que la Providence me réservait. Parti de Lacolle pour prendre un fort, je faillis y être renfermé.

« Un ministre fit l'ascension du *pulpit* et prononça l'oraison funèbre de Lincoln. Il dit que toutes les puissances de la terre prenaient part à la douleur du peuple américain, et que l'Angleterre, entre autres marques de sympathie, avait délégué à cette démonstration, un officier distingué de son armée régulière, qu'il voyait dans l'église, mêlant ses larmes aux leurs. Et patati et patata! Je ne crus pas d'abord que ces paroles pussent m'être adressées, mais dans le doute et pour ne pas attirer l'attention, je ne remuai pas, malgré l'envie qui me dévorait de regarder autour de moi, si je ne verrais pas cet officier anglais. À l'issue du service, alors que je me préparais à sortir de mon banc, un officier d'ordonnance en grande tenue vint me demander si je n'étais pas le commandant de Lacolle. Je répondis affirmativement; alors me dit cet officier, je suis chargé de vous présenter les compliments du colonel *What's his name* et de vous inviter à passer aux quartiers-généraux de la garnison. J'étais bien le délégué de l'armée anglaise, hélas!

« Je suivis, pas mal interloqué, mon guide, qui me présenta à une vingtaine d'officiers d'artillerie et de cavalerie, déjà rendus dans leurs quartiers. Ces messieurs furent charmants pour moi; ils eurent la politesse de ne pas me laisser voir qu'ils lisaient sur ma figure la noirceur de mes projets à l'égard du Fort Montmorency.

« On me fit boire du Bourbon whiskey, puis le colonel insista si gracieusement que j'acceptai son invitation à dîner, au mess.

« Je fus placé à table près d'un officier de cavalerie, le capitaine B..., qui me combla d'attentions, et du même Bourbon que tout à l'heure. J'avais aussi près de moi un *guest civil*, un avocat, je crois, qui buvait sec et qui me demandait toutes les cinq minutes si j'avais fait la cam-

Gustave Drolet.

pagne de Crimée (en 1854, j'étais âgé de neuf ans!).

« Bref, quand arriva l'heure des toasts, j'étais aussi allumé que l'avocat, mais beaucoup moins que le capitaine de cavalerie, qui voulait absolument que nous devenions une paire d'amis et qui ne laissait pas courir longtemps les aiguilles de l'horloge sans m'inviter à trinquer à la bonne amitié, à l'armée, etc.

« Le colonel porta d'une voix émue et en termes bien sentis un toast à la mémoire du regretté Abraham Lincoln. Ce toast fut bu en silence par tous, excepté par mon bouillant voisin, qui essaya en vain de chanter *For he was a jolly good fellow*. Nous bûmes ensuite au président Johnson. L'avocat répondit à peu près. Puis le colonel frappant sur les bords de son assiette, afin d'attirer l'attention, se leva et débita un compliment à l'adresse de l'armée anglaise qui avait délégué un de ses plus brillants officiers pour la représenter à la cérémonie funèbre. Dans ces circonstances, le colonel ajouta qu'il croirait manquer aux plus sacrés devoirs de l'hospitalité s'il n'invitait pas ses officiers, tous vétérans de Sherman et de Grant, à boire à la santé de la Reine Victoria.

« Tout le monde se leva. Le capitaine B..., après avoir encore essayé, mais inutilement, de chanter le *God Save The Queen*, leva son verre et se tourna vers moi en me criant : « To Old Vic, boy ! » Je répondis : « To her most gracious Majesty, our beloved Queen Victoria ! » Alors le capitaine B... me dit que je voulais lui donner une leçon. Ennuyé par cet aimable pochard, je répondis : « Oui ! » Et je pensai par devers moi-même : le comte d'Orsay, par galanterie, s'est bien battu, lui, protestant, parce qu'on avait irrévérencieusement parlé de la Sainte-Vierge en sa présence. Pourquoi, moi, ne me battrais-je pas avec ce butor qui ose appeler « Old Vic » la Reine Victoria ?

« On allait en découdre quand un soldat entre dans la salle et dit au colonel qu'on venait d'arrêter un personnage qu'on croyait être Booth, l'assassin de Lincoln. À cette nouvelle, tout le monde se précipita dehors, les militaires américains pour s'occuper de l'homme qu'à tort on avait pris pour Booth, et moi afin de m'en retourner à Lacolle. Mais la soirée était bien avancée, de sorte que, peu connaissant des routes, je m'égarai et, au lieu de revenir en Canada, je m'enfonçai au cœur de l'État de New York ! »

Bien sûr, le lecteur serait dès maintenant en droit de me demander des comptes et de me dire : « Mais qu'est-ce que cette épopée de Gustave Drolet vient faire dans votre histoire ? Ne croyez-vous pas que vous vous éloignez de votre sujet, qui est de parler de vous au lieu de donner la parole à un militaire canadien, fièrement bretteur sans doute, mais dépouillé de tout intérêt dans la cause qui nous occupe ? » À tous ces objecteurs, je répondrai que c'est le rare d'une vie de faire vraiment connaissance avec un homme de qualité, capable d'amusement mais également puissant dans la religion. Et, argument encore plus solide, ce n'est pas tous les jours que quelqu'un vous accueille dans son cœur sans arrière-pensées, en vous faisant le don de sa vie, peu importe ce qu'elle a pu être. De toute façon, on aura l'occasion de s'en rendre compte plus tard alors que le fil de ma narration aura presque donné toute sa corde; ainsi, on sera en mesure de juger de l'importance de Gustave Drolet dans ma vie. Pour le moment, et quitte à paraître m'enfoncer dans la digression, je persisterai à parler de Gustave Drolet et de ce qu'il fit, quand la guerre du Canada et des féniens américains terminée, il démissionna de l'armée pour faire vivre le grand rêve qu'il avait de courir le monde. J'espère que par cet acte auquel je m'oblige, l'on comprendra que les zouaves n'étaient pas tous des babouins et qu'il y en avait beaucoup parmi eux qui, sur le plan de l'ingéniosité, de la spiritualité, de l'humour et de l'esprit qui sait s'ouvrir à ce qui est extérieur à soi, n'avaient rien à envier à personne.

Donc, Gustave Drolet quitte le Canada à la fin de la guerre du Canada et des féniens américains, et se retrouve à Marseille où il manque, de peu, s'embarquer pour le Congo. Comme on l'informe qu'il n'y aurait pas d'autres courriers pour l'Afrique avant plusieurs mois, il se décide à partir pour Téhéran ou Samarcande. Il se munit aussitôt d'une ardoise, d'un guide de la conversation, d'un dictionnaire de poche et d'une grammaire grecque, puis s'embarque sur l'*Agios Giorgios* pour la Grèce.

À Athènes, la première chose qu'il fait, c'est, bien sûr, d'aller à l'église avec le capitaine du bateau et ses compagnons de voyage. Lorsqu'il en sort, il s'aperçoit que tout le monde le regarde, parce qu'il a l'air d'un Turc avec sa barbe, sa redingote boutonnée et son fez. Ainsi qu'il me le raconta lui-même :

— Tout en discutant, notre petit parti de voyageurs, de parents et d'amis, passa devant une maison où flottait une serviette au bout d'une perche : c'est l'enseigne des barbiers, en Orient.

« Le barbier était seul avec sa femme ; sur la recommandation de mon capitaine, la Kyria Androsienne me fit asseoir sur un simple banc de bois, sans dossier et, s'armant d'une paire de ciseaux, commença à me tondre les joues, pendant que son mari allumait une cigarette et causait avec mes compagnons de voyage de l'*Agios Giorgios*.

« Je m'aperçus sans peine, ou plutôt avec peine, aux tiraillements dont j'étais la victime, que les ciseaux ne coupaient pas du tout, et je reconnus à leur odeur infecte qu'on les employait à toutes les sauces, et surtout pour moucher les lumignons de chandelles et les mèches de lampes. Enfin, mal tondu, presque écorché vif, je vis la barbière décrocher du mur un grand plat de cuivre, échancré, et me le mettre entre les bras, après l'avoir rempli à moitié d'eau tiède, d'une limpidité douteuse.

« Cette excellente femme qui commençait fort à m'agacer, ni vieille ni jeune, plutôt laide que jolie, était un fort vilain type de cette belle race grecque des îles, qui servit de modèle à la célèbre Vénus de Milo, trouvée dans l'île de ce nom, à quelques lieues d'Andros seulement. S'armant d'un blaireau, ressemblant bien plus au bout de la queue du chien d'Alcibiade qu'à une bonne savonnette canadienne, et saisissant un gros morceau de savon, cette matrone commença à m'en frotter vigoureusement la figure, puis trempant le blaireau dans la cuvette de cuivre qui m'enserrait le cou, elle m'aspergea généreusement et commença la grande opération de la mousse.

« Promenant son moussoir de droite, de gauche, de ci, de là, d'une oreille à l'autre, dans peu de temps je fus moussu à ne plus distinguer mes traits. J'en avais dans la bouche, dans les narines, dans les oreilles; et les yeux, que je tenais fermés comme une huître, m'en cuisaient d'avance.

« Pendant ce temps-là, j'entendais le barbier causer avec mes compagnons, et je me demandais si le barbier femelle qui me torturait depuis dix minutes allait achever de m'exécuter quand, me trouvant à point, elle cria à son homme d'arriver à la rescousse. Sans se presser, ce dernier entra suivi de tout le cortège, et commença à repasser son rasoir, tout en continuant la conversation qui, depuis quelques instants, était devenue très vive et montée de plusieurs tons. On parlait politique et on tapait sur ces maudits Turcs qui venaient de réprimer pour la dixième fois un soulèvement grec dans l'île de Crète. Pendant ce temps-là, la mousse me séchait sur les joues, mais la colère gagnait sur mes Grecs, qui se montent comme une soupe au lait, dès qu'on leur parle turc ou musulman.

« Je commençais à regretter amèrement ma situation cuisante lorsque le figaro jeta sa cigarette et, me soulevant le menton d'un mouvement brusque, il commença à me travailler le cuir facial. Son rasoir coupait encore moins que les ciseaux de sa digne femme, mais manœuvré par la main d'un patriote grec excité comme l'était mon barbier, il fallait bien que ça marchât, de gré ou de force, et ça marchait.

« Je pensais à part moi que Denys le Tyran avait eu bien raison de refuser de confier sa tête à un barbier et de s'être brûlé la barbe avec des coquillages, lorsque mon bourreau qui, tout en me travaillant, avait continué à prendre part à la conversation, poussa un juron formidable contre les musulmanos, et m'appliqua un grand coup de rasoir sur le nez ; en même temps, il m'introduisit de force son pouce dans la bouche, jusqu'au fond de la gorge.

« Je n'eus pas le temps de compter les millions de chandelles que je vis dans un éclair, car je crus ma dernière heure arrivée. Je pensais à me défendre contre ce polycare qui m'empoignait traîtreusement pour mieux me saigner, lorsque je sentis me couler dans la bouche, que cet animal me tenait entrouverte, un liquide tiède et épais que je pris d'abord pour du sang.

« J'éprouvai en même temps une violente nausée, car mon bourreau venait de me toucher le fond de la gorge avec son pouce encore tout humide de la cigarette qu'il avait sacrifiée pour m'entreprendre. Il me promenait vigoureusement son pouce dans la bouche, pour me soulever les lèvres et les joues, et me rasait ainsi, à peau tendue. Je reçus un nouveau coup de rasoir sur le nez, et le liquide épais et tiède me coula derechef dans la bouche : c'était du savonnage !

« Ce maudit barbier essuyait tout simplement son rasoir sur le nez de ses clients ! On comprend qu'un Américain qui n'avait pas l'habitude de ce procédé, pourtant connu depuis longtemps en Grèce, dut être surpris en l'expérimentant ainsi une première fois ! »

Gustave Drolet a vu bien d'autres pays que la Grèce, et il a appris bien d'autres langues que celle de Messire Homère. Il aurait pu faire fortune en Orient s'il y était resté. Mais la menace qui était faite par l'infâme Garibaldi aux États du Pape, menace qui lui parvint providentiellement, même au fin fond de l'Orient, le ramena à Marseille où il s'embarqua, le même jour que moi, sur *La ville de Marseille*, afin de se faire zouave et d'empêcher Satan de reprendre à saint Pierre les clés de Rome. Je lui avais promis qu'à mon premier congé, j'irais le voir au *Cercle canadien*, afin de retrouver sa bonne humeur, cette bonne humeur qui, dois-je l'avouer, me faisait fâcheusement défaut depuis mon arrivée à Rome car les jours avaient eu beau passer les uns après les autres, nous en étions toujours confinés à la caserne, avec bien peu de chance de livrer quelque bataille que ce soit.

5

C'est pourquoi, dans l'état de morosité où je me trouvais, et qui ne faisait que s'aggraver avec le temps, je considérai comme un grand jour celui où, obtenant enfin congé de mon bataillon, je pus me rendre au *Cercle canadien*, dans la petite église de Sainte-Brigitte qui était attenante à la Place Farnèse, elle-même attenante au palais du même nom où habitait le roi de Naples avec ses frères et ses sœurs. La petite église de Sainte-Brigitte, comme toutes celles de Rome, est d'une grande richesse. Partout où l'œil se dirige, la vue tombe sur des objets d'art, des tableaux de maîtres, des mosaïques, de riches sculptures, des marbres précieux et des fresques admirables. Les dalles sont en marbre rare, polies comme des miroirs. À cause de cet environnement de toute beauté, le *Cercle canadien* jouissait donc d'une situation exceptionnelle, se trouvant sur une Piazza ornée de deux magnifiques jets d'eau. Tous les jours, les zouaves canadiens s'y réunissaient pour parler du pays, se plaindre de la chaleur ou de la poussière, pour s'encourager mutuellement, recevoir les amis et lire les journaux.

Mais ce matin-là, quand j'arrivai au *Cercle canadien*, il y avait beaucoup d'activité, un énorme va-et-vient perpétuel, avec les zouaves canadiens qui entraient et sortaient, se demandant les uns les autres si rien ne clochait dans leur habillement. Quand j'en demandai les raisons à Gustave Drolet, il me répondit :

— C'est que nos zouzous vont assister tantôt à la messe, avec le Pape s'il vous plaît. Vous comprendrez alors l'excitation dans laquelle nous sommes tous, et d'autant plus qu'ensuite, il y aura banquet en notre honneur et, ce qui est à proprement parler inimaginable, le Saint-Père nous recevra tous en audience privée.

Voir de si près le Pape, et lui parler peut-être ! Il y avait de quoi me faire mourir d'envie ! Aussi dis-je à Gustave Drolet :

— Je ne sais pas ce que je donnerais pour être des vôtres aujourd'hui !

Il me regarda et, voyant sans doute à ma mine toute la frustration que je ressentais de n'être pas au nombre des élus, il me dit :

— Écoutez, je sais votre sentiment, par rapport à votre vocation. Je serais heureux de vous faire ce plaisir de voir le Pape avec nous. Nous avons un zouzou qui est à l'infirmerie depuis une semaine et je pense bien que l'abbé Moreau, pas plus que le Pape d'ailleurs, ne m'en voudront de faire de vous, l'espace d'une journée, un zouave canadien. Qu'en dites-vous ?

Gustave Drolet n'eut pas besoin de me répéter deux fois son invitation car je mis peu de temps à revêtir l'habit du zouave canadien, me fondant ensuite à l'ensemble du régiment qui se dirigea, quelques minutes plus tard, vers l'archi-basilique de Saint-Jean-de-Latran, si justement nommée *la mère des églises*, où nous assistâmes à la messe en compagnie du Souverain Pontife, superbe du haut de son trône. À la fin de l'impressionnante cérémonie, le Saint-Père laissa son trône pour se diriger vers la sortie, qui donne sur la cour du Palais de Latran. Nous le précédâmes et, formant la haie, quatre de profondeur, nous attendîmes son passage. Le Souverain Pontife, précédé de ses piqueurs, camériers et gardes nobles, et suivi de sa maison au grand complet, se montra bientôt. Dès que nous le vîmes, nous mîmes genou à terre, képi bas, et reçûmes de l'immortel Pie IX une de ces bénédictions qui sanctifient ceux qui les reçoivent. Le Saint-Père nous adressa quelques mots en passant et, nous souriant comme à ses enfants, emporta avec lui l'hommage de nos cœurs et de nos vœux.

Puis le Saint-Père monta dans son carrosse traîné par six chevaux noirs, richement caparaçonnés, précédé de piqueurs, entouré de ses gardes nobles, suivi par les cardinaux et les généraux, dans leurs carrosses dorés, traînés aussi par des chevaux noirs, et par les ambassadeurs, par le sénateur et les conservateurs de Rome, et par toute la préfecture et la noblesse. Le cortège, au son des fanfares du corps de musique de la garde Palatine, prit le chemin du Vatican, que la municipalité avait fait recouvrir d'une épaisse couche de sable jaune sur tout son parcours.

Dans l'après-midi, nous nous rendîmes au Vatican. Nous fûmes introduits dans le grand salon destiné aux audiences publiques. Formant un carré ouvert en face du trône du Souverain Pontife, nous attendîmes le cœur gros d'espérance que le Père commun des fidèles nous honorât de sa présence. Après environ dix minutes d'attente, le Saint-Père fut annoncé. De suite, nous enlevâmes nos colbacks et nous mîmes un genou à terre, mais Sa Sainteté prit la direction de la galerie de la cour du Bramante et envoya son Majordome nous avertir de le suivre. En un temps et un mouvement, nous fûmes debout et, sur deux rangs, nous joignîmes le cortège.

Le Saint-Père ouvrait la marche. Nous le suivions, retenant notre respiration, marchant légèrement pour faire le moins de bruit possible, et les yeux tout grands ouverts. Une promenade à travers le Palais du Vatican, en ayant pour Cicerone l'immortel Pie IX, était chose si surprenante et si inouïe, que nous en étions confus. Trop petits pour la circonstance, nos yeux erraient de notre Guide aux voûtes, et des voûtes aux murs des appartements que nous traversions. Nous ne savions à quoi fixer notre admiration.

Le Saint-Père qui marchait allégrement, tout vêtu de blanc, coiffé de son bicorne écarlate et chaussé d'escarpins rouges, semblait un astre éclatant répandant des rayons lumineux qui faisaient briller d'un éclat plus vif les trésors de peintures que contenaient les galeries que nous traversâmes, les quatre chambres de Raphaël connues sous le nom de Stanze, et les salons richement décorés destinés aux audiences des dames. Pour un admirateur du beau, qui n'avait jamais eu le bonheur de passer de longues heures dans le musée de peinture du Vatican, notre passage était propre à lui donner le vertige.

Le Vatican est une réunion de palais, élevés par seize à dix-huit papes, qui ont attaché leurs noms à chaque palais, ou partie de palais, élevés sous leur règne. On le voit : il n'y a pas une seule dynastie dans le monde qui puisse offrir un aussi grand nombre de protecteurs des beaux arts : et cependant, on n'en continue pas moins à représenter les papes comme des ennemis de l'art, du progrès et du beau, n'ayant pas d'autre souci que de ramener l'humanité à l'âge de fer ou à la barbarie.

On compte au Vatican au moins huit grands escaliers, vingt cours, quatre mille quatre cent vingt-deux salons, et des jardins immenses.

Nous laissâmes à regret ces merveilles, mais ce fut pour entrer dans les beaux jardins qui dépendent de ce palais. Pendant le trajet, le Souverain Pontife se retournait souvent de notre côté et, de la main, nous invitait à le suivre. Nous parcourûmes ainsi une longue suite d'allées bordées de lauriers roses, de grenadiers et d'aubépines tout en fleurs, et nous nous engageâmes sous une charmille de cèdres qui nous conduisit au charmant pavillon construit sous le pontificat de Pie IV.

Entre deux bosquets odoriférants et des massifs de verdure, s'élève un petit édifice bâti en marbre, orné d'un beau portique d'ordre corinthien, soutenu par des colonnettes en marbre de Carrare. Tout orné de statuettes et de bas-reliefs représentant des sujets tirés de l'Empire de Flore, le fronton contient une riche inscription rappelant à quelle occasion le Pape Pie IV le fit construire. Et une jolie pièce d'eau, à quatre jets, rafraîchit les alentours.

Le Saint-Père monta sur les premières marches du portique, et nous faisant former en demi-cercle devant lui, il nous adressa quelques paroles qui nous remuèrent jusqu'au fond du cœur. Il nous félicita de notre dévouement à la cause de l'Église, et nous parla de son admiration pour la lointaine patrie canadienne. Il nous souhaita la bienvenue par une bénédiction qui ne pourrait que nous accompagner pendant toute notre vie, dans toutes les occasions, jusqu'à l'heure de notre mort. « Que cette bénédiction, dit-il, rejaillisse sur vos bons parents, sur vos amis, sur tous ceux que vous aimez. »

Après nous avoir ainsi bénis, le Souverain Pontife fit approcher plusieurs domestiques qui, porteurs de grandes corbeilles, disparaissaient sous les fleurs qu'elles contenaient; d'autres portaient des plateaux chargés d'oranges. Le Saint-Père commença la distribution de sa propre main et donna, à chacun des heureux zouaves qui avaient l'honneur d'être présents, un magnifique bouquet de fleurs, une orange et une médaille en argent, marquée à son effigie.

Le Pape Pie IX.

Nous étions tous ébahis, les mains remplies des dons du Souverain Pontife. Alors, devinant notre embarras, Sa Sainteté s'entretint familièrement avec les prêtres qui l'entouraient. Nous ne perdîmes rien de la conversation qui se faisait en français. Le Souverain Pontife demanda à l'adjoint de l'abbé Moreau à quel diocèse il appartenait. L'abbé Moreau répondit que son compagnon était du diocèse de Trois-Rivières. Élevant la voix, le Saint-Père lui dit : « Dans ce cas, vous m'appartenez d'une façon spéciale, attendu que c'est moi qui ai créé ce diocèse. J'ai aussi érigé un autre diocèse, dans les environs de Trois-Rivières : c'est celui de Saint-Hyacinthe. » Il demanda ensuite pour quelle raison la cité trifluvienne portait ce nom pompeux. Il nous dit aussi qu'Il connaissait les avantages immenses que procuraient à l'Amérique ses grands fleuves. Sa Sainteté en nomma plusieurs et passa également en revue les rivières de moindre importance, disant : « Vous avez aussi de beaux fleuves secondaires, comme l'Orégon et l'Orénoque. »

Après cette digression géographique, le Saint-Père, prenant un sentier tout bordé de haies, taillées à l'anglaise, nous fit parcourir une partie de ses jardins quand, arrivé près d'un mur, Il s'assit sur une petite borne en marbre, adossée à l'une des galeries du musée. Il continua à s'entretenir avec notre colonel pendant quelques instants, puis, nous adressant la parole, Il nous montra une ouverture qui conduisait par un escalier en-dessous du Vatican. Le Saint-Père nous dit :

— Allez voir, c'est très joli.

Quelques-uns s'avancèrent pour regarder ; et Pie IX, pour encourager les timides, nous dit :

— Andate, andate ! Allez, allez !

Nous nous ruâmes tous vers la partie indiquée, cherchant à voir ce qui avait tant d'attrait quand, tout à coup, des centaines de petits filets d'eau s'échappèrent du sous-sol par les fissures des allées sablées sur lesquelles nous piétinions, et vinrent se croiser sur notre figure, dans nos jambes, sur notre dos, partout. Rien n'était aussi comique que de voir le sauve-qui-peut général qui s'ensuivit. C'était une vraie averse de petits jets. Sans égard pour le décorum que nous devions observer devant l'auguste Pontife-Roi, nous fuîmes *bravement* devant l'élément qui nous poursuivait partout.

Quand nous fûmes hors des atteintes de cet ennemi d'un nouveau genre, nous fîmes volte-face et nous contemplâmes le Saint-Père qui riait aux éclats de notre déconfiture. Il nous dit :

— Je ne savais pas que mes zouaves fuyaient devant l'eau. Que serait-ce devant l'ennemi ?

Notre colonel répondit :

— Devant le plomb, Très Saint-Père, ils avanceront !

Là se termina notre audience, qui avait duré une heure et demie. Nous profitâmes des derniers moments pour faire bénir par le Saint-Père divers objets de piété que nous destinions à nos familles et à nos amis, afin que ces derniers retrouvassent ainsi quelques fruits de la faveur dont nous venions de jouir, unique dans la vie d'un zouave.

Une fois sortis du Vatican, certains parmi nous manifestèrent le désir de terminer cette grande journée par un pèlerinage dans les églises les plus célèbres de la chrétienneté, et cela afin d'ajouter des mérites aux objets de piété bénis par le Pape, en les faisant toucher aux saintes reliques que possède la ville de Rome. J'obtins encore la permission de les suivre et c'est ainsi que nous gravîmes les vingt-huit degrés de la Santa Scola à Saint-Jean-de-Latran, où nous fîmes toucher nos chapelets et nos médailles aux endroits marqués par le sang du Rédempteur. Nous reçûmes la faveur d'être admis dans le trésor de l'église de Sainte-Croix de Jérusalem, bâtie par sainte Hélène, pour recevoir la sainte croix. Cette église fut érigée sur un emplacement couvert de terre apportée de Jérusalem, par les soins de la mère de Constantin, qui en avait fait charger plusieurs vaisseaux. Là, nous vénérâmes une partie de la vraie croix, un des clous qui percèrent le corps de Notre-Seigneur, deux des épines de sa couronne, un morceau du voile de la Sainte Vierge, la croix de cuivre que portait sur sa poitrine saint Pierre apôtre, et une partie de la croix du bon larron.

Après une telle équipée, nous retournâmes fourbus à la caserne, mais animés d'un tel esprit que les chants et les prières ne dérougirent pas de la soirée. Personnellement, j'étais très secoué. Quand nous étions dans les jardins du Vatican avec le Pape, un seul sentiment me bouleversait de l'intérieur : me jeter à genoux devant le Saint-

Père et lui faire part de mon désir profond de me faire missionnaire afin d'aller me faire casser la tête pour lui chez les barbares de Chine. Mais je n'avais pas osé le faire, ce qui, au *Cercle canadien* des zouaves, me redonna un peu de ma morosité. Gustave Drolet et le bon abbé Moreau s'en rendirent compte et me demandèrent ce que j'avais. Lorsque je me fus épanché le cœur par devers eux, Gustave Drolet me dit:

— Mon ami, est-ce que vous me permettez de dire ce que je pense sincèrement? Je ne crois pas que vous soyez fait pour devenir missionnaire.

Ce à quoi l'abbé Moreau ajouta:

— Je crois que Gustave a raison. Pour ma part, je vous verrais mieux trappiste, car c'est la contemplation qui vous conviendrait le plus facilement.

Ces paroles, loin de me défaire, parce qu'elles venaient d'un saint homme, me firent me ressouvenir tout à coup de la Trappe D'Aiguebelle. Cette trappe est située dans la plus affreuse des solitudes qu'il soit possible d'imaginer, au milieu d'un pays aride et presque désert, à 300 lieues de la Bretagne. J'en aurais toujours ignoré l'existence si ma belle-mère, étant en pension à l'Adoration de Rennes, n'avait obtenu en prix *la Vie du père Marie-Éphrem,* religieux mort en odeur de sainteté à Aiguebelle. Or, ce qui m'avait frappé dans ce livre, c'est que, d'après une révélation faite à saint Bernard, la certitude du salut est assurée à tous les trappistes. Tout cela me revenant comme par miracle au *Cercle canadien* des zouaves, je me dis dans mon quant-à-moi : « J'entrerai donc à la Trappe, j'y resterai et je me sauverai. »

Le lendemain, je prenais congé de mon bataillon, j'enlevais mes habits de zouave et prenais aussitôt la direction d'Aiguebelle, avec la ferme intention de devenir trappiste. Il faisait beau, les cloches de l'église de Saint-Jean-de-Latran sonnaient à la volée, et jamais encore il n'y avait eu une telle paix dans mon corps comme dans mon âme, comme si je renaissais enfin à moi-même, sans plus de morosité. Je me pris à siffler, ma valise sous le bras, tout le monde réduit à mon grand amour de la Divinité.

6

J'ai déjà dit que lorsque je me passionne pour un sujet, je n'ai de cesse que lorsque j'en atteins le fond. C'est pourquoi, dès mon arrivée à la Trappe d'Aiguebelle où je fus accepté tout de suite grâce aux belles lettres de recommandation que m'avait faites l'abbé Moreau, je me mis à l'étude du grand mouvement des trappistes. Je ne déteste rien plus que l'ignorance, qui nous force à des actions dont on ne comprend ni les causes ni les effets. Aussi est-ce moi qui ai demandé à l'Abbé Prieur de m'instruire sur la Trappe pour que j'y gagne dans la pratique de la sainteté. Il me prêta quelques livres dont je recueillis jusqu'à la moelle toute la désirable information. Parce qu'une fois enfermé dans ma cellule, avec rien du monde extérieur pour me troubler, je me mis aussitôt à lire. Je tombai d'accord (et ce ne pouvait être un hasard) sur ce paragraphe de Guy Chantal :

« On n'étreint pas Citeaux comme les autres ordres. C'est un chêne, un géant de la forêt religieuse, et parce qu'il est parmi les chênes un des plus séculaires, il échappe aux bras de l'homme qui voudrait l'enlacer. Avec lui, tout de suite, il faut prendre du recul. »

La Trappe est tout un monde surgi du passé, et moderne tout à la fois, un monde dont les racines plongent jusqu'aux institutions de Dom Lestrange, de Rancé, de saint Bernard et de saint Benoît. Pour apprécier l'œuvre éminemment utile et sainte accomplie à travers les âges, continuée et amplifiée, il faut se ressouvenir du Moyen Âge chrétien où brillait, dans toute sa splendeur, une foi robuste et saine. Cette foi ardente, cet amour magnifié du Christ, les fondateurs de Citeaux les ont captés, et transmis aux nombreuses générations de moines, accrus de toute la ferveur des saints inscrits au ménologue.

Le père du monachisme en Occident fut saint Benoît. C'était un noble romain, qui descendait de la *gens anicia*, et qui naquit à Nursie en l'an 480. À l'âge de quatorze ans, saint Benoît se retranche du monde pour s'enfermer dans la solitude de Subiaco, à une soixantaine de milles de Rome où, durant trois années, n'ayant pour vêtement qu'une peau de brebis, *il habite en lui-même*. Le souvenir d'une jeune fille qu'il a connue à Rome le poursuit jusque dans l'antre où il se retire. Pour se dompter dans sa chair, saint Benoît se roule dans un buisson d'épines. C'est devant ce buisson que François d'Assise, quelques siècles plus tard, s'agenouillera et plantera les rosiers qui, depuis, ne cessent de fleurir.

Après une expérience malheureuse avec les moines de Vico Varo, saint Benoît regagne sa grotte. Mais bientôt, avec douze disciples fidèles, il bâtit un monastère dans la vallée de l'Anio et, en l'an 529, il érige, sur les débris d'un temple d'Apollon, le monastère du Mont-Cassin. Ce fut le chef-d'œuvre de l'ordre, en même temps que le berceau de la Règle que saint Benoît écrivit après quarante-cinq ans d'efforts, d'épreuves et de renoncements, et qui devait être le code de la vie monastique. Saint Benoît prévoit tout, du vêtement, de la nourriture, du sommeil, comme il prévoit tout des obligations du moine : la prière, la lecture et le travail. Désormais, l'Abbé n'est plus le maître de la Règle, mais la Règle devient le maître de l'Abbé.

Saint Benoît mourut en l'an 543 après avoir édifié une œuvre que ni les persécutions, ni le relâchement des mœurs, ne purent entamer.

L'introduction de la Règle de saint Benoît dans les Gaules fut l'œuvre de saint Maur, l'un de ses disciples. Il fonda, sur les bords de la Loire, le monastère de Glanfeuil. Après de nombreuses péripéties, le monachisme aboutit à Cluny que fonda, en 909, Guillaume, duc d'Aquitaine, et à la tête duquel il plaça le bienheureux Bernon. Mais la force de Cluny devint sa faiblesse. Tout-puissant, et par le nombre de ses novices et par son influence, possédant d'immenses ramifications qui constituaient une sorte de féodalité religieuse, Cluny ne remplit pas les desseins de son fondateur. Le désœuvrement, le luxe et la sensualité se mirent à régner en maîtres dans les monastères, et l'on y commit tant d'outrages à la moralité et à la sainteté que l'abbé de Molesmes, effrayé par tant de relâchement, fonda Citeaux où il voulait remettre en vigueur l'observance primitive de la Règle de saint Benoît. L'abbé de Molesmes jeta son dévolu sur une sorte de désert, à cinq lieues de Dijon et à vingt de Cluny. Il avait volontairement choisi un endroit affreux, inculte, boisé, qui était la retraite ordinaire des bêtes fauves. Par son travail et celui des moines qui l'accompagnaient, l'abbé de Molesmes sut accomplir souverainement les desseins de la Providence, à un point tel qu'en l'an 1 100, le Pape assurait, par son approbation officielle, la stabilité de la nouvelle fondation, la mettant à l'abri de toute ingérence étrangère. Même cette folie que fut en France la Révolution de 1789 ne put avoir raison de l'Ordre qui émigra même dans les Amériques. Il en va toujours ainsi quand les hommes s'oublient dans ce qu'ils croient être et ne songent plus qu'à ce que Dieu attend d'eux, à Cluny aussi bien qu'à Aiguebelle où je trouvai l'application littérale de la Règle de saint Benoît. Aiguebelle était un véritable royaume, avec un code de lois, le plus parfait qui puisse exister. C'est que les Trappistes n'ont besoin de personne, sauf Dieu; ils se suffisent à eux-mêmes.

À la Trappe, vous trouvez tous les corps de métiers et chacun peut y exercer son industrie. Quand j'appris au père médecin que j'avais fait mes études de médecine, il me fit désigner tout de suite comme son successeur. En conséquence de quoi, il demanda qu'on me donnât pour patron l'archange Raphaël. C'est lui qui, paraît-il, protège les médecins, et les malades aussi, je pense.

À la vérité, et si peu de temps après mon arrivée à Aiguebelle, je me retrouvais donc enrégimenté. Je ne me reconnaissais plus : une chemise de laine, un pantalon de laine, une robe de laine, un gilet de laine, un manteau de laine, avec un capuchon de laine ; tout en laine, et en laine blanche. C'était chaud, surtout en été mais, par exemple, c'était très commode, d'autant plus que, comme les autres moines, je dormais tout habillé.

Ordinairement, je me levais à deux heures, souvent à une heure, quelques fois à minuit ; on ne mangeait qu'une fois et à deux heures de l'après-midi, du moins en hiver ; et, à carême, c'était à quatre heures du soir. On travaillait dans les champs pendant cinq heures, et le reste du temps se passait, pour les religieux de cœur, à chanter et à lire. On se couchait à sept heures. Au reste, rien n'était laissé à l'arbitraire : tout était prévu, tout, absolument tout. Il en résultait, le silence aidant, que, peu à peu, on arrivait naturellement, et sans efforts, au recueillement le plus profond ; mais précisément alors commençait, pour certaines natures, un travail intérieur qui devait être surveillé avec soin. Car il y a, en spiritualité, des voies dangereuses, et j'étais trop logique avec moi-même pour ne pas prendre une de ces voies.

Mais d'abord, tout alla bien. J'étais enchanté de mon sort et je ne comprenais pas qu'on pût ne pas se faire trappiste. Ayant vécu jusquelà de contradictions perpétuelles, fatigué d'études sans cesse renaissantes, désabusé du monde où l'ambition, l'égoïsme et l'orgueil se disputent à l'envie le cœur de l'homme, j'appréciais les avantages de la vie religieuse et le bonheur des paisibles habitants du cloître.

À la Trappe, on voit les choses de haut; on voit les choses comme il faut les voir, *à la lumière de Dieu*. Car, enfin, que reste-t-il de la vie? Elle passe rapide comme l'éclair, ne donnant pas ce qu'elle promet. Le trappiste le sait. Sans cesse en face de lui-même, avec la pensée de la mort qui, là, est naturelle et n'a rien de pénible, il acquiert, dans l'ordre du salut, une vision extraordinaire. Ne le plaignez pas, il a choisi la meilleure part, et moi qui les connais pour avoir vécu avec eux, je vous le dis à tous, qui que vous soyez: *les rois du siècle futur sont dans les monastères*; c'est là que sont les saints, ceux qui défendent et protègent les nations. C'est Moïse en priant sur la montagne, qui remporte la victoire, et non pas Aaron en combattant dans la plaine.

La sainteté n'est pas, comme on le croit en général, dans les choses extérieures et visibles; elle est dans les principes qui font agir, la fin qu'on se propose et les moyens qu'on emploie pour arriver à cette fin. Dans l'ordre spirituel, nous faisons peu de progrès par nous-mêmes et, suivant l'expression profonde de sainte Thérèse, il faut se borner à arracher les mauvaises herbes du jardin mystique et laisser le Divin jardinier planter ce qu'il veut, quand il le veut et comme il le veut. Aussi, le secret d'une bonne

direction consiste, pour un prêtre, à suivre la grâce et non pas à la devancer. Il faut savoir ce que Dieu exige d'une âme pour s'y conformer, et un directeur doit se borner, purement et simplement, à distinguer ce qui vient du bon esprit et ce qui vient du mauvais. Il n'a pas d'autre chose à faire et ce n'est pas toujours facile.

D'un autre côté, en spiritualité, il est dangereux de marcher seul. Car l'essence de la vie intérieure, c'est l'obéissance. Je vous avouerai, en toute franchise, que même à la Trappe, je n'y entendais rien, et il a fallu de terribles épreuves pour m'éclairer. Pour moi, faire pénitence, c'était ne pas manger, dormir peu, travailler beaucoup, se donner la discipline, en un mot, se priver de tout et sur tout. Je n'estimais qu'une chose que par les efforts qu'elle me coûtait, et toute la perfection consistait, pour moi, dans l'austérité extrême. J'avais pris pour modèle de mon action Dom Claude Martin, dont la mère, Marie de l'Incarnation, écoutant les desseins que Dieu fondait pour elle, avait quitté le calme de son monastère pour se rendre en Canada afin d'apporter la parole de Dieu aux nations sauvages de l'Amérique septentrionale. Totalement prise par sa vocation, elle avait abandonné son fils, en faisant un orphelin comme moi, aussi désemparé et aussi angoissé, qui essaya d'être bien dans le monde en cultivant la mondanité, les beaux esprits et les gens de fortune. Mais il ne devait jamais s'y sentir à l'aise, attendant de lui-même ce que le monde ne pouvait lui donner. Il se confia aux jésuites, qui le refusèrent, alléguant que sa surdité l'empêcherait toujours d'entrer dans les ordres. Or, Dom Claude Martin n'était pas sourd; il comprit que c'était là un piège que le démon lui tendait par les jésuites, dont il est vrai, il faut toujours se méfier car il s'en trouve plusieurs parmi eux qui ont davantage de l'intérêt aux choses du monde qu'à celles de Dieu, ainsi que j'aurai l'occasion de le démontrer dans la suite de mon histoire.

Pour l'heure, j'en reviens à Dom Martin qui, durant de longues années, lutta contre le démon qui, dans des visions effrayantes qu'il lui accordait, le voulait voir livré à l'impureté avec une jeune fille de dix-sept ans qui, un jour, était allée le voir au monastère pour prendre avis de lui de sa vocation religieuse. Lorsqu'elle quitta le monastère, il se fit à l'instant un bouleversement dans tout le corps de Dom Claude Martin. Tout confus en lui-même, il se retira promptement dans sa cellule. Mais il n'était qu'au commencement d'un combat qui devait durer pas moins de neuf ou dix ans. Dès ce moment, son imagination se troubla, une révolte générale s'éleva dans la partie inférieure et dans tous ses sens, et les assauts qu'ils lui livrèrent furent si rudes qu'il n'y a langue qui puisse les exprimer, ni pleurs les décrire, et je ne sais s'il se trouverait quelque entendement capable de les comprendre. Don Claude Martin n'ignorait pas les armes dont les saints se sont servis, pour combattre l'esprit d'impureté; il savait que c'est par le jeûne, la pénitence et l'oraison qu'ils l'ont surmonté. Il y eut recours mais il avait affaire à un ennemi qui avait reçu de Dieu permission de le tenter de toute manière et, s'il se peut dire, beaucoup plus que ne le fut Job. Comme moi je me trouvais depuis mon entrée au monastère, il versait souvent des larmes, il gémissait devant Dieu, il mangeait si peu qu'à peine un enfant se serait-il contenté à déjeuner de ce qu'il prenait de nourriture en toute la journée. Il joignait à cela de sanglantes disciplines, tantôt avec de grands osiers, d'autres fois avec des orties, un autre jour avec une longue chaîne de fer, qui imprimait sur son tendre corps autant de cercles noirs qu'il frappait de coups. Cependant, le ciel était pour lui de bronze et d'airain, qui ne versait sur lui ni pluie ni rosée, pour tempérer les ordres de la concupiscence le poursuivant sans repos, ni de jour ni de nuit.

C'est là le danger à vivre au monastère : on y est si seul et laissé, pour la spiritualité, sans véritable maître, qu'il suffit de bien peu pour que le pire vous guette, surtout si l'on est comme moi enclin à vouloir aller au fond des choses et de son sentiment. À lire la vie de Dom Claude Martin, je me mis à m'imaginer autre que je n'étais, dans une humilité si totale que déjà j'aurais dû me douter qu'aux yeux de Dieu, elle ne pouvait pas ne pas paraître louche. Mais il était encore trop tôt pour que je le comprenne et pour que mes supérieurs en prennent avis. Ils ne s'aperçurent guère du changement qui se faisait en moi, me questionnant à peine sur l'inclinaison qui me poussait à rester dans ma cellule plutôt qu'à me joindre aux autres pour les travaux des champs ou pour la pratique, à l'infirmerie, de la médecine dont on croyait toujours que je m'occuperais lorsque le père médecin viendrait à mourir.

Moi, pendant tout ce temps, je priais, je jeûnais, j'implorais Dom Claude Martin de m'éclairer, je rêvais d'être comme lui, d'avoir tout son courage afin de dompter mon corps comme lui avait fait. Le démon le poursuivant toujours de ses assiduités, Dom Claude Martin crut qu'il ne pourrait le terrasser entièrement que par quelque coup hardi. Aussi, dans cette pensée, il jeta ses yeux sur ce qu'avaient fait les saints en de semblables occasions, et il résolut d'imiter saint Benoît se roulant tout nu sur des épines. Il l'imita, effectivement, mais d'une manière si généreuse que je puis dire que l'action du disciple a dépassé celle du maître. Pour la réussite de son plan, Dom Claude Martin choisit le temps de la nuit. Il laissa donc les religieux s'endormir puis, se dépouillant tout nu, il laissa ses habits dans sa cellule, à la réserve de son scapulaire et de son froc dont il se couvrit, de crainte que, par hasard, il ne fût rencontré de quelqu'un, et s'en alla droit au jardin où il y avait quantité de groseilliers piquants. Étant arrivé au lieu de son sacrifice, il quitta son scapulaire et son froc, s'enveloppa le visage d'une serviette, tant pour ne pas se défigurer la face que dans l'appréhension de se crever les yeux. Il se jeta à corps perdu dans un gros buisson, qu'il brisa entièrement à force de s'y rouler, faisant ruisseler le sang de toutes les parties de son corps délicat. Après avoir mis en pièce ce buisson, il eut encore la pensée de se rouler dans un autre, d'une grosseur prodigieuse, mais une certaine répugnance naturelle le retint. Néanmoins, pour récompenser en quelque sorte ce défaut, il se couvrit tout le corps d'orties, qui le mirent en feu. Mais le jour suivant, honteux de sa lâcheté, il retourna caresser ses chères et amoureuses épines, et ajouter de nouvelles plaies à celles du jour précédent. Mon Dieu! Quel spectacle cela devait être! *Anges du ciel, de quel œil alors le regardiez-vous?*

Rien que d'y penser, j'étais parcouru de grands frissons qui me forçaient à me jeter à genoux, m'imaginant être devenu Dom Claude Martin, capable de souffrir le martyre pour faire rendre à mon corps tout son mauvais. Je me persuadai que c'était plein d'épines dans mon corps et que, comme Dom Claude Martin, je n'en ôtais pas une seule, afin d'ajouter à mes souffrances, attendant que les épines fussent entièrement pourries et qu'elles tombassent et sortissent d'elles-mêmes dans le ruissellement de mon sang, pour que s'éteignassent entièrement et pour toujours les flammes de la concupiscence.

J'étais capable de rester ainsi pendant des heures dans la vision de Dom Claude Martin, mon front sur les dalles froides de ma cellule, mon cœur comme arrêté, avec aucun goût pour le boire ou pour le manger. Lorsque je me relevais, étonné de toute l'énergie qu'il y avait encore dans mon corps, je me retrouvais comme furieux vis à vis de moi-même, et je me donnais férocement la discipline.

Ce qui arriva, c'est que de me mortifier autant parce que je voulais suivre la pente de ma nature, ma santé finit par s'altérer sérieusement et qu'un jour, à cause de cela, dans l'état de faiblesse corporelle dans lequel je me trouvais, je fus mandé chez le Père Abbé. Il me dit :

— Lorsque vous êtes arrivé à la Trappe, nous fondions de grands espoirs sur vous, notamment en ce qui concerne la succession du père médecin. Mais il semble qu'à cause de la complexité de votre vie intérieure que nous tous, ici, avons du mal à comprendre, vous soyez menacé par un délabrement physique qui nous dit bien que, peut-être, votre place n'est pas ici mais sans doute dans le monde où vous pourriez, beaucoup mieux qu'avec nous, faire don à Dieu de vos talents.

Il me sembla que c'était mon père que j'entendais et que, comme toujours, il était incapable de seulement s'apercevoir de la force irréductible de mon sentiment, voulant de moi ce que je ne pouvais lui donner parce que je ne m'appartenais plus, toute ma vie désormais consacrée à Dieu seul. Mais comme j'avais toujours fait avec l'auteur de mes jours, je ne répondis rien au Père Abbé, sinon qu'avec l'idée que j'avais maintenant de la Trappe, il ne serait pas facile de m'en faire sortir et que, loin de voir avec peine mes forces s'épuiser, j'en serais enchanté. Je dis au Père Abbé :

— Mon intention bien arrêtée est de mourir

trappiste, et jamais je ne quitterai Aiguebelle.
 Il me dit :
 — Si c'est là ce que Dieu veut, nous nous plierons de bonne grâce à ses intentions. Nous allons prier beaucoup afin que la Providence nous éclaire, nous aussi bien que vous. Mais pour le bien de notre monastère, il vaudrait mieux que ce soit trop tôt que trop tard.
 Ne trouvant plus rien à ajouter, le Père Abbé me laissa retourner dans ma cellule où je me mis tout de suite en prière. J'étais convaincu que c'était encore le démon qui me tourmentait. Aussi suppliai-je Dom Claude Martin de me venir en aide. Je restai de longues heures agenouillé, à fixer le crucifix qu'il y avait devant moi. Puis j'entendis une voix qui me disait d'aller balayer l'église puisque je n'étais pas assez avancé sur le chemin de la sainteté pour être autorisé à autre chose. Je me relevai, sortis de ma cellule, et me dirigeai vers l'église. Je pris le balai et me mis à balayer comme si, par cet acte, je rendais enfin compte de toute ma vie. Mais je me sentis bientôt épuisé et, pour me reposer, je m'appuyai contre les casiers qu'il y avait dans la sacristie, et qui servaient aux religieux du monastère pour entreposer ce dont ils n'avaient pas besoin dans leurs cellules. Et ma main, et mes yeux guidés par la Providence, se posèrent sur les *Merveilles du purgatoire* du Père Rossignoli. Dès ce moment, je compris que Dom Claude Martin avait exaucé mes vœux, et que par ce livre il me faisait don de tout ce qui, encore, même au monastère, m'avait été refusé,

c'est-à-dire le sens qu'il devenait urgent que je donne à ma vie.

7

De retour dans ma cellule, je me plongeai dans la lecture des *Merveilles du purgatoire*. Ce livre est un recueil de révélations sur le purgatoire, toutes plus effrayantes les unes que les autres, et de nature à faire réfléchir quiconque porte son regard au-delà de la vie.

Étant donné l'état de mon esprit et la dangereuse illusion qui me dominait alors, un pareil ouvrage ne pouvait manquer de m'impressionner. Il m'impressionna beaucoup et même trop.

Jusque-là, l'enfer avait été la seule chose qui me préoccupait sérieusement parce que, pour en avoir tellement entendu parler dans ma petite enfance et à l'école, je ne voyais qu'elle pour le chrétien incapable d'être à la hauteur de Dieu. Tous ces démons plongés dans les tourments les plus extrêmes, rôtissant pour l'éternité dans le feu de la culpabilité, souffrant amèrement par là où le péché leur était venu, que ce soit par orgueil, par vanité ou, tout simplement, par l'attirance des plaisirs vains de la terre, tout cela que je connaissais bien avant mon arrivée à la Trappe. Il est normal que le péché délibérément consenti et pleinement assumé fasse de vous un démon voué pour toute l'éternité aux affres de l'enfer.

Mais pour le purgatoire, à l'exemple de bien des gens, j'en faisais peu de cas et, quoiqu'avec répugnance, ma foi, j'en aurais pris mon parti. Je me disais en moi-même qu'avec la confession, je me tirerais toujours d'affaire de ce côté-là, croyant, à tort, que la grâce, don gratuit de Dieu, nous est donnée sans règle et, qu'à un moment précis, nous pouvons, par un acte de volonté, l'avoir en quantité suffisante, ce qui n'est pas. Car la grâce précède l'épreuve et la chute est forcée quand la grâce a été méprisée.

C'est ce que j'appris dans le livre du Père Rossignoli : les tourments de l'enfer ne sont rien comparés à ceux du purgatoire, puisque les âmes qui s'y trouvent ne savent pas ce qu'il va advenir d'elles et quand. Elles sont comme en suspens, souffrant mais sans savoir ni la durée de leur souffrance ni ce qu'elles représentent à la face de Dieu. Leur état est donc bien pire que celui de l'enfer parce que là, les âmes des réprouvés savent qu'il n'y aura toujours que la souffrance et que celle-ci est sans rémission.

C'est pourquoi, après avoir lu le livre du Père Rossignoli, mes opinions sur le purgatoire changèrent totalement et je crus, après réflexion, qu'il fallait songer à y échapper. La question était de savoir par quel moyen. Car, déjà trompé par mes principes erronés, j'étais arrivé, de raisonnement en raisonnement, à trouver trop douce la règle austère des trappistes et à chercher, comme je l'ai déjà dit, dans la vie des

saints, quelque chose de mieux. Ignorant qu'un homme, n'eût-il commis qu'un seul péché grave, ne peut le racheter de lui-même, entassât-il pour cela pénitence sur pénitence, je pris, comme je l'ai déjà dit aussi, Dom Claude Martin pour modèle ; et comme j'aimais malgré tout la Trappe, que j'y étais heureux, le principe étant posé qu'il y avait intérêt, pour moi, à en sortir, pour être conséquent avec moi-même, je me mis à méditer sur l'enfer.

Il y a dans les trappes, affichée sur tous les murs, une dangereuse méditation qui, sous une forme concise, en termes saisissants, donne de l'éternité une épouvantable idée. À la simple lecture, on sent qu'il y a là quelque chose qui dépasse l'intelligence humaine, quelque chose qu'il ne faut pas approfondir ; mais il y a, dans cette méditation, un mot qui, à lui seul, est plus effrayant que tous les autres, parce qu'il exprime l'idée même de la divinité ; ce mot, c'est *toujours* ! Vouloir pénétrer ce mot, ce mot qui est un insondable mystère, c'est risquer sa vie, c'est jouer son salut. Car il est écrit : *Qui scrutetur Dominum, opprimetur a gloria ejus*.

J'étais donc, sans le savoir, sur une pente fatale, et avec la faculté rare que j'avais d'abstraire les objets pour les étudier à part, dans cette solitude où rien ne venait me distraire, en portant tout l'effort de mon esprit sur ce point, je courais systématiquement à ma perte sans comprendre le danger auquel je m'exposais. C'est que le mot *toujours* ! n'est pas un mot comme les autres mots, et qu'à lui seul il résume, en la complétant, cette terrible méditation qui pendant des semaines et des mois, a été ma seule et unique méditation.

Un jour, pendant deux heures consécutives, avec une force de volonté que je ne souhaite à personne, concentrant toutes mes facultés sur cette redoutable pensée, je restai volontairement comme rivé à ce mot, à cette idée qui, de minute en minute, grandissait, grandissait toujours et qui, s'agrandissant extrêmement tout à coup, m'apparut soudain comme un précipice sans fond dans lequel je me sentis comme envoyé. C'était à la fois le purgatoire et l'enfer, la peine du réprouvé, éternelle, et sans aucune rédemption possible, puisque le purgatoire et l'enfer venaient de se liguer contre moi, s'amalgamant l'un à l'autre, me disant: «Tu y es et tu n'y es pas tout à fait parce que tu ignores où tu te trouves, et parce que tu ne mérites pas mieux que de ne pas le savoir. Tu te crois en enfer, dans la damnation éternelle, alors que peut-être tu n'es qu'au purgatoire, sans entendement des jours et des nuits, à souffrir sans que, pour toi, il n'y ait de cesse. C'est normal que cela arrive lorsqu'on n'a pas le courage d'être profondément ce qu'on est et qu'on chicane la vérité.»

C'en était trop pour moi. Je tombai sur le parvis de l'église, épuisé, mourant.

Voilà où, fatalement, je devais aboutir avec l'éducation qu'on m'avait donnée, à savoir qu'il me manquait un appui dans l'ordre du salut. Car le salut est dans l'espérance, non pas dans l'espérance naturelle, mais dans l'espérance surnaturelle; et ce qui fait la différence de la religion catholique d'avec la religion protestante, c'est que le protestant croit avoir confiance en Dieu tandis qu'en réalité il n'a confiance qu'en lui-même : *il n'a pas de point d'appui.* Au reste, quand on pénètre dans les mystères de la grâce, on voit que la plupart des catholiques, dans la manière dont ils se servent des sacrements, sont de véritables protestants; leur principe est le même, et c'est, en ce sens, que sainte Thérèse a pu dire qu'elle avait été, pendant vingt ans, sur le chemin de l'enfer.

En religion, il faut être logique dans le vrai; mais il y a un redoutable danger à être logique dans le faux, et, bien qu'en marchant seul, on puisse faire, quelquefois, d'importantes découvertes, comme la spiritualité est une science difficile et que le diable est un théologien de première force, il est prudent, en général, de ne pas trop se fier à ses propres lumières. Nul ne peut se conduire seul.

Mon tort à moi, c'est d'avoir été logique, mais logique dans le faux; et, en étudiant attentivement ma vie, vous comprendrez comment il a pu se faire qu'il y ait eu un miracle sur Œdipe, ce que j'expliquerai plus tard. Ne vous en moquez pas trop. Car c'est un grand miracle; c'est la découverte d'une loi providentielle qui est dans l'ordre des esprits ce qu'est la loi de Newton dans l'ordre matériel.

Ce n'est pas sans raison qu'autrefois, les Athéniens et les Thébains se disputaient avec tant d'acharnement la possession d'Œdipe :

c'est qu'il y a certains hommes, autour desquels s'agitent les puissances du ciel et de l'enfer, et que la victoire est attachée à la présence de ces hommes sur le champ de bataille. *C'est le parti qui les a, qui triomphe, quand, eux autres, ils ont triomphé.*

Et si vous, théologiens, vous niez l'existence de cette loi, veuillez alors, je vous prie, m'expliquer ce que sainte Hildegarde, dans ses révélations, entend par « les trois hommes spirituels » dont elle parle dans son *Scivias* et qu'elle nomme.

Je revins à moi, non pas dans ma cellule, mais à l'infirmerie où, après m'être évanoui dans l'église, l'on m'avait transporté. Le père médecin me passait un linge humide sur le front quand j'ouvris les yeux, étonné de ne pas me retrouver en enfer ou en purgatoire. Il me dit :

— Est-ce que ça va mieux maintenant? Vous nous avez fait très peur vous savez.

Je ne répondis rien parce que je n'étais pas encore revenu du Royaume de la Mort, là où les âmes dérivent, incapables de savoir si c'est pour tout le temps ou si elles auront la gloire de s'asseoir un jour à la droite de Dieu. Tout était affreusement mélangé dans mon sentiment, et j'en éprouvais une grande lassitude qui me fit me rendormir, d'un sommeil trouble par quoi tout mon corps fut pénétré d'épines, l'ensanglantant afin que l'absurdité du monde m'avalât tout à fait. En même temps, je ne faisais que rêver à des souffrances plus grandes encore, comme celles qui s'étaient emparées de Dom

Claude Martin et qu'il avait vaincues, se jouant de sa vie pour que Dieu acceptât de le prendre éternellement à sa droite.

Lorsque je remontai encore du Royaume de la Mort, le Père Prieur était à mon chevet, les mains jointes et les yeux fermés ; seules ses lèvres bougeaient presque imperceptiblement. Me voyant revenir à moi, il mit sa main sur la mienne, et me dit :

— Mon fils, je crois que nous en sommes maintenant à la croisée des chemins et qu'il vous faut prendre une décision très rapide en ce qui concerne votre avenir. Le monastère n'est pas là pour détruire le corps et l'âme : il n'existe que pour mieux se rapprocher de Dieu et en être abrillé. Mais c'est là quelque chose qui vous restera toujours étranger, et c'est pourquoi, malgré la grande sympathie que nous avons tous pour vous ici, nous vous demandons de partir. Que Dieu vous accompagne.

Il me serra la main délicatement et s'en alla sans plus. Je restai seul pendant un temps, furieux de ce que j'avais entendu, me disant que c'était bien là l'une des absurdités de la Trappe, que voulant s'y sanctifier, l'on ne rencontre partout autour de soi que le confort tout déterminé de rites qui ne signifient rien parce que, jamais, personne ne les habite. Saint Benoît et Dom Claude Martin n'avaient pas davantage été compris que moi je l'étais à Aiguebelle, parce que j'étais bien plus qu'obstiné mais y mettais, dans la balance de Dieu, tout mon être. Pour des gens s'occupant toute la journée aux travaux des champs, et se contentant, la nuit, de psalmodier des oraisons dont ils ne comprenaient guère le sens, que pouvais-je bien être dans mon désir fiévreux de la connaissance de Dieu ? Un moins que rien, un empêcheur de méditer en rond et inutilement. Voilà pourquoi l'on voulait me chasser d'Aiguebelle, le démon ayant prise partout dès que la médiocrité s'y installe.

À l'infirmerie, je méditai quelques jours là-dessus, interrogeant Dieu sur ce qu'il lui conviendrait que je fasse. Il me fit comprendre qu'il n'y a pas de lieu pour le combat que je livrais, celui de la sainteté, et que, par conséquence, c'eût été un grand tort pour moi de rester à Aiguebelle. *J'étais attendu ailleurs*. J'en eus la confirmation dans une vision qui me fit beaucoup voyager et qui, au terme d'une longue croisade en mer, me jeta sur les rivages d'un pays inconnu et bouché par des montagnes gigantesques. Des hommes nus couraient à l'orée de la forêt et, au-dessus d'eux, le ciel était traversé d'une grande croix lumineuse. Je pensai que Dieu voulait toujours m'envoyer en mission, peut-être chez les barbares de Chine auxquels j'avais toujours rêvé, ou bien ailleurs, dans la profondeur du Nouveau-Monde, là où même Dieu avait du mal à se restaurer.

Aussi, lorsque le Père Prieur revint-il me voir, au lieu d'entrer en discussion avec lui, lui fis-je simplement part de mon sentiment qui était de quitter Aiguebelle le plus rapidement possible. Trois jours après, je sortais du monastère, sans savoir où j'irais. Je pris la route et me mis à suivre son cheminement, toute ma complaisance remise entre les mains de Dieu. J'allais marcher longtemps, jusqu'à Paris où je trouvai à m'héberger, épuisé, à deux doigts de l'anéantissement. Mais la Providence veillait et, un jour que j'allai me promener sur les quais, elle me fit encore une fois le don du grand amour qu'elle avait pour moi. Je vais maintenant en parler pour qu'il y ait suite dans ma relation.

8

Il y avait déjà quelque temps que j'étais à Paris, habitant ce petit hôtel de la rue du Panthéon que, depuis mon arrivée, je n'avais pas encore quitté une seule fois. Le matin, j'allais déjeuner dans le hall, m'y retrouvant seul à une heure où l'ordinaire des gens dort encore. Mon déjeuner terminé, je remontais à ma chambre, y passant toute la journée à réfléchir sur ce qui m'était arrivé à Aiguebelle. Au bout de quelques jours, la pensée me vint que tout ne dépendait peut-être pas de moi, ni d'Aiguebelle, mais de l'éducation que l'on m'avait donnée. À la fin, cela m'apparut si clairement que j'eus le sentiment qu'ainsi laissé à moi-même, sans conseiller comme sans guide, il était normal que je trébuche, incapable, dans mon ignorance, de séparer l'ivraie du bon grain. J'en mis la faute sur un système d'éducation incapable de répondre aux besoins qu'un enfant peut avoir quand il est sensible et, par cela même, vulnérable.

Mais sans doute n'aurais-je pu aller plus avant dans ce qui commençait à se faire jour en moi si la Providence ne s'était pas dressée sur mon chemin et ne m'avait complètement dessillé

L'église Notre-Dame.

les yeux. Cela arriva un matin où, songeant à toutes ces choses dans le hall de l'hôtel que j'habitais, il me vint pour la première fois l'envie de me retrouver dehors. Je descendis le boulevard Saint-Michel et me retrouvai bientôt devant l'église Notre-Dame où j'entrai, me jetant à genoux et implorant Dieu de m'éclairer de ses lumières. Je priai tout l'avant-midi, ce qui apaisa miraculeusement l'appréhension qui se tenait, solidement lovée, au milieu de mon corps. Quand je me relevai et sortis de l'église Notre-Dame, il me sembla que de grands rayons dorés venaient de très haut vers moi, pour m'accompagner dans ma marche. C'est ainsi que sans le vouloir vraiment, je m'arrêtai devant l'un de ces petits libraires ambulants qu'il y a tout le long de la Seine et que mes yeux se portèrent naturellement sur la *Réforme de l'enseignement secondaire* de Monsieur Jules Simon, ancien ministre de l'Instruction publique en France. Sans trop savoir pourquoi, j'achetai l'ouvrage et, à grandes enjambées, je m'en retournai à l'hôtel, m'enfermai dans ma chambre, et me mis à lire. Ce fut la révélation que j'attendais et qui me confirmait dans tout ce que je pensais sur l'enseignement, même avant Aiguebelle. Monsieur Jules Simon avait écrit :

« Ce qu'il faut changer dans l'enseignement, c'est que l'élève, au lieu de travailler en solitaire, verra ses camarades à l'œuvre. Ces procédés de l'intelligence qu'il n'est point capable d'observer directement en lui-même, il n'aura point de peine à les suivre sur son voisin cherchant tout haut devant lui. Dix bonnes copies lues en classe ne valent pas la vie immédiate d'un bon esprit qui travaille à découvert. L'ouvrier n'apprend-il pas son métier en regardant travailler son patron et ses compagnons ?

« Ainsi l'activité, le mouvement, l'attrait se substituent à la somnolence et à l'ennui. On attend l'heure de la classe ; on ne s'y borne plus à écouter, on parle ; et, quand on écoute, c'est en se préparant à payer soi-même de sa personne.

« Aujourd'hui, c'est à l'étude surtout que l'élève travaille, puisque c'est là qu'il fait ses devoirs et que, dans la classe, il n'a plus qu'à écouter. La classe est surtout consacrée à la dictée des devoirs pour le lendemain et à la correction des devoirs de la veille. L'élève y est purement passif. C'est moins une classe qu'une inspection. Le professeur s'assure qu'on a travaillé. La correction des devoirs n'intéresse jamais que celui qui lit sa copie; elle n'instruit pas les autres et n'excite même pas leur attention. L'explication des auteurs est étouffée par la récitation, la dictée, la correction; c'est à peine si elle dure quinze à vingt minutes. Elle devrait être le fond même de la classe; c'est le seul moyen où l'élève travaille réellement sous les yeux de ses condisciples et sous la direction de son maître. Ce temps d'activité qui est si peu de chose dans nos classes devrait être tout: *ce serait la grande réforme.* »

Je fus si bouleversé par l'ouvrage de Monsieur Jules Simon que je le relus plusieurs fois, parce qu'il m'apparut rapidement, de ma propre expérience même, que l'enseignement devait être modifié du tout au tout. Je passai donc des mois, tout en travaillant dans une petite école de Paris, à mettre au point une nouvelle méthode susceptible de changer l'éducation et, une fois satisfait de mon travail, je me persuadai enfin d'écrire la lettre suivante à son Excellence Monsieur de Fourtou, ministre de l'Instruction publique:

« Excellence,

« Je ne sais qu'elles sont les formalités à remplir pour arriver jusqu'au ministre de l'Instruction publique, et je prends le moyen qui me paraît être le plus simple, celui de lui écrire.

« J'ai pensé que dans un temps où tout le monde est d'accord pour reconnaître que les méthodes employées arrivent à des résultats relativement assez faibles, malgré la science et le dévouement des maîtres et la bonne volonté de beaucoup d'élèves, il y avait lieu pour moi de demander qu'on voulût bien examiner mes travaux.

« Sans me faire illusion sur les difficultés qu'ont de tout temps rencontrées les inventeurs, j'ai cru qu'il était de mon devoir, comme Français, d'offrir d'abord à mon pays l'application d'un nouveau système d'enseignement par suite duquel j'ose dire que le temps des études peut être réduit de moitié.

« J'en ai fait l'expérience et, si vous daignez, monsieur le ministre, m'accorder une audience, j'espère vous convaincre. Si vous refusez de m'entendre, il ne me restera plus qu'à voir si, ailleurs qu'en France, on apprécie mieux ceux qui consacrent leur vie et leur fortune à travailler pour les enfants, tâche souvent ingrate et rarement récompensée.

« J'ai l'honneur, monsieur le ministre, d'être de votre Excellence, avec un profond respect, le très humble serviteur. »

Je dois rendre à Monsieur de Fourtou cette justice, c'est que, dès le lendemain soir, il m'envoyait une lettre d'audience. J'étais donc à même de croire que mes paroles avaient fait quelque impression sur son esprit, et qu'il y attachait une certaine valeur. Mais pourquoi me faire venir s'il n'avait pas l'intention de pousser la chose plus loin? Je ne le comprends pas encore.

Mais quoi qu'il en soit, le 4 février 1874,

je me rendis au ministère de l'Instruction publique. Monsieur de Fourtou était sorti, et son chef de cabinet me pria d'exposer, en peu de mots, ce que je désirais. Il ne voulut même pas prendre connaissance de mes travaux. Alors je lui dis :

— Tout ce que je demande, c'est que l'on m'autorise à appliquer moi-même un nouveau système d'enseignement dont je suis l'auteur.

Il me regarda, de l'air de quelqu'un qui ne veut pas entendre ce que vous lui dites, et me répondit :

— Quant à cela, n'y comptez pas, mon bon ami. Si réellement il y a du bon dans vos travaux, ce que je veux bien admettre, eh bien ! faites un rapport et vous verrez peut-être quelques-unes de vos idées acceptées par la commission chargée de réformer l'enseignement. Ce sera pour vous un honneur.

Bel avantage, ma foi ! Aussi, dans la persuasion que j'étais que mon rapport, si j'avais la fantaisie d'en faire un, dormirait éternellement dans les cartons des bureaux (en France, ce sont de vrais éteignoirs que ces bureaux !), je renonçai à me donner une peine inutile et qui aurait bien pu profiter à d'autres qu'à moi. C'est pourquoi j'écrivis à Monsieur Jules Simon cette lettre que je crois devoir reproduire :

« Monsieur,

« Je viens de lire avec le plus vif intérêt votre livre intitulé *Réforme de l'enseignement secondaire* ; et je ne puis que redire ce que je disais déjà, quand parut votre circulaire si criti-

Une classe du dix-neuvième siècle.

quée du 27 septembre 1872 : M. Jules Simon a raison.

« Et pourtant, je l'avoue en toute franchise, j'étais alors prévenu contre vous, ne connaissant pas bien vos idées sur l'éducation ; mais, à la lecture de ce document, je dus forcément abonder dans votre sens, puisque, sans le savoir, j'avais exécuté, en partie du moins, le plan d'étude indiqué par vous.

« Aussi, avais-je eu d'abord l'intention de vous demander une audience pour vous communiquer mes travaux ; mais ils n'étaient pas entièrement terminés et, d'ailleurs, comme toute chose nouvelle, bonne en principe, il fallait auparavant les appliquer, pendant quelques années, avant d'appeler sur eux l'attention des hommes compétents. Car il y a mille détails dans l'instruction que l'expérience seule apprend à simplifier. Je m'en tins donc là.

« Depuis, j'ai continué ces travaux et ils sont maintenant assez complets pour que j'affronte la publicité, d'autant plus que je trouve dans votre livre l'esprit de ma méthode. Or, il est permis de penser que deux hommes qui se rencontrent sur le même point, sans s'être entendus, peuvent être dans le vrai.

« J'ai déjà écrit à monsieur le ministre de l'Instruction publique pour lui demander une entrevue ; mais Son Excellence, trop occupée d'autres soins, n'a pu me recevoir elle-même et l'entretien que j'ai eu avec son chef de cabinet, n'a pas abouti. Dès lors, j'ai pris la résolution de m'adresser directement à l'Assemblée nationale pour obtenir d'exposer mon système devant une commission qui jugera s'il y a lieu d'en faire l'essai ; et j'ai pensé que vous voudriez bien être mon interprète auprès d'elle, ma manière de voir concordant à cet égard avec la vôtre et mes travaux venant à l'appui de vos affirmations.

« Je sais combien il est difficile d'aller à l'encontre des idées reçues, et l'histoire des inventions, même les plus utiles, le prouve assez ; cependant, on est tellement d'accord aujourd'hui, à quelque parti qu'on appartienne, pour reconnaître que les méthodes employées laissent beaucoup à désirer, qu'on voudra bien entendre un homme qui, pièces en main, offre de montrer qu'on peut réduire de moitié le temps des études sans rien changer au programme de l'enseignement.

« Recevez, Monsieur, avec mes sincères hommages pour votre beau talent, l'assurance du profond respect avec lequel j'ai l'honneur d'être votre très humble serviteur. »

Monsieur Jules Simon ne répondit pas à ma lettre, et pas davantage à celles que je lui écrivis par la suite. Comme quoi il faut se méfier de ceux qui veulent changer l'éducation, mais bien à l'aise derrière leurs bureaux, sans le concours de ceux qui, parce qu'ils vivent les choses de l'intérieur, seraient pourtant en mesure de les éclairer.

Me rendant compte que j'avais frappé à la mauvaise porte en sollicitant l'appui de Monsieur Jules Simon, j'essayai de me faire entendre de nouveau par Monsieur de Fourtou. Il me refusa toutes les audiences que je lui demandai, ce qui m'obligea à un radicalisme qui n'a jamais été mon lot. Un matin, je me levai avec dans la bouche comme le mauvais goût de cette colère, que, trop longtemps, j'avais refoulée en moi. Je mis toutes les études que j'avais faites sur l'éducation dans ma petite valise, et, résolu comme je ne l'avais jamais été, j'allai cogner à la porte de Monsieur de Fourtou. Son chef de cabinet me fit entrer, parut s'intéresser aux demandes pressantes que je lui faisais d'avoir un entretien avec Monsieur de Fourtou et, prétextant quelque affaire d'importance à régler, il me laissa seul. Quelques minutes plus tard, les gendarmes entraient dans le bureau, et le chef de cabinet de Monsieur de Fourtou apparaissait enfin et me disait :

— Si j'avais un conseil à vous donner, ça serait celui de ne plus remettre les pieds ici. Car alors il se pourrait bien qu'on se sente obligé de vous éloigner définitivement de nous.

Les gendarmes m'invitèrent à m'en aller, ce que je fis. Je retournai à mon hôtel, et méditai longuement là-dessus. J'avais déjà compris que nul n'est prophète dans son pays et qu'aucun changement véritable ne peut avoir lieu s'il ne s'accompagne de graves souffrances morales. Dès lors, j'avais à choisir entre deux solutions : ou bien je décidais de rester en France en courant le risque d'être à jamais incompris, ou bien je m'expatriais, et alors, dans un pays neuf toute mon entreprise pourrait aisément se justifier. Encore une fois, je demandai à Dieu de m'éclairer. Après de longues heures que je passai en prière à l'église Notre-Dame, et sans avoir obtenu quelque signe que ce soit, j'étais pour m'en retourner à mon hôtel quand, montant la Place du Panthéon, je vis tout à coup une petite foule qui, drapeaux déployés, défilait dans la rue. M'informant de cette curiosité auprès d'un badaud, je l'entendis me répondre :

— C'est le Brésil qui s'en va au Panthéon rendre hommage à la grandeur de la France.

Ces paroles, je ne sais pourquoi, m'avaient profondément touché, au point que les jours suivants, je me procurai tout ce que je pus trouver sur le Brésil. Il m'apparut très tôt que c'était le pays où je devais me rendre pour changer radicalement l'enseignement. Si le Brésil avait accepté aussi facilement le métissage, alors que partout ailleurs cela avait provoqué d'effroyables et sanglantes tueries, c'était hors de tout doute que ce peuple n'était pas comme les autres, et susceptible de s'intéresser de très près à mes travaux. Je fis donc mes bagages, réservai ma place sur le premier bateau en partance pour le Brésil. Mais comme j'avais la certitude que jamais plus je ne reviendrais en France, il me vint le profond désir de faire mes adieux à Aiguebelle. Je voulais serrer la main des trappistes que j'y avais connus, et leur faire assavoir que Dieu m'avait choisi pour modifier en profondeur le système d'enseignement, d'abord celui du Brésil, puis celui du reste de l'univers.

Les destinées de la Providence sont toutefois insondables puisqu'à mon retour d'Aiguebelle, je m'arrêtai à Lyon et, descendant à l'Hôtel des Courriers, rue Saint-Dominique, je fis la connaissance de quelqu'un qui, encore une fois, allait changer le cours de ma vie. Je m'étais assis dans le hall de l'hôtel, attendant calmement l'heure du dîner, quand, sans que je ne m'en aperçusse d'abord, quelqu'un vint s'asseoir en face de moi. Comme nous en étions dans le cœur de la saison tranquille, il semblait bien que cet étranger et moi, nous fussions les seuls clients de l'hôtel. Il m'invita à dîner avec lui. Il s'agissait de Monsieur Théodore de Saint-Pierre, dont la noblesse remonte aux croisades, qui passait l'été en Savoie, aux eaux de Bride

La Tour du Canada à l'Exposition universelle de Paris.

et Saliens dont il était propriétaire, et, l'hiver, soit à Paris, soit à Lyon. Or, ce Monsieur, durant l'Exposition universelle de 1857, avait eu des relations intimes avec un Canadien, l'honorable Jean-Charles Taché, député-ministre de l'Agriculture, qui lui avait fait connaître Octave Crémazie, un poète de ce pays-là, et dont il y avait beaucoup de bien à dire. Monsieur Théodore de Saint-Pierre me dit :

— Vous remontez demain à Paris, et moi aussi. En attendant que votre vaisseau appareille pour le Brésil, j'aimerais bien que vous rencontriez Octave Crémazie. C'est un homme charmant, bien qu'un peu triste, et qui, pour tromper son exil, écrit de la grande poésie. Par lui, vous saurez tout de ce grand pays qu'est le Canada.

Quelques jours plus tard, Monsieur Crémazie nous recevait à déjeuner, Monsieur Théodore de Saint-Pierre et moi. C'était un homme qui paraissait plus âgé que son âge, avec un large front et une calvitie déjà avancée. Il portait une épaisse moustache à la Napoléon III et une petite barbichette fournie qui lui donnait un air beaucoup plus sévère qu'il n'en était en réalité. Monsieur Théodore de Saint-Pierre m'avait informé sur lui. Alors que nous faisions antichambre, il m'avait raconté que la famille de Monsieur Crémazie, originaire du Languedoc, habitait en Canada depuis 1759. Garçon très brillant, Octave Crémazie avait fait ses études au Séminaire de Québec avant d'entrer dans le commerce comme associé de ses deux frères, Jacques et Joseph, fondateurs à Québec, rue de la Fabrique, d'une maison de librairie. Après 1855, la maison prit un développement considérable, trop rapide peut-être, à une époque où les livres, en Canada, étaient d'un débit assez difficile; ce fut la première cause du désastre qu'Octave Crémazie éprouva quelques années plus tard.

Mais en attendant ce grand malheur, la maison de librairie des Crémazie fut, sans contredit, une de celles qui ont le mieux servi le mouvement littéraire en Canada. Elle était le rendez-vous des plus belles intelligences d'alors, qui s'y réunissaient autour des *Soirées canadiennes*, cette grande revue québécoise dont la popularité était immense, car elles répandaient partout la vie, l'entrain et la foi dans l'avenir. Nature sympathique et ouverte, modeste comme le vrai talent, toujours disposé à accueillir les nouveaux-venus dans l'arène, Octave Crémazie était le confident de chacun; il raffermissait les pas hésitants et révélait à eux-mêmes des écrivains de mérite qui s'ignoraient. Tout au fond de sa librairie était le Cénacle, véritable et familière «cité des livres», où Octave Crémazie donnait ses audiences intimes, livrant les trésors de son étonnante érudition: les littératures allemande, anglaise, espagnole, italienne et américaine lui étaient aussi familières que la littérature française; il citait avec une égale facilité Sophocle et le Ramanaya, Juvénal et les poètes arabes ou scandinaves. Il avait même appris le sanscrit. C'est que le monde ne lui était rien parce que l'étude lui était tout. La composition de ses

Octave Crémazie.

poésies et la lecture absorbaient la plus grande partie de ses nuits : le silence, la solitude, l'obscurité évoquaient chez lui l'inspiration. Le plus souvent, ne prenant même pas la peine de confiner ses poésies au papier, il les gravait dans sa mémoire, qui est prodigieuse, et ne les écrivait qu'au moment de les livrer à l'impression.

Ce que m'avait raconté Monsieur Théodore de Saint-Pierre m'avait touché, et plus qu'il n'aurait pu s'en douter lui-même : avant même de rencontrer Octave Crémazie, il me sembla que ce n'était pas pour rien si nos chemins devaient s'entrecroiser : sa solitude et son exil à Paris me disaient déjà tout.

Mais ce qui me restait encore à éclaircir, c'était pourquoi Octave Crémazie avait dû quitter le Canada pour venir s'établir à Paris. Lorsque je le demandai à Monsieur Théodore de Saint-Pierre, il me dit :

— Avec une pareille nature, on peut juger quel goût et quelle aptitude Crémazie avait pour les affaires. L'incurie et l'imprévoyance finirent par creuser un abîme sous ses pieds, et les créanciers, nombreux, tombèrent sur lui. En Canada, on ne joue pas avec ces choses-là et Crémazie, s'il ne s'était pas enfui, aurait couru le risque de moisir en prison jusqu'à la fin de ses jours.

Lorsque Octave Crémazie vint nous accueillir, j'aurais voulu le serrer dans mes bras et lui donner l'accolade tant je me sentais déjà en affinité avec lui. Je retins mon sentiment, et Crémazie m'empoigna chaleureusement la main, me saluant comme s'il m'avait vu de la veille. Il nous invita à passer à table presque aussitôt, se contentant pour sa part de nous regarder manger, de lancinants maux d'estomac l'empêchant de se substanter convenablement. Il me parla du Canada, du grand amour qu'il lui vouait malgré ses déboires, et de la nostalgie qui était son lot depuis qu'il vivait en France. De sa belle voix chaude, il me récita quelques vers du *Drapeau de Carillon* :

> Sur les champs refroidis jetant son manteau blanc,
> Décembre était venu. Voyageur solitaire,
> Un homme s'avançait d'un pas faible et tremblant
> Aux bords du lac Champlain. Sur sa figure austère
> Une immense douleur avait posé sa main ;
> Gravissant lentement la route qui s'incline
> De Carillon bientôt il prenait le chemin,
> Puis, enfin, s'arrêtait sur la haute colline.
>
> Là, dans le sol glacé fixant un étendard,
> Il déroulait au vent les couleurs de la France.
> Planant sur l'horizon, son triste et long regard
> Semblait trouver des lieux chéris de son enfance.
> Sombre et silencieux il pleura bien longtemps,
> Comme on pleure au tombeau d'une mère adorée,
> Puis à l'écho sonore envoyant ses accents,
> Sa voix jeta le cri de son âme éplorée :
> « Ô Carillon, je te revois encore,
> Non plus, hélas ! comme en ces jours bénis
> Où dans tes murs la trompette sonore
> Pour te sauver nous avait réunis.
> Je viens à toi, quand mon âme succombe
> Et sens déjà son courage faiblir.
> Oui, près de toi, venant chercher ma tombe,
> Pour mon drapeau je viens ici mourir. »

Je ne sais pas pourquoi mais en écoutant Octave Crémazie déclamer sa poésie, je fus pris, tout à coup, d'un grand émoi, reconnaissant dans ses paroles ce qu'il y a de triste à être orphelin et abandonné de tous, obligé à l'exil qui vous pousse à une solitude si énorme qu'il faut beaucoup de courage pour s'y assumer totalement. Et moi qui avais déjà décidé de m'en aller en Canada, refaisant en quelque sorte à l'envers le cheminement de Crémazie, j'étais comme suspendu à ses lèvres, attendant de lui qu'il me signifiât mon avenir. Nous avions laissé la table et étions passé dans son cabinet de travail où il me fit découvrir les livres qu'en s'enfuyant de chez lui, il avait apportés en France : de gros ouvrages sur le Canada, dans des reliures dorées sur tranches, pour me faire assavoir quel culte il rendait, même proscrit, à ses origines. J'étais absolument bouleversé face à autant de modestie et de vérité. Et quand Crémazie me lut ces quelques vers du grand poème qu'il était en train de rédiger, *Les Morts*, je sus qu'il s'adressait à moi, et à moi seul :

> Priez pour l'exilé, qui, loin de sa patrie,
> Expira sans entendre une parole amie ;
> Isolé dans sa vie, isolé dans sa mort,
> Personne ne viendra donner une prière,
> L'aumône d'une larme à la tombe étrangère :
> Qui pense à l'inconnu qui sous la terre dort ?

Devant autant de beauté, je restai comme en suspens. Il fallut que Monsieur Théodore de

Saint-Pierre dise lui-même à Octave Crémazie ce qui faisait l'originalité de mes travaux. Crémazie me demanda de lui en parler davantage. Lorsque je lui eus tout conté, il me dit :

— Mon ami, c'est pour le Canada qu'il faut que vous partiez. Là-bas, on a besoin d'hommes comme vous.

Muni des lettres de recommandation qu'Octave Crémazie et Monsieur Théodore de Saint-Pierre eurent l'honneur de me faire, j'allai donc au Havre et à la fin de l'été 1873, m'embarquai pour le Canada, enfin conscient que ma vie venait de prendre tout son sens, comme on s'en rendra compte dans la suite de ma narration.

9

Lorsque je débarquai à Québec après une navigation qui fut sans histoire, il se produisit une bizarre coïncidence qui m'étonna beaucoup, sans que d'abord j'y attache aucune signification. C'est que la première personne que je rencontrai en mettant pieds à Québec, et à qui je m'adressai pour trouver un logement, fut Monsieur Georges Saint-Pierre qui m'emmena dans sa famille et m'installa chez sa mère, une vieille dame chargée de mérites, et qui eut l'amabilité extrême de me considérer comme son fils. Étant donné le succès que j'ai obtenu aussitôt arrivé à Québec, et les miracles qui ont eu lieu ensuite, cette coïncidence (qui voulut que ce soit Monsieur de Saint-Pierre qui, à Paris, me persuada à émigrer au Québec alors qu'un autre Monsieur Saint-Pierre m'y attendait), cette coïncidence, vous demanderai-je, pouvait-elle être purement accidentelle ? Moi, je réponds non ; elle était providentielle, c'était un jalon.

J'ai vécu pendant des années, entouré pour ainsi dire d'influences surnaturelles, sans me douter en rien qu'une puissance invisible me suivait partout ; et maintenant que j'ai pénétré ce mystère, je vois qu'il y a eu pour moi, ce qui en réalité existe pour chacun de nous, une révélation particulière de l'amour de Dieu. Il a vraiment ébranlé tout l'univers pour me le faire savoir et pour apprendre, par moi, aux Français, qu'ils ont en lui un puissant protecteur.

Grâce à Monsieur Saint-Pierre qui était un personnage de poids dans les affaires de Québec, je fus à même, muni des lettres de recommandation d'Octave Crémazie et de Monsieur Théodore de Saint-Pierre, de faire connaissance avec l'élite québécoise. Il ne me fallut pas de temps pour comprendre que la ville de Québec était en tous points semblables à n'importe quelle ville française de province. Les hommes près du pouvoir, ou ceux qui l'exerçaient, se targuaient tous de poésie et, dès que vous leur étiez présenté, vous parlaient de la France comme si, jamais, rien d'autre n'eût existé. Mais Monsieur Dion, journaliste au *Journal de Québec* qui appartenait alors à l'honorable Joseph Cauchon, eut tôt fait de me prévenir. Je l'avais rencontré à la fête de la Saint-Jean-Baptiste, que donnait le gouvernement de Québec sur les plaines d'Abraham. Devenu très aisément son ami, il me dit :

— Vous venez d'arriver, de sorte que vous ne savez pas à quel parti vous avez affaire. Les gens de Québec croient diriger le pays et font comme si c'était cela qui se passait. Mais, au fond, ils ne contrôlent rien, n'ayant de pouvoir que celui qu'Ottawa leur donne, quand ce n'est pas, plus simplement, celui que l'Évêque de

Caricature de Joseph Cauchon, propriétaire du *Journal de Québec*.

Québec, acoquiné avec les jésuites, leur permet. C'est pourquoi les gens de Québec vont vous faire des tas de salamalecs, parce qu'ils s'imaginent que le pays, qui a commencé ici, ne peut pas faire autrement que de finir ici. Ce sont des provinciaux, dans tous les sens du mot, qui aiment bien gueuler à l'Assemblée législative, mais qui, dans le fin fond des choses, aimeraient mieux se retirer à la campagne pour écrire de la poésie. L'Archevêque de Québec et les jésuites ne sont pas de ce bord-là des choses, peu s'en faut. Et c'est pourquoi ce sont eux, véritablement, qui dirigent le Québec. Si vous croyez vraiment à votre mission, c'est à cette porte, bien plus qu'à celle du Parlement, qu'il va vous falloir frapper.

Je n'étais pas homme à ignorer des avis de ce genre, quoique je cultivai avec attention l'amitié que me portèrent presque instantanément Napoléon Legendre, qui était membre de l'Académie canadienne, Joseph Cauchon, propriétaire du *Journal de Québec* et député de Québec-Centre au Parlement fédéral, et Jean-Charles Taché, député-ministre et l'écrivain de *Forestiers et voyageurs*, livre qui allait prendre une grande place dans la littérature du Canada. Mais en même temps, et grâce à Monsieur Dion du *Journal de Québec*, je n'étais pas dupe : pour avoir quelque chance d'intéresser les gens de Québec à la réforme de l'enseignement que je me proposais de faire, il me fallait trouver rapidement des appuis dans le haut clergé. Je m'y employai tout de suite, trouvant en Monsieur Gédéon Ouimet, Surintendant de l'Instruction publique de Québec, un appui inespéré. C'est lui qui me présenta à Monsieur Jean-Baptiste Meilleur qui, en sa qualité d'ancien membre du Parlement et d'ex-surintendant de l'Instruction publique pour le Bas-Canada, me renseigna du tout au tout sur la situation de l'éducation au Québec, et cela depuis la fondation même de la Nouvelle-France. Il écrivit d'ailleurs sur le sujet un fort documenté petit ouvrage, *Mémorial de l'éducation du Bas-Canada*, dont il eut la gentillesse de m'offrir un exemplaire que je dévorai en quelques heures, persuadé que j'y trouverais matière à démontrer la nécessité de la réforme que j'envisageais.

Ce sont les récollets qui, les premiers, mirent, pour ainsi dire, la main sur l'éducation en Nouvelle-France. Ils le firent avec une grande humilité, comme il sied à leur ordre, protégeant la modestie et la sincérité. Les récollets ont tenu des écoles primaires dans les paroisses de campagne, mais surtout dans les villes de Québec, de Trois-Rivières et de Montréal, avec un zèle et un succès qui leur ont mérité la reconnaissance du peuple et du clergé du pays. Malheureusement, on ne peut pas en dire autant des jésuites qui, de tout temps, ont rêvé au pouvoir, et pris les moyens de l'exercer, faisant passer bien avant Jésus-Christ leurs visées sur les peuples qu'ils étaient chargés d'évangéliser. Ils n'agirent pas différemment en Nouvelle-France qu'ailleurs et trop de documents existent, qui démontrent qu'en s'assurant le salut des âmes, ils songeaient surtout aux bénéfices qu'ils en retireraient : si le commerce de la peltrie a pu s'établir si aisément en Nouvelle-France, c'est que les jésuites y prirent grande part, s'accaparant même sur toute peau vendue par les Sauvages aux Français une commission grâce à laquelle il leur devenait possible de faire fructifier leurs missions. C'est pourquoi les récollets, peu portés pour les affaires, perdirent désastreusement la face, et se virent, à la Conquête, dépouillés de tout : leur couvent de Trois-Rivières devint cour de justice et prison, et leur église fut convertie en église protestante. Les jésuites, s'ils eurent à subir les mêmes sévices, s'en relevèrent plus facilement parce que, contrairement aux récollets, qui ne vivaient que d'aumônes, ils avaient su, eux, ménager leurs arrières, en restant toujours près du pouvoir, pour le flatter et s'en servir selon leurs besoins. De sorte qu'après la Conquête, ce furent eux qui, bien qu'ayant tout perdu comme les récollets, surent se déprendre le mieux et militer si près des souverains, qu'ils en reçurent tout l'honneur et tout le bénéfice. Comme devait encore me dire Monsieur Dion du *Journal de Québec* :

— On ne saurait, à Québec, entreprendre quoi que ce soit, si l'on a pas ses entrées au Séminaire de Messieurs les jésuites, ce qui est l'équivalent d'un laissez-passer en règle pour le Palais épiscopal. C'est là que tout se décide, avec la complicité de tous ces gens qui se prétendent poètes, siègent au Parlement, mais n'ont aucun pouvoir.

Mais, faut-il que je l'avoue, je n'étais pas encore certain de l'à-propos des paroles de Monsieur Dion, que je faisais porter au compte de trente ans de journalisme, ce qui ne pouvait pas ne pas donner matière à un certain cynisme. Par ailleurs, j'étais tellement certain du bien-fondé de la réforme que je voulais susciter dans l'enseignement, que j'étais prêt à tout tenter pour réussir. Aussi, lorsque l'honorable Monsieur Cauchon m'invita-t-il à une réception que donnait exceptionnellement l'évêque de Québec en l'honneur de Monseigneur Persico, qui avait résigné son siège de Savannah, en Georgie, pour prendre refuge au Palais épiscopal, c'est avec excitation que j'acceptai. Enfin, avais-je la chance de m'introduire là où, me disait-on, toutes les décisions se prenaient, et je me faisais fort, une fois le vent flairé, de remporter le siège.

Au Palais épiscopal, je fus reçus par le grand vicaire Bolduc, qui faisait office d'aumônier. Comme ce titre a souvent diverses significations, il me faut bien préciser qu'au Palais épiscopal, celui qui avait cette charge était essentiellement chargé de s'occuper des aumônes et de toutes les œuvres de charité diocésaine. C'est lui qui devait recevoir et secourir les pauvres, donner l'hospitalité aux étrangers, tenir les comptes pour les dépenses de mariage, du denier de Saint-Pierre, de la Propagation de la foi et de toutes les autres collectes; il devait voir au soutien des pauvres missions et des missionnaires du diocèse; et de plus, il était de droit et de fait châtelain des conférences de la Saint-Vincent-de-Paul. Et comme si cela n'était pas suffisant, il était aussi le maître des cérémonies du Palais épiscopal et le fondateur des écoles du soir dont, pendant des années, le grand vicaire Bolduc fut le zélé et infatigable directeur. En entrant au Palais épiscopal, le grand vicaire Bolduc avait eu le prestige du missionnaire car, à peine ordonné prêtre, il était parti pour les lointaines missions de Colombie qui dépendaient de Québec, et où il séjourna pendant une douzaine d'années. Ceux qui, comme moi, éprouveraient de l'intérêt pour ses travaux, n'ont qu'à lire les *Rapports des missions du dio-*

Le Palais épiscopal de Québec.

cèse de Québec, dans lesquel le grand vicaire Bolduc a fait état de son long voyage autour de l'Amérique du Sud, dans des récits aussi passionnants qu'édifiants.

Dès que je rencontrai le grand vicaire Bolduc, je me pris d'estime pour lui. J'ai toujours admiré la générosité et la charité, surtout quand elle s'applique aux familles pauvres et aux orphelins. J'admirai tout de suite chez le grand vicaire Bolduc sa tournure d'esprit et ses manières originales et, encore davantage, sa mémoire extraordinaire. Il avait conservé tous ses souvenirs classiques et pouvait, dès que l'occasion s'en présentait, réciter les odes d'Horace ou les textes les plus abscons de Platon. Mais ce qui me parut le plus remarquable, c'est quand je lui demandai de me parler de ses missions, et qu'il se mit à me faire une longue harangue dans la langue des Chenouks qu'il avait évangélisés, langue qu'il parlait avec une grande perfection d'accent et une agréable facilité. Comment un tel homme pouvait-il se plaire au Palais épiscopal de Québec, à gérer les affaires d'une foule de personnes qui s'adressaient à lui pour des achats, des emprunts, voire même des placements d'argent ? Lorsque je le lui demandai, il me répondit :

— Je suis châtelain de l'asile des aliénés de Beauport et, en cette qualité, je vois tellement de misère dans le monde, et si proche de nous, que cela m'assure qu'il n'y a pas de tâche ingrate. Même quand je tiens dans mon bureau mon magasin de livres et d'ornements d'église pour tous les prêtres du vaste diocèse de Québec, je ne fais que penser à cela, à toute cette misère, et je me sens privilégié de pouvoir, dans la modestie de tous mes efforts, la tempérer.

Devant tant de sainteté, je n'osai pas me confier à lui, par rapport au projet que j'avais de modifier l'enseignement. Je préférai suivre les conseils de Monsieur Dion du *Journal de Québec*, et voir venir, bien que cette réception à laquelle je fus invité au Palais épiscopal, devait, sans que je m'y attendisse, m'ouvrir toutes les portes.

J'ai déjà dit qu'on y faisait fête à cause de Monseigneur Persico qui fut évêque de Savannah, en Georgie, et qui venait de résigner son siège. Né à Naples en 1823, Monseigneur Persico entra dans l'ordre des capucins qui l'envoyèrent aux Indes occidentales, où il demeura un grand nombre d'années, soit à titre de simple missionnaire, soit comme vicaire apostolique et comme évêque. Le climat meurtrier des Indes le força de revenir dans son pays natal. Il rencontra à Rome Monseigneur Lynch, évêque de Charlestown, qui l'amena avec lui, en 1867, pour lui faire continuer sa vie de missionnaire. Pendant près de deux ans, Monseigneur Persico promena son zèle au milieu de la désolation et des ruines qu'avaient laissées dans la Caroline du Sud la guerre d'agression que les États du Nord des États-Unis avaient menée contre ceux du Sud. Nommé évêque de Savannah en 1869, Monseigneur Persico vint, en 1871, visiter le Canada et surtout le Québec, où il avait un ami en la personne de l'abbé C.-H. Paquet, qui avait fait sa connaissance quelques années auparavant et qui avait été le témoin et quelquefois le compagnon de ses courses apostoliques. Hôte de l'évêque de Québec, Monseigneur Persico officiait pontificalement à la cathédrale, charmé de l'esprit et des coutumes catholiques du pays, au point qu'il songea à venir y planter sa tente de missionnaire. Très instruit, pouvant prêcher en français et en anglais, il rendit, m'a-t-on dit, bien des services, notamment à l'Hôtel-Dieu où il donna plusieurs instructions aux religieuses et remplaça souvent le chapelain qui s'en allait vers la tombe.

Apprenant tout cela du grand vicaire Bolduc, et de Monsieur Dion du *Journal de Québec*, je n'en fus que plus honoré d'avoir été invité, grâce à l'honorable Monsieur Cauchon, à cette fête au Palais épiscopal. Mais je suivis en toutes lettres l'avis de Monsieur Dion, et ne dis pas un mot du projet qui me tenait à cœur.

— Attendez, me disait Monsieur Dion. Au Canada, il faut savoir frapper à la bonne porte au bon moment. Si vous intervenez dès maintenant, vous feriez, face à tous ces gens de robe, l'effet d'un chien dans un jeu de quilles. Tantôt, lorsque l'honorable Monsieur Ouimet viendra rendre hommage à Monseigneur, ce qui est une façon polie de dire qu'il lui lèchera les bottines, alors, peut-être, serez-vous en mesure de lui faire la cour et de l'intéresser par ce qui vous occupe. Pour le moment, contentez-vous de faire comme moi et de regarder le spectacle qui nous est offert: ce n'est pas tous les jours que vous verrez Monsieur le député Cauchon faire des ronds-de-jambe devant l'évêque de Québec.

Il est vrai que la fête en l'honneur de Monseigneur Persico, évêque de Savannah, ressemblait de plus en plus à une mondanité laïque puisque tout ce qui pouvait se vanter d'occuper une poste de quelque importance dans l'église et dans le gouvernement, s'y retrouvèrent, fraternisant ensemble, se donnant l'accolade et jaspinant avec force éclats de voix. C'est pourquoi l'arrivée de l'honorable Monsieur Ouimet me rasséréna: par le grand projet qui m'habitait, c'était à lui qu'il fallait que je m'adresse, car lui seul, avec la bénédiction de l'évêque, était en mesure de me venir en aide.

Il y avait, dans la suite de Monsieur Ouimet, un prêtre qui me fit grande impression. C'était

Monsieur l'abbé Antonin Nantel, supérieur du Séminaire de Sainte-Thérèse, prélat romain et l'un des premiers docteurs ès-lettres de l'Université de Montréal. Il vint à moi tout naturellement et, dès ce moment, ce fut entre nous deux une inestimable amitié. Lorsque je lui dis que j'étais allé à Rome pour m'engager comme zouave pontifical, afin de défendre les États de l'Église, il me tapota affectueusement l'épaule et me demanda :

— Est-ce que vous avez lu Octave Crémazie ? C'est, hors de tout doute, notre plus grand poète, qui a écrit un chef-d'œuvre, ce *Castelfidardo*, en souvenir de la grande lutte que les armées du Pape livrèrent à Garibaldi, et qui fut perdue car c'était là le dessein de la Providence ?

Lorsque je dis à l'abbé Nantel, qui préparait une anthologie des plus belles fleurs de la poésie canadienne, que j'avais connu Octave Crémazie à Paris, il me répondit :

— Et vous qui me dites que vous êtes de la Vendée, il ne vous a pas récité les premiers vers de ce grand poème qu'est *Castelfidardo* ? C'est pourtant d'une beauté presque insoutenable. Écoutez, voir :

> Dans les sombres forêts de la vieille Armorique,
> Au milieu des dolmens du monde druidique,
> Avez-vous vu briller le vieux glaive breton ?
> Avez-vous entendu l'héroïque Vendée,
> Terre pour les martyres tant de fois fécondée
> À l'appel de ses fils bondir comme un lion ?

Après m'avoir récité ces vers, l'abbé Nantel

L'abbé Antonin Nantel.

me tapota l'épaule et me demanda ce qui m'emmenait en Canada. À mots couverts, pour être certain de ne rien gâcher, je lui parlai sommairement de mon projet de réformer l'éducation. Il m'écouta d'une oreille attentive, puis me dit :

— Votre homme, c'est l'honorable Monsieur Ouimet. Lui seul peut répondre aux espoirs que vous attendez. Vous le connaissez ?

Quand je lui dis que je n'avais pas encore eu cet honneur, il me pria de prendre patience et d'attendre que l'honorable Monsieur Ouimet eût fait le tour de l'assemblée avant de m'adresser à lui. Monsieur Dion, du *Journal de Québec*, me fit un clin d'œil et me dit :

— Je vous avais prévenu : en Canada, il est inutile de faire montre de son empressement, particulièrement lorsqu'on est invité au Palais épiscopal. Tous ces missionnaires ont tellement l'habitude qu'on leur rende hommage, qu'à la longue leur oreille s'est amoindrie. Ils n'entendent que ce qui, pour venir de très loin et en langues indigènes, les fortifie dans ce qui a été leur devoir. C'est pourquoi l'honorable Monsieur Ouimet fait bien empesé dans une telle cohue, et qu'il ne sait plus trop à quel saint se vouer. Mais voilà qu'il s'approche de nous, à cause de l'abbé Nantel par devers lequel il a pris l'habitude, depuis qu'il est à l'Instruction publique, de demander avis pour tout ce qui concerne son ministère.

L'honorable Monsieur Ouimet se jeta dans les bras de l'abbé Nantel, et ce fut une accolade qui dura longtemps. Quand tous les deux en furent revenus, Monsieur Dion me présenta, et l'abbé Nantel emporta le morceau. Il dit à l'honorable Monsieur Ouimet :

— J'aimerais bien que vous accordiez votre complaisance à mon ami Pierre Leroy. Il a combattu à nos côtés pour Notre-Saint-Père-le-Pape et a eu l'honneur d'être l'ami d'Octave Crémazie à Paris. Il a, sur l'enseignement, des idées profondes auxquelles, je crois, vous devriez vous intéresser.

L'honorable Monsieur Ouimet me tendit une main énergique, et me dit :

— Si Monsieur l'abbé Nantel se porte si volontiers comme votre caution, ça doit être que vous êtes un homme hors du commun. Nous en avons un grand besoin ici. Si vous êtes libre samedi en huit, il me ferait plaisir de vous recevoir chez moi. Nous y serons entourés de quelques amis, et cela nous sera à nous tous une belle occasion pour deviser calmement de ce qui vous préoccupe.

Je remerciai l'honorable Monsieur Ouimet, puis, me retournant vers Monsieur Dion, je lui dis :

— Je crois bien que c'est vous qui aviez raison, que tout ici vient à point à qui sait attendre.

Il me répondit :

— Remerciez-en l'abbé Nantel, qui vous a été d'un si grand secours puisqu'entre l'honorable Monsieur Ouimet et moi, il n'y a pas grande sympathie.

Des yeux, je cherchai Monsieur l'abbé Nantel mais, ne le trouvant pas, je fis comme beaucoup d'autres qui s'en étaient allés se joindre à l'évêque de Québec, à Monseigneur Persico et au grand vicaire Bolduc qui, d'une voix souveraine, s'était mis à haranguer ses peuples en langue chenouk. Tout en rendant grâce à Dieu de la chance qu'il venait de me donner, je battis des mains comme les autres convives quand le grand vicaire Bolduc, finissant sa harangue, nous invita à passer à table. Coïncidence que je ne puis passer sous silence, l'on m'attribua cette place qui me mettait en face de l'honorable Monsieur Ouimet, comme si Dieu, ayant entendu mes demandes, eût voulu me signifier par là que j'avais tout lieu de croire en l'avenir.

10

C'est dans une grande excitation que je passai toute cette semaine où il me fallut attendre. Pour la première fois de ma vie, j'étais rempli d'espoir, et je ne me faisais pas faute de le confier à Monsieur Dion du *Journal de Québec*. Il était devenu mon ami et j'allais souvent le retrouver à ses bureaux situés dans la Basse-Ville. Lorsqu'il n'y était pas, ce qui arrivait somme toute souvent parce qu'il travaillait sans moyens, rédigeant la page éditoriale et la chronique de l'Assemblée législative tout en faisant le reporter pour les actions, nombreuses et variées, qui peuvent se commettre en une seule journée dans une ville comme Québec, je prenais quelques minutes de mon temps pour m'entretenir avec le secrétaire du journal, Monsieur Jean-de-Dieu Jean, un vieil homme acariâtre qui était persuadé que les temps n'étaient plus ce qu'ils avaient été lorsque Québec était le centre du commerce de toute l'Amérique septentrionale. Mangeant un biscuit de gingembre (il en avait toujours une grande provision qu'il gardait sur son bureau, dans un sac de papier brun), il me disait :

— Au fond, notre pays est devenu bien petit. Mais vous auriez dû voir ce qu'il en était il y a à peine cinquante ans, avant la guerre avec les États-Unis, qui a rapetissé nos frontières et nous a forcés à nous contenter de devenir de petits bourgeois provinciaux. Alors qu'avant, le pays se rendait aussi loin qu'au Mississipi, en Ohio et dans le Michigan. À l'ouest, nos voyageurs couraient jusqu'aux Montagnes Rocheuses. Au Nord, le Labrador et la Baie d'Hudson nous appartenaient. S'alliant aux Américains, les Anglais nous ont tout enlevé, y compris les Grands Lacs. Bientôt, ils auront de la même façon raison des Métis des Prairies et les feront devenir Anglais comme eux. Pendant ce temps, à Québec, que faisons-nous? L'Assemblée législative est aux mains d'une bande de politiciens qui rêvent tous de finir leurs jours comme poètes ou comme traducteurs au Parlement d'Ottawa. Et puis, le clergé, maintenant qu'il n'a plus de projet, ne pense qu'à s'enrichir, au détriment des affaires du pays. Quand j'étais jeune, le port de Québec, c'était comme une grande fête tous les jours: il y avait des voyageurs qui revenaient de partout, on y côtoyait aussi bien les Métis que les Sauvages, et ceux-ci étaient encore fiers d'être ce qu'ils étaient, libres et souverains dans le gouvernement d'eux-mêmes. Québec aurait pu devenir une grande ville, mais elle ne sera jamais rien de plus qu'une vaste bourgade, insignifiante.

— Par l'éducation, on pourrait changer tout cela.

— Faites-moi rire. Ici, ce sont les prêtres qui manipulent l'éducation, acoquinés qu'ils sont avec les politiciens. Et qu'est-ce que ça donne comme résultat? De la graine de politicien et de curé. On ne compte plus les petits avocats, les petits médecins et les petits notaires qui se bousculent tous aux portes pour entrer à l'Assemblée législative et y faire les jars. Mais à moi, ils n'arriveront pas à me donner le change : tout ce monde-là est amis comme cochons avec les prêtres qui s'en flattent le poil. Quand vous l'aurez expérimenté vous-même, vous m'en donnerez des nouvelles.

Tout à mon projet de réformer l'éducation, je n'accordai pas grande vérité aux propos du secrétaire du *Journal de Québec*, simplement étonné, comme je l'avais toujours été depuis mon arrivée au pays, de constater qu'il y avait autant de gens pour manger du curé, comme on dit, mais toujours en privé. Dès qu'un prêtre se montrait le bout du nez, même les plus enragés contre le clergé faisaient la courbette et les salamalecs d'usage.

— Il faudrait être fou pour agir autrement, me dit le secrétaire de la rédaction du *Journal de Québec*. Parce qu'ici, si vous n'avez pas les prêtres de votre bord, vous êtes aussi bien de faire le deuil de ce que vous prétendez être.

À quelques jours de là, après m'être promené sur la terrasse Dufferin pour oublier mes recherches sur l'éducation, et le rapport très documenté que je comptais présenter à l'honorable Monsieur Ouimet, j'allai au *Journal*

La Terrasse Dufferin.

de Québec pour y voir Monsieur Dion afin de lui demander son avis sur un point de ma doctrine dont je n'étais pas encore certain, et pour lequel j'avais un pressant besoin de lumières. Je trouvai Monsieur Dion devant l'édifice du journal, en compagnie de son secrétaire. Tous les deux se préparaient à se rendre au village indien de Notre-Dame-de-Lorette, pour un reportage qu'ils comptaient publier dans le *Journal de Québec*. Monsieur Dion me dit:

— Montez avec nous, et, en chemin, vous aurez tout le temps de nous expliquer votre problème.

Son secrétaire ajouta:

— Et peut-être aurez-vous l'occasion de vous rendre compte de ce que les Sauvages pensent de l'éducation que, de tout temps, on a tenté de leur imposer pour mieux les enfirouâper.

Je montai donc avec eux. Je n'étais pas

encore sorti de Québec depuis mon arrivée au pays, de sorte que je fus à même d'apprécier la route. Le village indien de Notre-Dame-de-Lorette est à sept ou huit lieues de la ville de Québec, et l'on y a accès par un agréable chemin de terre qui, tout en lacets, vous donne un point de vue admirable sur le paysage. Le cheval trottait allégrement, et, heureux de me retrouver à la campagne, je pris sur moi de surseoir à l'avis que je voulais demander à Monsieur Dion par rapport à mon projet de réforme de l'enseignement. Je préférai l'entendre me raconter l'histoire des Hurons de ce pays, et ce qui reste maintenant d'eux. Car, comme je l'ai déjà dit, dès qu'on me sollicite en quelque matière que ce soit, je n'ai de cesse tant que je ne parviens pas au fond des choses.

Les Hurons furent jadis un grand peuple dont l'ennemi séculaire était la nation iroquoise. Lorsque les Français prirent possession du pays, ils s'allièrent à cette tribu dans l'espoir de mettre la main sur la fourrure dont les Hurons contrôlaient le commerce. Pour ce faire, les Français s'aliénèrent la nation iroquoise. Coincés, les Hurons se virent rapidement décimés et obligés de prendre leurs quartiers à Sillery où, pour tous les services qu'ils avaient rendus à la colonie, on les parqua sur quelques acres de terrain, avec le secret espoir de les faire devenir français.

— Les Hurons étaient dans un état si lamentable, me dit Monsieur Dion, qu'ils furent les premiers à se convertir, de bonne foi, à la religion et à la civilisation blanches. Mais Québec grandissant, la ville avait besoin de leurs terres. Ils furent donc expropriés à Notre-Dame-de-la-jeune Lorette, où jamais plus ils ne seront même l'ombre du grand peuple qu'ils ont déjà été.

En arrivant au village huron, je fus d'abord étonné de ne pas y voir de tentes mais, en leur lieu et place, de pauvres maisonnettes de bois, mal calfeutrées et, dans bien des cas, d'une malpropreté assez repoussante. De vieux Hurons fumaient la pipe sur le pas de leurs demeures tandis que des enfants tout dépenaillés couraient autour de notre voiture, mimant, avec force cris, une attaque sauvage contre l'homme blanc. Sans s'occuper d'eux, Monsieur Dion demanda où il pouvait trouver le vieux chef Grand Louis avec qui il voulait s'entretenir. Sans quitter sa morosité ni même daigner nous regarder, un Sauvage nous indiqua la rivière Saint-Charles, vers son aval, là où une chute assez charmante jette, par grandes cascades écumantes, ses eaux limpides. Nous nous approchâmes. Le chef Grand Louis, dos courbé, mains croisées et le menton appuyé sur la poitrine, regardait le tumulte des eaux, totalement absorbé. S'adressant à son secrétaire, Monsieur Dion dit:

— Nous avons de la chance aujourd'hui, parce que Grand Louis est sobre. Aussi bien en profiter.

Et, à quelques pas de lui, il lui dit:

— Bonjour, mon frère.

Mais Grand Louis garda le silence, nullement dérangé dans sa méditation. Ce ne fut

qu'au troisième bonjour de Monsieur Dion qu'il consentit à marmotter quelques mots, mais en langue sauvage. Monsieur Dion lui dit :
— Tu ne parles pas français aujourd'hui ?
— Et toi, lui répliqua Grand Louis, parles-tu le huron ?
— Non.
— C'est pourtant une belle langue !
— Sans doute, rétorqua Monsieur Dion. Mais à quoi me servirait la langue huronne ? Il y a tout au plus une vingtaine d'Indiens dans votre village qui sachent encore la parler et, dans trente ans, il n'en restera plus un seul.
— Es-tu venu ici pour me reprocher ou te faire plaisir de l'extinction de ma race ? Alors, va-t'en. Ça vaudra mieux.

Loin de se démonter, Monsieur Dion, que je soupçonnais alors d'avoir dans la tête une idée bien arrêtée, s'écria :
— Dans trente ans, vous aurez tous, que vous l'admettiez ou pas, du bon sang français dans les veines.

Grand Louis se releva alors avec fierté. Du haut de sa stature imposante, il cracha dans la rivière Saint-Charles, et dit :
— Si cela devait s'avérer vrai, cela voudra dire que dans trente ans, le sang huron qui coulait dans les veines de mes aïeux aussi pur que l'eau limpide de cette chute, sera alors devenu aussi bourbeux que l'eau croupie des marais dans lesquels barbottent les grenouilles !

Monsieur Dion sentit toute l'amertume du sarcasme qu'il s'était attiré et rougit jusque dans la racine de ses cheveux. Mais il se reprit bien vite en mains, et dit à Grand Louis :

— Mon frère, faisons la paix. Je suis fâché de t'avoir fait de la peine et je t'en demande pardon. N'y pensons plus.

— Mais moi j'y pense, dit Grand Louis. Je suis ici chez moi. Va-t'en. Ne trouble plus mon repos.

Ce que je soupçonnais me parut se concrétiser enfin : tout ce qui s'était dit jusqu'à présent ne constituait qu'une habile entrée en matière, une manière de jeu auquel, peut-être même sans s'en rendre compte, Grand Louis s'était livré. Monsieur Dion tira de la poche de sa blouse un petit flacon d'eau de vie qu'il tendit à Grand Louis, lui disant :

— Prenons un coup et faisons la paix.

Grand Louis ne fit d'abord aucune réponse, mais le glou glou du liquide lorsque Monsieur Dion le versa dans une petite coupe, et plus encore le parfum de l'alcool, le firent se redresser, et il avala d'un trait une petite roquille d'eau de vie.

— Tu as de la bonne boisson, dit-il à Monsieur Dion en lui rendant sa coupe.

Monsieur Dion lui en versa aussitôt une autre rasade que le vieil Huron but tout aussi goulûment. Puis, tout le monde s'assoyant sur les rochers qui faisaient face à la rivière Saint-Charles, Monsieur Dion dit :

— Mon frère, nous allons maintenant jaser d'amitié. Tu sais que nous préparons, pour le *Journal de Québec*, une série d'articles sur le peuple huron. Et ce pourquoi nous sommes venus te voir, c'est pour te poser la question suivante: est-il vrai qu'il est dans la tradition huronne que ce village de la jeune Lorette restera stationnaire, n'augmentant ni ne diminuant, parce qu'un énorme serpent se baigne toutes les nuits dans la rivière où nous sommes et dont vous buvez l'eau?

— Qui t'a fait ce conte?

— Une personne qui doit le savoir aussi bien que toi: Vincent Ferrier Sasennio qui, comme tu sais, est un nom de guerre d'origine iroquoise. Nous avons autrefois fait nos études ensemble, et c'est lui qui m'a parlé de ce conte.

— Sasennio aurait beaucoup mieux fait de lire ses livres latins, puisqu'il voulait se faire prêtre, que de bavasser à tort et à travers de choses qu'il ne connaissait pas. Alors, toi-même et tes amis, vous êtes aussi bien de vous en aller. Je ne t'aime pas. Souviens-toi: il y a cinq ans, j'ai été chez toi, j'étais sobre, je t'ai parlé poliment et je t'ai dit: «Monsieur Dion, les messieurs canadiens aiment la viande de castor durant le carême, et Grand Louis est un bon chasseur.» C'est vrai, m'as-tu répondu, et si tu m'apportes du castor, je te paierai généreusement. Je t'ai dit: «Je ne suis pas en peine mais, vois-tu, mon frère, le chasseur ne peut vivre dans la forêt sans poudre et sans plomb, et il lui faut aussi de la farine pour faire la sagamité: prête-moi cinq piastres et je te paierai en viande de castor.» Tu m'as ri au nez, et tu as crié à la façon des Sauvages: «Houa! Tu boiras mon argent, et la viande de castor, que tu m'apporteras, ne m'engraissera pas le cœur. »

— C'est qu'alors j'ignorais que tu remplissais tes engagements avec une exactitude scrupuleuse envers ceux qui te faisaient des avances, répondit Monsieur Dion. Aussi, je te propose qu'on oublie l'affaire du castor et qu'on fasse la paix. Et je te donnerai un coup d'eau de vie pour ratifier les articles de notre pacte : tu me conteras l'histoire du grand serpent, sans rien omettre, et tu vas me promettre de ne pas avoir soif tant que tu ne l'auras pas achevée.

— C'est bien. Mais donne toujours, dit Grand Louis.

Monsieur Dion lui passa le flacon d'eau de vie. Grand Louis avala une forte rasade, serra les lèvres et dit :

— Ton flacon est déjà vide ?

— Tu te trompes, rétorqua Monsieur Dion. Il est à peine entamé. Quand je pars pour la guerre, je suis toujours pourvu de bonnes et abondantes munitions. Conte-nous maintenant l'histoire du grand serpent.

Mais avant de se mettre vraiment à son histoire, Grand Louis exigea une autre rasade d'eau de vie. Ce n'est qu'après qu'il consentit enfin à nous faire le conte du grand serpent. Pour tout vous avouer, je crains fort de ne pas avoir compris grand-chose, Grand Louis étirant effrontément sa narration afin de mieux profiter de l'eau de vie de Monsieur Dion. De sorte que tout ce que j'ai retenu de cette histoire alambiquée, c'est que les Hurons, une fois exilés de

Sillery à Notre-Dame-de-la-jeune-Lorette, vécurent d'un songe, celui qui vint à Haouroukaé, un vieux chasseur très fatigué qui, par une nuit sombre, s'endormit sur le bord de la rivière Saint-Charles, sous un grand arbre. Dans son sommeil, une belle grande dame blanche lui apparut pour lui ouvrir, sereinement, les portes du ciel. Le lendemain, le vieux chasseur conta son rêve au missionnaire, et celui-ci lui dit que c'était Notre-Dame de Lorette, la patrone du village, qui lui était apparue. Tout joyeux, le vieux chasseur disait à ses amis: « J'irai bien vite me reposer au ciel, la bonne Vierge me l'a promis. » Après la mort d'Haouroukaé, plusieurs vieillards qui espéraient avoir de bons rêves, allèrent aussi dormir sous l'arbre où il avait vu Notre-Dame de Lorette, mais la bonne Vierge ne voulut pas leur envoyer de songes. Ce dont se gaussa beaucoup un jeune Huron nommé Otsitsot, ce qui, en langue sauvage, signifie Carcajou, aussi bien dire le Malfaisant. Selon Grand Louis, Carcajou trafiquait jusqu'à sa couverte pour acheter de l'eau de vie et se moquait des bons chrétiens qui allaient dormir sous l'arbre de Haouroukaé. Il leur disait: « Si je savais que Notre-Dame de Lorette me ferait voir une bonne bouteille d'eau de feu, j'irais, moi aussi, me coucher sous l'arbre qui donne de bons rêves. » Mais les bons chrétiens lui disaient: « Tu parles mal, mon frère, et il t'arrivera malheur. » Carcajou se moqua d'eux et, un soir, il alla s'étendre sous l'arbre de Haouroukaé. Comme raconta Grand Louis:

— Il était là, ruminant ses malheurs, lorsqu'il entendit, bien loin dans le nord, une secousse comme si la montagne eut frémi; et ensuite un bruit dans la forêt comme si un corps pesant s'y fût frayé un passage, en écrasant les arbres et les arbrisseaux par où il passait. La terre trembla comme quand les soldats traînent un gros canon dans les rues de la ville de Québec. Un corps pesant plongea dans la rivière à quelques pieds de Carcajou, et tout tomba dans le silence. Une grande clarté sur la rivière l'éblouit un instant, et il vit ensuite que cette lumière sortait des yeux d'un grand serpent, dont la tête était élevée à une dizaine de pieds au-dessus de l'eau. Ce reptile avait une longue crinière comme un cheval, et à mesure qu'il la secouait, il en sortait des flammèches qui pétillaient comme un sapin embrasé; en sorte que les écailles couleur d'argent qui lui couvraient la peau, brillaient comme des lames d'or frappées par les vifs rayons d'un beau soleil du midi. Le grand serpent ouvrit une gueule armée de dents semblables à des bayonnettes, et cria d'une voix de tonnerre qui ébranla les deux rives: « Je haïs la race des Hurons, mais je t'aime, toi, le Carcajou; je veux être ton ami et te faire du bien. » Carcajou, dont les dents claquaient dans la bouche, dit: « Merci de ta préférence, mais ne pourrais-tu pas adoucir un peu ta voix qui va me défoncer les oreilles et briser le crâne? » Le grand serpent répliqua: « Je suis le petit manitou que les Anciens Hurons adoraient, et ma voix, lorsque je suis en colère, bouleverse l'eau

L'élection du Grand Chef des Hurons à Loretteville.

des lacs et des rivières, et secoue les montagnes ; mais comme je t'aime, je vais l'adoucir. » Et la voix du grand serpent devint aussi douce que celle du rossignol. Carcajou dit : « La robe noire prétend que le grand serpent est le diable des chrétiens. » Le grand serpent dit : « Ton discours me surprend, car je sais que tu te moques de la robe noire, mais écoute, mon fils : le grand serpent est méchant comme le diable des chrétiens envers ses ennemis, et doux comme le lièvre qui vient de naître envers ses amis. Je t'aime, vois-tu, et jasons tranquillement. » Carcajou dit : « J'ai peur, je ne suis qu'un homme, et il est difficile de jaser tranquillement avec un grand serpent aussi effroyable que toi. » C'est pourquoi le grand serpent s'enmorphosa en un petit vieillard, pour ne plus faire peur à Carcajou à qui il dit : « Le grand chef des Hurons refuse de te donner en mariage sa fille que tu aimes, parce que tu es pauvre, paresseux, ivrogne et libertin ; et il te la donnera quand tu seras riche, sinon je lui tordrai le cou. » Carcajou, qui tenait peu au cou de son beau-père, répondit : « Bon. » Alors le petit vieillard dit : « La robe noire veut te faire chasser par les chefs de ton village, mais je lui jouerai tant de méchants tours qu'il te laissera tranquille. J'enverrai des belettes qui étrangleront ses volailles, des rats et des souris qui mangeront sa viande et sa farine, qui déchireront ses hardes, ses livres et ses papiers. Toutes les nuits je tiendrai le sabbat sur sa maison avec les matous que je rassemblerai de vingt lieues à la ronde ; en sorte que, ne pouvant dormir, il laissera le village. » Carcajou dit : « Bon. Mais s'il ne dort pas la nuit, il dormira le jour. Ne ferais-je pas mieux alors de lui tordre le cou ? » Le petit vieillard dit : « C'est mon affaire et non la tienne. Laisse-moi faire. » Ayant ainsi parlé, le petit vieillard se désenmorphosa, redevenant ce grand serpent qui, élevant sa tête au-dessus de l'eau, lança des flammes avant de disparaître dans la rivière Saint-Charles.

Arrivé à ce point de son récit, Grand Louis s'arrêta, et reprit son attitude contemplative, les yeux fixés sur les cascades de la rivière Saint-Charles. Monsieur Dion, qui regardait son secrétaire prendre des notes, mit fin au silence, et demanda :

— Que fit ensuite Carcajou ?

— Il buvait quand il avait soif, répondit Grand Louis.

— Écoute, répliqua Monsieur Dion, un brave Huron est un homme de parole. En conséquence, je me suis fié à la tienne. Mais puisque tu refuses de tenir nos conventions, alors bon soir, et que le grand serpent t'abreuve s'il est de tes amis !

Monsieur Dion nous fit signe, à son secrétaire et à moi, de nous lever. Mais nous n'avions pas fait deux pas que Grand Louis s'écria :

— Arrête, mon frère. Arrête. J'ai du chagrin quand je pense à Carcajou, et ça me rend triste.

— Je comprends, rétorqua Monsieur Dion. Tu voudrais bien noyer ton chagrin dans l'eau de vie, et je veux bien croire le remède efficace ; mais un brave Huron doit se mettre au-dessus de ces misères et, si tu es un homme de parole, donne-moi des nouvelles de Carcajou, que je pense être depuis longtemps dans les griffes du grand serpent.

Alors Grand Louis, comme atteint dans ce qu'il avait de plus cher, se redressa avec fierté et dit :

— Grand Louis est aussi fidèle à sa promesse que la marée du grand lac qui remonte tous les jours les eaux du fleuve Saint-Laurent. C'est pourquoi je vais te dire que Carcajou laissa le village la nuit même qu'il passa avec le grand serpent, et qu'il ne revint que longtemps après. Il était riche alors, et il donna un festin qui dura pendant huit jours ; le rhum coulait dans le village comme l'eau de la rivière Saint-Charles. Ah ! c'était le beau temps ! La jeunesse se divertissait aux dépens de Carcajou, sans s'inquiéter où il prenait son argent. Mais les vieillards en jasaient ; les uns disaient qu'il avait trouvé un trésor, d'autres qu'il avait vendu son âme au diable. Et comme il s'absentait souvent et longtemps, quelques-uns pensaient qu'il s'était fait l'espion des Français et des Anglais, toujours en guerre alors, et qu'il pêchait avec deux lignes. Mais après s'être diverti pendant bien des lunes, Carcajou tomba malade et demanda Aharetenka, le docteur du village. Quand il fut arrivé avec un sac plein de bons herbages, il regarda les yeux de Carcajou, s'assit près de son lit, et marmotta quelque chose entre ses dents. Carcajou demanda : « Que vois-tu, mon frère ? » Le docteur répondit : « Je dis qu'il faut que tu prépares tes raquettes, car tu as un long voyage à faire. » Carcajou dit : « Tu vois bien que je suis trop faible pour marcher en raquettes. » Et le docteur, approchant son visage de celui de Carcajou, lui avoua : « Mon frère, puisque tu ne me comprends pas, je vais te parler plus clairement : tu verras peut-être le soleil couchant ce soir, mais tu ne le verras pas lever demain matin. » Sans s'émouvoir, Carcajou dit : « Tu connais bonne médecine, Aharetenka. Fais-moi boire et si tu me guéris, je te donnerai beaucoup d'argent. » Sans s'émouvoir lui non plus, le docteur répliqua : « Quand bien même tu m'en donnerais aussi gros que les montagnes du nord, je ne puis rien faire pour te sauver la vie : l'eau de feu flambe dans ton estomac et, même si je te faisais boire toute la rivière Saint-Charles, il n'éteindrait pas davantage le feu qui te dévore que ne le ferait une tassée d'eau versée dans une chaudière pleine de gomme en fusion, dont on se sert pour calfeutrer nos canots d'écorce, et il n'en sortirait que des flammes. » Se cachant la tête sous sa couverte, Carcajou dit : « Houa ! » Et le docteur qui connaissait son affaire, ajouta : « Mon frère, écoute maintenant. Tu as toujours vécu comme un chien, et si tu ne veux pas brûler après ta mort, sur un brasier que toutes les neiges du Canada et toute l'eau des grands lacs n'éteindront jamais, envoie chercher la robe noire au plus vite. » Au même instant, un petit vieillard entrouvrit la porte de la maison, et se mit à crier: « Carcajou! Dépêche-toi de faire venir la robe noire! » Et il se prit à rire d'un rire si moqueur et si diabolique que tous les assistants tremblèrent de frayeur. Carcajou cria: « J'étouffe! On me serre la gorge! Vite, la robe noire! » On courut chez le missionnaire, mais il était absent; et quand il fut de retour, Carcajou était froid comme un ouaouron du lac Saint-Charles. Le prêtre raconta qu'un petit vieillard était venu lui dire de se rendre au plus vite à Québec, que son frère, tombé subitement bien malade, voulait le voir avant de mourir. Et les anciens croyaient que c'était un tour que le diable lui avait joué; car, arrivé à Québec, il trouva son frère bien portant. Houa. »

Le récit de Grand Louis terminé, Monsieur Dion dit:

— J'avais raison de te faire savoir tantôt que le diable finirait par griffer le chien du Carcajou.

Grand Louis répondit:

— Qu'en sais-tu? Ce n'est pas ton affaire, ni la mienne. Il peut avoir encore eu du bon temps avant de mourir, et peut-être même le grand serpent habite-t-il encore la rivière Saint-Charles à cause de lui, attendant qu'un autre Carcajou naisse pour le tuer et mettre fin au maléfice qui brise la race huronne. Quoi qu'il en soit, je t'ai maintenant raconté l'histoire du grand serpent; alors donne-moi de l'eau de vie.

Il s'empara du flacon que tenait à la main Monsieur Dion et s'occupa tout entier à boire. Je le regardai faire, essayant de comprendre le conte du grand serpent mais n'y arrivai pas, trop d'eau de vie coulant entre lui et Grand Louis, n'importe quelle signification s'y perdant dedans. C'est pourquoi, après de longs moments de silence, il me sembla important de demander à Grand Louis comment se percevait l'éducation dans son village. Il cracha par trois fois dans la rivière Saint-Charles, et dit:

— L'éducation? Quel besoin aurait-on de l'éducation, surtout des Blancs, quand l'esprit du grand serpent se meut toujours dans la vase de la rivière Saint-Charles?

Bien que pressé par moi de questions, il refusa d'ajouter à sa harangue, se contentant de boire et de regarder les cascades de la rivière Saint-Charles. Alors Monsieur Dion ordonna le retour à Québec. Une fois les dernières maisonnettes du village laissées derrière nous, il me donna un coup de coude dans les côtes, et dit:

— Aujourd'hui, vous avez assisté à quelque chose que vous n'êtes pas prêt de revoir. Parce que Grand Louis, même s'il sait qu'il a été enfirouâpé, n'y peut rien faire: le grand serpent habite toujours les eaux de la rivière Saint-Charles, et n'attend rien de moins que la fin de tous les Sauvages pour jaillir de l'écume et se venger de l'homme blanc. Après avoir entendu tout cela, si vous croyez encore à votre réforme de l'éducation, je vous souhaite bonne chance.

Je ne comprenais pas vraiment ce que Monsieur Dion voulait me dire. Quand on refuse le salut ainsi que l'ancêtre de Grand Louis l'avait fait, il ne peut y avoir de rémission et la damnation dont on est affligé est celle de mourir dans les affres qui vous viennent de l'eau de vie. Une telle absence d'avenir ne pouvait que donner encore plus de pertinence à mon projet de réformer l'éducation et, malgré le specticisme de Monsieur Dion et de son secrétaire, je me persuadai que j'étais dans la bonne voie, qu'il me suffisait de mettre les politiciens et les prêtres de mon côté pour répondre, par devers Dieu, à la grande mission qui m'avait été confiée. Cette journée-là me fut donc d'un grand enseignement, et le signe par excellence que j'attendais : la divine Providence exigeait de moi que je fasse pour tout le Canada ce que les prêtres n'avaient jamais réussi, c'est-à-dire racheter au monde ses péchés. Et le rachat ne pouvait pas ne pas venir de mon projet, qui était de changer radicalement l'enseignement.

Tout le long du retour, je m'enfermai dans un grand mutisme, insensible aux quolibets de Monsieur Dion et de son secrétaire qui s'étaient mis à boire de l'eau de vie. En silence, je me contentai de leur être reconnaissant d'avoir répondu à toutes mes questions sans même que j'aie eu besoin de dire un seul mot et eux pas davantage. La Divine Providence est ainsi, qui se sert de tout pour forcer la vérité et la faire triompher.

11

C'est pourquoi, lorsque je me rendis à la fête que donnait l'honorable Monsieur Ouimet, j'étais prêt à tout, et capable de répondre à tout. L'honorable Monsieur Ouimet, de par l'importance des fonctions qu'il occupait au gouvernement, habitait une grande maison de la Haute-Ville de Québec, de construction récente, avec une dizaine de domestiques absolument bien policés dans leur emploi. Ils m'accueillirent avec dignité et me présentèrent de la même façon à la petite foule que l'honorable Monsieur Ouimet avait invitée chez lui. J'y retrouvai avec plaisir Monsieur Napoléon Legendre, membre influent de l'Académie canadienne, l'honorable Monsieur Cauchon, député de Québec-Centre au Parlement fédéral, Monsieur Louis Fréchette que, malgré son jeune âge, on considérait déjà comme le successeur d'Octave Crémazie dans le rôle de poète national, l'abbé Antonin Nantel du Séminaire de Sainte-Thérèse, le grand vicaire Dominique Racine, supérieur du Collège de Chicoutimi et qui, dans la suite de mon histoire, prendra l'énorme place que l'on va voir. Il y avait aussi le père Huyghens, mon confesseur depuis que j'étais à Québec, que j'avais choisi en suivant les conseils de Monsieur Dion qui m'avait vanté la grande influence qui était la sienne, non seulement au Grand Séminaire, mais aussi au Palais épiscopal. Je savais le père Huyghens favorable à ma cause; aussi ne manquai-je pas d'aller le saluer dès que je l'aperçus dans la colonne des invités de l'honorable Monsieur Ouimet. Il devisait alors, bercé par cette nonchalance propre aux confesseurs jésuites, avec le Révérend Père Arnauld, oblat de Marie-Immaculée qui, après avoir passé dix ans en mission au Labrador et en Anticosti, était revenu à Québec afin de soigner sa grande fatigue. Le père Arnauld me fut tout de suite sympathique, et je crois bien que ce fut réciproque. Dès que le père Huyghens le mit en confiance, il me dit:

— Ainsi donc, c'est vous qui avez à cœur la réforme de notre système d'enseignement. J'ai grande impatience de vous entendre parler à ce sujet parce que mon sentiment à moi, c'est qu'il est grand temps que quelqu'un y songe.

Ne voulant pas pour ma cause m'aliéner un appui aussi spontané que sincère, je jouai de finesse et, au lieu de dévoiler mes batteries, je demandai au père Arnauld de me parler de lui. Les vieux missionnaires se ressemblent tous parce que, pour n'avoir pas vécu le même lot que le commun, ils se sentent de ce fait autorisés à nous raconter dans les détails leur vie d'abnégation. Je me fis donc toutes ouies et laissai parler le bon père qui fut le premier représen-

L'abbé Arnauld des Missions sauvages du Labrador et d'Anticosti.

tant de son ordre religieux à atteindre le Canada. Comme on sait, les oblats sont des gens modestes, qui ne répugnent pas, comme les jésuites ou les sulpiciens, à consentir aux plus humbles besognes. C'est pourquoi l'abbé Arnauld, dès son arrivée au pays, se vit confier toutes les missions sauvages du Bas-Canada, au nord du fleuve et du golfe Saint-Laurent, là où les jésuites et les sulpiciens ne voulaient pas se rendre. Le territoire assigné à l'abbé Arnauld était immense ; il comprenait toute la côte du Labrador jusqu'au détroit de Belle-Isle, ce qui incluait aussi le Saguenay et la Baie des Ha ! Ha ! où, au début de son ministère, l'abbé Arnauld s'installa. Pour s'essayer dans la vie du missionnaire, il accompagna un groupe de sauvages qui se rendaient à la Baie d'Hudson, voyage qui lui fut bien pénible :

— Je ne connaissais rien des risques de l'hiver canadien, quoique j'ai fini par m'accommoder de ses tempêtes et de son peu de clémence. Ce qui me fut le plus difficile, ce fut de me rendre compte que les Sauvages n'ont pas les mêmes idées que nous sur les soins de propreté, ni en fait d'art culinaire. Bien des fois, j'ai éprouvé des haut-le-cœur irrépressibles à la vue de nos pauvres enfants des bois, m'inquiétant surtout de la façon étrange dont ils se prenaient pour préparer le menu peu appétissant de leurs repas. À cette époque, la compagnie de la Baie d'Hudson avait son entrepôt principal à Moose Factory, au fond de la Baie James. On réunissait là toutes les fourrures trafiquées dans les postes que la compagnie avait établis sur l'immense territoire qu'elle possédait, et on les expédiait en Europe sur les navires qui apportaient les marchandises destinées à la traite. Tout se passait ainsi loin des yeux du monde civilisé, et personne ne soupçonnait seulement les colossales proportions du commerce entretenu par la puissante colonie. On poussait même la précaution jusqu'à faire venir d'Europe des Écossais pour le service des divers postes, et on leur donnait, outre leur nourriture, un salaire annuel de quarante-huit piastres! Ce détail démontrera, j'espère, que les professeurs de littérature grecque et latine de nos collèges ne peuvent plus prétendre qu'ils sont les gens les moins payés que l'on ait jamais vus!

Satisfait visiblement de sa finale, l'abbé Arnauld fut un long moment à garder le silence, se contentant de donner de l'œil dans les environs. Le peuple qu'il y vit, en train de boire les boissons que les domestiques de l'honorable Monsieur Ouimet servaient avec diligence, ne parut pas l'enchanter outre-mesure, de sorte qu'il revint au père Hughens et à moi, et dit:

— Il y a des années que je suis prêtre dans les missions sauvages du Bas-Canada, et je crois bien que je vais y rester jusqu'à la fin de ma vie bien que les Français et les Anglais s'y trouvent maintenant fort nombreux. Ce qui n'était pas le cas quand je suis arrivé au pays. Parce que dans ce temps-là, la Côte Nord n'avait pour habitants que les Montagnais. La compagnie de la Baie d'Hudson y régnait en souveraine. La traite des pelleteries était tout entière entre ses mains. Quant aux ressources de la mer, il ne me paraît pas qu'elle s'en occupât beaucoup, à l'exception de la pêche au saumon, que les gens de la compagnie pratiquaient dans les rivières. C'était le beau temps, alors, pour la pêche au saumon! Car, dans toutes les rivières de la côte, ce poisson était d'une abondance qu'on ne saurait même plus imaginer.

J'avoue que je commençais sérieusement à me désintéresser de la harangue du père Arnauld. Mais c'est aussi le fait des vieux missionnaires, qui s'imaginent aisément que ce qu'ils ont vécu, nul autre qu'eux n'aurait pu le faire, ce qui donne tout son prix à leurs voyagements dont ils ne se lassent pas de raconter les moindres méandres, ce dont le père Arnauld, je l'avais compris tout de suite, ne voulait pas se priver, heureux de rencontrer une oreille aussi attentive que la mienne. Je le laissai donc faire, jetant parfois autour de moi le regard anxieux de quelqu'un qui sait que la grande partie de sa vie se jouera bientôt et, qu'à cause de cela, il ne peut faire en sorte que personne lui tourne le dos. Je relançai donc le père Arnauld qui me dit:

— Pendant dix ans, soit de 1851 à 1862, le père Babel et moi, nous fûmes les seuls missionnaires de la Côte Nord. Nous consacrions tous nos hivers à nos visites pastorales, de l'Anse Saint-Jean à Papinachois, des Escoumins aux Petites-Bergeronnes. Et comme nous n'avions, dans tout notre parcours, que trois

La vieille chapelle de Tadoussac.

vieilles églises sauvages, nous transportions toujours notre chapelle portative. Personnellement, je visitais quatre fois par hiver les dessertes qui m'avaient été confiées, une fois en canot et trois fois en raquettes. Je vous assure que les ressorts de nos jarrets n'avaient pas le temps de se rouiller! Il fallait quelquefois franchir dans la même journée 24 à 25 milles à travers les bois et les montagnes, en raquettes. Mais ce n'était rien, comparé à la tâche qui nous attendait par ailleurs, et qui était l'établissement, tout le long de la côte, de chapelles permanentes. Mais est-ce que vous savez, qu'au père Babel et à moi, tout cela nous a valu l'étonnante qualification de voleurs?

Je parus m'en étonner, principalement parce que l'honorable Monsieur Ouimet était à l'autre bout de la pièce et qu'il ne semblait pas pressé de venir de notre côté. Alors le bon abbé Arnauld en profita tout son content. Il dit :

— Il y avait autrefois à l'Anse-à-l'eau, c'est-à-dire à l'endroit de Tadoussac où abordent aujourd'hui les bateaux à vapeur qui voyagent entre Québec et Chicoutimi, une scierie à vapeur qu'y avait établie la maison Price. M. Pentland, l'agent de cette maison, avait marié une catholique, la sœur du cardinal Taschereau. Il fit construire pour elle une petite chapelle dans cette localité. Quant à la vieille chapelle de Tadoussac, bâtie par les jésuites, elle était alors abandonnée et dans un état complet de délabrement. Cependant, la scierie de l'Anse-à-l'eau ne fut en opération que durant cinq ou six ans. Naturellement, dès la fin de cet établissement industriel, le groupe de population qui s'était fixé dans les alentours ne fut pas lent à se diriger ailleurs, et l'endroit redevint désert ou à peu près. La petite chapelle construite par M. Pentland étant abandonnée comme le reste, je fis transporter la cloche dont elle était pourvue à la chapelle de Tadoussac, et la mis, près de la porte, dans l'antique édifice qui possédait déjà sa « voix d'airain » dans un modeste clocher. À quelque temps de là, vers 1856 ou 1857, je bâtissais une chapelle sur la côte du Labrador, en bas de Musquarro. Je jugeai que l'ancienne cloche de l'Anse-à-l'eau, qui ne servait à rien dans Tadoussac, ferait très bien l'affaire des fidèles de la mission où se construisait la nouvelle chapelle. L'archevêque de Québec me permit de donner cette destination à la cloche de l'Anse-à-l'eau, et j'envoyai des sauvages à Tadoussac avec instruction d'en rapporter cette cloche, leur confiant en même temps le document qui autorisait cette translation. Mais l'affaire ne marcha pas comme je l'entendais. Il y avait alors à Tadoussac un individu qui jouait, plus ou moins constitutionnellement, le rôle de marguillier, et dont le jugement ne paraît pas avoir été à la hauteur de la position qu'il occupait; c'est là un accident dont il y a d'autres exemples dans l'histoire. En tout cas, je fais grâce à sa mémoire, et je ne livrerai au souvenir du genre humain ni son nom ni certains de ses hauts faits d'armes trop étrangers à mon sujet. Mais je ne puis celer ici que ce personnage s'opposa de toutes ses forces à ce que mon dessein fût mis à exécution; lui et d'autres dont il avait chauffé les esprits, firent si bien que la cloche, déjà entre les mains des sauvages et près d'être déposée dans leur canot, leur fut à la fin enlevée. «Les pères veulent voler la cloche de l'Anse-à-l'eau», disait-on. Voilà, à n'en pas douter, l'origine de la légende recueillie, au courant de la renommée, par mes amis les auteurs canadiens que je combats en ce point. Il me fallut y mettre bien de la conviction pour convaincre même l'archevêque de Québec de notre bonne foi, au père Babel et à moi. Mais le plus important n'est pas là, surtout pour un homme qui, comme vous, passe tous ses jours à réfléchir sur l'éducation.

L'honorable Monsieur Ouimet ayant fait quelques pas dans le salon où nous étions, j'avais peur qu'il passât à côté de nous et que, sans nous voir, il continuât sa visite protocolaire. Mais il nous fit gentiment un signe discret de la main, qui me réconforta et me donna la force nécessaire pour écouter encore l'abbé Arnauld. Il dit:

— Le père Babel et moi qui ne nous étions pas épargnés pour monter convenablement la vieille chapelle de Tadoussac, nous aurions bien voulu aussi établir une école au milieu de la pauvre population du lieu. Mais il était impossible de trouver de l'argent pour cela, sauf auprès du Docteur Meilleur, surintendant de l'Instruction publique. Le père Babel et moi, nous allâmes le voir, et mis au fait de nos besoins, il nous dit: «Je vous donne l'assurance que le gouvernement contribuera d'une somme de 50 piastres à l'ouverture d'une école à Tadoussac.» Imaginez si nous étions contents! Et comme nous sans doute, vous allez croire que les gens de Tadoussac n'eurent rien de plus pressé que de profiter des bonnes dispositions du gouvernement à leur égard. Sans doute, dans quelques semaines, deux ou trois douzaines de marmots et de marmottes se verront, bien malgré eux, livrés au rude apprentissage de la vie, et forcés de se bien pénétrer des grands principes du b-a-ba! Mais si vous croyez que c'est ainsi qu'on mène les Canayens, vous vous trompez! «Nous n'avons pas besoin d'école à Tadoussac!» nous dirent les personnalités les plus importantes de la ville. Pour commencer, le gouvernement nous donne de l'argent, mais, plus tard, on nous taxera pour cela, on fera vendre nos terres. » Un autre dit: « À quoi bon une école? Mon père ne savait pas lire, je ne sais pas lire non plus, et cela ne nous a pas empêchés de réussir. Il y a un de mes fils que j'ai fait instruire. Eh bien! c'est le plus bête de la famille! » Avec pour résultat que trois ans plus tard, il n'y avait toujours pas d'école à Tadoussac. Et lorsque je rencontrai de nouveau le surintendant de l'Instruction publique, ce dernier me fit remarquer qu'il y avait maintenant cent-cinquante piastres d'accumulées en faveur de l'école de Tadoussac. Évidemment, je m'empressai de rapporter la bonne nouvelle aux habitants, bien persuadé que leur résistance allait céder cette fois devant la fascination de l'or. Mais, quelque temps après, une lettre circulait dans le ministère de Québec et déridait pour un moment les figures habituellement glaciales des fonctionnaires du gouvernement à qui un honorable citoyen de Tadoussac avait envoyé ces mots: « Mon gouverneur, il paraît qu'il y a 150 piastres de votées en faveur de Tadoussac. Nous sommes bien dans le besoin. Ayez donc la bonté de nous envoyer du lard et de la farine! »

En me regardant, l'abbé Arnauld termina:

— Alors imaginez par quoi devra passer votre réforme de l'enseignement!

Bien loin de me décourager, ces propos de l'abbé Arnauld me convainquirent encore une fois de l'urgence de ma réforme de l'enseignement: des Hurons de la jeune Lorette aux habitants de Tadoussac, des citoyens de Québec à ceux de Sainte-Thérèse, l'on retrouvait partout le même problème, celui d'une éducation qui ne convenait à personne parce que trop éloignée des préoccupations contemporaines.

J'aurais bien aimé en deviser plus avant avec l'abbé Arnauld mais n'en eus pas le loisir parce que l'honorable Monsieur Ouimet s'en vint brusquement vers nous. Dégagé enfin de ses devoirs d'hôte, il s'excusa de nous avoir fait attendre aussi longtemps et me pria de le suivre à l'extrémité de la salle où une petite tribune avait été installée devant quatre rangées de fauteuils confortables. L'honorable Monsieur Ouimet invita l'assemblée à s'asseoir puis, avec chaleur, il entreprit aussitôt de faire mon éloge. Avant de me céder la tribune, il termina par ces mots :

— Je ne doute pas que maintenant vous vouliez apprendre de la bouche même de Monsieur Leroy en quoi consiste sa réforme, et ce qu'il attend de nous pour la mener à bonne fin.

Lorsque je montai à la tribune, le cœur me battait à tout rompre dans la poitrine. J'avais enfin l'occasion de parler de mon grand projet à une assemblée de choix qui allait m'écouter avec recueillement et aménité. La voix tremblante, je commençai :

— Messieurs, mes premiers travaux en éducation datent de 1869. Mais dès ce moment, j'avais foi qu'un jour on me rendrait justice; mais si grande que soit cette conviction, il y a des moments, où fatigué de la lutte, l'homme qui marche en avant sur une route inconnue, s'arrête désolé sur le bord du chemin. Il faut qu'alors une voix amie se fasse entendre et dise au pauvre voyageur: allons, courage, debout et marchons, l'avenir est à nous. Cette voix amie a été pour moi celle de l'honorable Monsieur Ouimet, surintendant de l'Instruction publique de la province de Québec, et je dois le remercier publiquement devant vous, Messieurs, de n'avoir pas dédaigné l'étranger qui est venu s'asseoir au foyer du peuple canadien. Si je n'avais trouvé auprès de lui un accueil bienveillant, c'en était fait: je renonçais, et pour longtemps, à compléter l'œuvre à laquelle j'ai pourtant consacré mes plus belles années. Mais il n'en sera pas ainsi et j'ai l'espérance d'obtenir de l'honorable Monsieur Ouimet la protection que je sollicite et qui m'est nécessaire pour continuer mes travaux avec fruit et les terminer en peu de temps. Non, l'honorable Monsieur Ouimet ne voudra pas enlever au Canada l'honneur d'une réforme incontestablement utile, d'une réforme qui intéresse l'humanité entière.

L'assemblée m'applaudissant, j'en profitai pour récupérer mon souffle et la sérénité qui m'avait déshabité depuis que j'étais sur la tribune. Il m'apparaissait déjà que mes paroles déclenchaient un grand intérêt et qu'il m'appartenait maintenant de faire fondre toutes les résistances qui eussent pu se manifester. Sûr de moi, je continuai donc:

— Je commence donc par solliciter toute votre indulgence, et je vous prie de ne considérer mes travaux que comme des matériaux dont vous pourrez vous servir vous-mêmes pour atteindre le but auquel j'ai consacré ma vie et ma fortune. Mais dans cette œuvre immense, un homme est peu de chose s'il n'est pas soutenu. Ce qui me donne cependant quelque espérance de n'avoir pas travaillé pour rien, c'est qu'à notre époque le besoin de modifications à apporter dans l'enseignement se fait sentir. Tous les vrais professeurs se réunissent dans une même pensée: simplifier la méthode actuellement suivie. Car il est certain qu'aujourd'hui le cadre des études s'est étendu. De nouvelles sciences ont surgi qui, bien qu'à peine nées d'hier, ont pourtant déjà, et non sans raison, obtenu droit de cité. De plus, la vapeur et l'électricité ont presque entièrement changé les conditions de la vie. Les distances n'existent plus, et les peuples, ainsi rapprochés, se voient, pour se comprendre, dans la nécessité d'étudier les langues vivantes dont, jadis, ils ne sentaient pas le besoin. De là cette tendance à faire descendre les langues mortes du piédestal où longtemps elles ont trôné presque seules, pour les remplacer par les langues vivantes et par les sciences.

Arrivé à ce point de mon exposé, et sentant un peu de résistance troubler l'atmosphère, particulièrement chez les ecclésiastiques, je pris mon courage à deux mains, et continuai de plus belle:

— On reproche en effet aux études, telles qu'elles sont organisées maintenant, de ne pas préparer assez directement l'enfant aux différents emplois où la Providence appelle chacun de nous et de le condamner à passer, comme dit

Rollin, huit ou neuf ans de sa vie, à apprendre, à grands frais et avec des peines incroyables, une ou deux langues et d'autres choses pareilles dont il n'aura que rarement l'occasion de faire usage. Et certes, en présence des résultats obtenus par les systèmes actuellement en vogue, il est naturel de se demander s'il y a proportion entre le travail qu'on exige des enfants pour les connaissances qu'ils acquièrent et les avantages qu'ils retirent de ces connaissances.

« Et pourtant, quelle immense somme d'efforts ne représentent pas, même pour les plus paresseux, huit ou neuf années passées sur les bancs de l'école. On peut affirmer, sans avoir peur de se tromper, qu'un homme d'âge aurait de la peine à se soumettre, de nouveau, à cette rude discipline à laquelle sont astreints les enfants. Si donc les résultats sont si minimes, quoiqu'obtenus au prix de tant de fatigues et de dégoûts, malgré la science et le dévouement des maîtres et la bonne volonté de beaucoup d'élèves, n'est-on pas naturellement conduit à dire que la méthode est mauvaise et que, par conséquent, il faut la changer? »

Je m'arrêtai encore une fois, étonné de voir l'assemblée si attentive, et comme suspendue à mes lèvres. De la main, je m'épongeai le front et continuai :

— Mais, avant tout, et pour ne pas marcher à l'aventure, il importe de considérer dans quelles conditions et de quelle manière se fait le travail d'un enfant abandonné à lui-même. C'est ce que j'ai fait. J'ai observé l'enfant aux prises avec la science. J'ai vu comment il procède, à quelles difficultés il se heurte sans cesse, toujours disposé à s'arrêter au moindre obstacle pour s'amuser à des riens, et ordinairement occupé de toutes autres choses que de son devoir. Dès lors, je me suis demandé s'il ne serait pas possible de fixer et de soutenir son attention et comment on pourrait le faire. Après bien des tâtonnements, je n'ai trouvé qu'un moyen : travailler avec lui et, par des interrogations successives à la manière de Socrate, le diriger à tout instant dans les dédales de la science où seul il s'égare si aisément. Tel a été mon point de départ et le principe du nouvel enseignement ; mais ce n'est que peu à peu, et non sans peines, croyez-le bien, que j'ai pu formuler tout un système, et, par l'observation de chaque jour, découvrir quels étaient les travaux à exécuter pour rendre l'étude agréable à tous. La première chose que j'ai dû faire, a été de *reléguer au second plan la mémoire*, ce travail pénible et long qui dégoûte l'enfant et l'empêche de faire des progrès rapides. Cette mémoire, je l'ai réduite à n'être plus qu'une servante de l'intelligence, servante utile sans doute, mais dont, à la rigueur, on pourrait se passer, et qui, en tout cas, cède le pas au raisonnement. Mais le plus gros de mon travail a été de voir comment il pouvait être possible de contrer la *mécanisation* de l'enseignement, cette véritable plaie de l'enseignement contemporain, qui abrutit les enfants et les dégoûte des études. Accablés de leçons à apprendre et de devoirs à faire, les enfants, dans ce système, sont pareils à des automates, et sans précepteurs véritables parce que ceux-ci, dans leurs bureaux, n'ont plus de temps à leur accorder, tout pris qu'ils sont dans la correction des devoirs. Avec pour résultat que l'élève, abandonné par son professeur, se sent démuni et devient incapable de travailler vraiment puisque n'ayant plus personne à qui se confier, il est forcé de se rabattre sur un enseignement *mécaniste* et codifié qui lui fait perdre son temps. Et c'est cela même le point principal de ma réforme : ce qui fait le prix de l'enseignement, c'est le précepteur et son implication profonde, et non pas les artifices que, depuis plusieurs années, il s'est donné pour correspondre à ce que la mécanisation de l'enseignement exige de lui.

Ceci étant dit, je dus, pendant quelques instants, m'employer à retrouver mon souffle, car j'entrais dans la partie la plus complexe de mon exposé, et je n'étais pas certain de mon auditoire. On m'apporta un verre d'eau que je bus d'une traite, ce qui calma ma fébrilité et me donna le courage d'aller plus avant dans l'explication de ma réforme, notamment au niveau de l'urgence de cette démécanisation de l'enseignement à laquelle je comptais parvenir, particulièrement en ce qui avait trait à l'étude des langues mortes, par un retour à l'enseignement centré sur le précepteur, de même que par la simplification du dictionnaire et l'usage de tableaux au lieu des traditionnelles études à l'aide de versions et de thèmes.

— Et si vous m'en donnez l'occasion, vous

pourrez bientôt voir comment un enfant, qui n'a jamais fait ni thèmes ni versions, et qui sait à peine ses déclinaisons et ses conjugaisons, peut, grâce à l'ensemble de mes travaux, et sans faire appel à des connaissances péniblement acquises d'avance, se lancer immédiatement en pleine langue latine et passer, comme en se jouant, au travers des obstacles de toutes sortes qu'il rencontre à chaque pas. Vous comprendrez déjà que le temps ainsi épargné, l'élève le pourra désormais consacrer à l'étude des sciences et des nouvelles matières scolaires que les grands changements que vit notre époque rendent urgentes.

Je crois que l'assemblée comprit parfaitement le sens de mon exposé puisque, lorsque les questions vinrent, elles étaient toutes dans l'à-propos de mon sujet. On se persuada d'abord que ma réforme touchait en premier lieu le professeur actuel, qui, par l'abus qui nous est venu de la mécanisation, a la fâcheuse tendance de laisser ses élèves se débrouiller seuls, se complaisant, loin d'eux, et bien à l'abri dans son bureau, à un rôle de censeur et de correcteur, ce qui est bien l'envers même de toute éducation. Car c'était là le point capital de ma doctrine : redonner sa place au précepteur et, cela étant fait, changer radicalement l'enseignement pour que l'élève ne perdît plus tout son temps à étudier les langues mortes au détriment des besoins nouveaux du monde moderne.

Seul le grand-vicaire Dominique Racine, supérieur du collège de Chicoutimi, fit la sourde oreille à tout ce que j'avançais, croyant, bien à

L'honorable Gédéon Ouimet.

tort, à la toute-puissance du latin et, de façon plus générale, à l'étude des langues mortes, base de toutes les connaissances. Heureusement que l'honorable Monsieur Joseph Cauchon, l'abbé Antonin Nantel et le père Arnauld se firent mes alliées et défendirent ma cause car, si cela n'avait été, je crois bien que je serais sorti de chez l'honorable Monsieur Ouimet en étant quitte pour ma peine et Gros-Jean comme devant, tant le grand-vicaire Dominique Racine mit d'énergie, pour mieux réfuter mes thèses, à défendre les siennes. C'est le père Arnauld, en bon missionnaire des sauvages, qui, rompu à la pratique quotidienne de l'éducation, emporta pour moi le morceau. Il se leva et dit:

— Par expérience, je crois qu'il y a beaucoup de vrai dans ce que pense Monsieur Leroy. Bien plus que d'apprendre le latin et le grec, mes sauvages et les Blancs que je dessers dans mes missions, trouveraient bien davantage leur profit et le nôtre à être instruits des dures réalités de notre monde d'aujourd'hui. C'est pourquoi il me semble que l'honorable Monsieur Ouimet devrait donner suite au projet de Monsieur Leroy, quitte à la circonscrire dans le temps et dans l'espace, de manière à ce que nous puissions mieux juger du bien-fondé de cette nouvelle doctrine.

L'honorable Monsieur Ouimet promit d'y songer sérieusement, et c'est là-dessus que la soirée se termina, moi sortant de chez mon hôte avec la tête comme en feu, et n'osant pas croire à ce qui venait de se passer. Monsieur Dion se chargea, dès que nous fûmes arrivés dans la rue, à me remettre les pieds sur terre. Il me dit :

— Ne croyez pas trop aux promesses de l'honorable Monsieur Ouimet. Après tout, que représente-t-il, sinon de la bien mauvaise graine, comme tous les politiciens ?

Je ne rétorquai rien et rentrai chez moi, persuadé qu'en Canada, on ne pouvait pas se comporter comme en France. Je ne me trompais pas d'ailleurs puisqu'à quelque temps de là, j'étais appelé au gouvernement où le secrétaire de cabinet de l'honorable Monsieur Ouimet m'apprit que le gouvernement de Québec venait de m'octroyer une bourse de mille piastres pour que je puisse continuer mes travaux. De plus, et toujours grâce à l'intervention personnelle de l'honorable Monsieur Ouimet et à celle de l'honorable Monsieur Cauchon, le gouvernement fédéral consentait à me faire don d'un local, dans le dessein de me voir expérimenter, avec quelques élèves triés sur le volet, les principes mêmes de ma méthode. Je me mis aussitôt à la tâche, certain de réussir maintenant que tous les obstacles s'étaient évanouis comme par miracle devant moi.

12

Mes élèves recrutés, je fus à même d'expérimenter ma méthode. Après quelques mois, les résultats me parurent si probants que je me sentis prêt à affronter l'opinion publique. À l'École Normale de l'Université Laval, je tins donc une séance sur le sujet, et à laquelle, outre mes élèves, assistèrent l'honorable Monsieur Ouimet, Monsieur Napoléon Legendre, l'honorable Monsieur Joseph Cauchon et les personnalités les plus importantes dans le domaine de l'éducation. Et pour que personne ne puisse me taxer de parti-pris, je me contenterai, pour démontrer le bien-fondé de ma réforme, de citer ce que les journaux de Québec, le lendemain de ma séance, écrivirent sur ce qu'ils avaient vu. *L'Événement* publia cet article:

« Nous avons assisté, hier soir, à l'École Normale Laval, à une conférence donnée par un professeur français, M. Leroy, sous la présidence de l'honorable ministre de l'Instruction publique.

« M. Pierre Leroy, récemment arrivé au pays, a exposé un nouveau mode d'enseignement qui simplifie considérablement les études. Nous

L'École normale avec, derrière, le Parlement de Québec.

n'avons pas l'intention, faute d'espace, d'en faire l'analyse. Qu'il suffise à nos lecteurs de savoir que M. Leroy se sert de tableaux, et, avec ce secours, l'élève peut, en quelque sorte, travailler seul. L'expérience qu'il a faite hier a parfaitement réussie.

« On nous assure que cette méthode a reçu l'approbation des personnes les plus compétentes en fait d'enseignement. »

Pour sa part, *L'Écho de Lévis* écrivit :

« Nous avons entendu, hier soir, l'exposé fait, à l'École Normale, par M. Leroy, de son système d'enseignement. Simplicité, clarté, facilité d'application à toutes les langues : tels sont les avantages que l'on ne peut s'empêcher de saisir, au premier abord, dans la méthode du jeune professeur.

« Nul doute que cette méthode, tout à fait nouvelle dans son application, ne produise une réforme importante dans l'enseignement et n'abrège considérablement le temps consacré à l'étude des langues. »

Mais l'article le plus juste et le plus flatteur sur mon travail vint de Monsieur Napoléon Legendre, dans *Le Journal de l'instruction publique* de mai 1874. Il y signa un vibrant plaidoyer en ma faveur, et dont, faute d'espace, je me contenterai de citer quelques extraits :

« Nous avons assisté le 30 avril dernier à l'École Normale Laval à une séance présidée par M. le ministre de l'Instruction publique où M. Leroy a fait l'exposé et une application partielle de sa nouvelle méthode pour apprendre les langues. La méthode de M. Leroy n'est pas une simple théorie ; elle est le résultat pratique d'un travail constant, d'une expérience de tous les jours. C'est l'étude par le raisonnement, mais le raisonnement mis au moyen de tableaux à la portée de l'intelligence des enfants.

« Trois choses nous ont frappé surtout dans cette manière d'enseigner :

« 1e : Économie de temps.

« 2e : Suppression d'une grande partie du travail de la mémoire au profit de l'intelligence.

« 3e : Association du travail de l'élève avec celui du maître.

« En somme, nous avons entendu M. Leroy avec infiniment de plaisir. Ce qu'il affirme, il le réalise, non pas en un tour de baguette comme les charlatans, mais à l'aide de principes raisonnés, solides, obtenus par le travail d'un esprit chercheur et bien équilibré.

« Nous espérons que les maisons d'éducation considéreront sérieusement le système de M. Leroy et tâcheront d'en adopter au moins les principales réformes. Il serait même à désirer que le gouvernement se chargeât de faire en grand l'expérimentation d'un système aussi recommandable. »

De tous ceux qui avaient assisté à ma séance, seul l'honorable Monsieur Cauchon resta silencieux. Comme c'était un homme des plus remarquables, comme politicien, et comme écrivain, j'insistai auprès de Monsieur Dion du *Journal de Québec* pour que, dans un article, il manifestât son intérêt pour ma réforme si, bien entendu, il la trouvait justifiée. Je tenais beaucoup à connaître son opinion parce que l'honorable Monsieur Cauchon est un esprit vaste qui sait pénétrer immédiatement une question, et l'y poser ensuite avec une clarté sans pareille. Pendant sa longue carrière, l'honorable Monsieur Cauchon a toujours su remplir avec éclat les premiers rôles. Successivement député de Montmagny, puis de Québec-Centre, il sut, grâce à son immense talent, devenir Premier ministre de la province, puis président du Sénat et, finalement, gouverneur du Manitoba. Son opinion pouvait donc être d'un grand poids dans la balance du combat que je menais. Et c'est avec une grande joie que quelque temps plus tard, et ouvrant le *Journal de Québec*, je lus, sous la signature de l'honorable Monsieur Cauchon, les lignes suivantes :

« Il y a quelque temps, M. Leroy donnait à

l'École Normale, devant Monseigneur l'Archevêque de Québec, M. l'amiral français Thomasset et quelques-uns de ses officiers, le Premier ministre de la province de Québec et une foule de membres du clergé et de citoyens distingués, une explication du système d'enseignement au moyen duquel il affirme pouvoir raccourcir considérablement le temps donné à l'étude de la grammaire, de l'arithmétique et, en un mot, de toutes les matières qui peuvent être soumises au procédé rigoureux de l'analyse, dans leurs lois invariables.

« M. Leroy vise à ce résultat: enseignement de la grammaire générale et, conséquemment, des langues, dans un temps comparativement nul; substitution, pour ainsi dire mécanique, du raisonnement à la mémoire et, comme conséquence, fatigue moins grande et résultat plus prompt et plus satisfaisant pour l'élève.

« Il ne reste plus à M. Leroy que la sanction de l'épreuve sur un grand nombre d'élèves pour couronner son œuvre, donner à son système droit de cité dans l'enseignement public, et cette épreuve, le gouvernement lui permet de la tenter dans des conditions qu'il regarde lui-même comme essentielles au succès. Nous reviendrons sur cette question si importante pour notre pays. »

Devant un accueil aussi unanime que sincère, j'aurais pu m'estimer fort satisfait. Mais je tenais vraiment à mettre toutes les chances de mon côté. Je n'ignorais pas que le grand-vicaire Dominique Racine ne manifestait toujours que peu d'attention pour ma réforme. Aussi lui envoyai-je lettre sur lettre pour l'inviter à venir visiter mon école. Il ne daigna pas me répondre. Je ne m'en étonnai pas vraiment, puisqu'il avait peu de sympathie pour moi et que c'était réciproque. C'est pourquoi je me tournai vers le père Arnauld qui, lui non plus, ne put malheureusement se rendre à mon désir, retenu dans ses missions sauvages du Labrador et d'Anticosti. Il m'écrivit toutefois une fort belle lettre dans laquelle il m'encourageait à continuer mes expériences, me suggérant même de faire appel à l'abbé Antonin Nantel de Sainte-Thérèse, pour le cas où j'aurais besoin d'un appui. Je ne manquai pas de donner suite à cette suggestion et, en octobre 1874, Monsieur l'abbé Nantel, accompagné pour la circonstance de Monsieur Joseph Cauchon du *Journal de Québec*, venait visiter mon école. Il en fit ce compte-rendu que je me sens autorisé à citer de tout son long pour bien démontrer que ma méthode rencontrait de plus en plus d'enthousiasme. L'honorable Monsieur Cauchon avait écrit:

« Hier, nous avions le plaisir d'accompagner le supérieur du collège de Sainte-Thérèse, M. Nantel, dans une visite à l'institution que le gouvernement provincial, sous l'inspiration de Monsieur Ouimet, a confiée à M. Leroy, pour lui permettre de mettre en pratique son système d'enseignement.

« Il y a environ un mois que M. Leroy opère sur trente et quelques élèves de tout âge, et pris au hasard ici et là, mais presque tous connais-

L'honorable Joseph Cauchon, dans toute sa splendeur.

sant à peine les premiers éléments du français et ignorant complètement le latin. Ce que nous avons vu nous a agréablement surpris, pour ne pas dire étonné ; c'est au point que, commençant, comme les autres, par le doute, nous sommes arrivé à l'intime conviction que M. Leroy accomplira ce qu'il promet. Or, ce qu'il promet, c'est, avec son système, d'enseigner les langues anciennes et, comme conséquence, la langue française, dans tout au plus trois ans.

« Nous n'avons pas le temps d'analyser aujourd'hui ce système qui, s'il est adopté, doit révolutionner l'enseignement ; mais nous le ferons plus tard de manière à convaincre le lecteur que nous n'avons pas au hasard formé notre opinion sur une question d'une gravité pareille. Si tous ceux qui nous lisent ne sont pas, de suite, impressionnés comme nous, au même degré, par le système Leroy, il n'en est pas moins vrai que, de tous les esprits sérieux, de ce côté-ci comme de l'autre de l'Atlantique, qui s'occupent de l'enseignement et de ses résultats sur les destinées de la société, personne n'est satisfait. À cette époque de mouvement, pour ainsi dire électrique, où tout le monde se hâte d'arriver à sa place, dans le sacerdoce, les professions libérales ou les affaires, le problème est encore à résoudre, savoir : la plus grande somme d'enseignement dans le plus court espace de temps, sans fatigue inutile et sans ennui pour les élèves.

« Demandez aux hommes qui enseignent s'ils sont eux-mêmes satisfaits de l'ordre actuel des choses; demandez-leur si, après avoir soumis toute une génération d'enfants à une épreuve monotone et ennuyeuse de neuf années, ils sont contents de l'œuvre accomplie et peuvent se dire, dans leur for intérieur, que réellement ceux qu'ils livrent ainsi à la société en ont pour leur temps et pour leur argent. Nous avons entendu de la bouche de M. Nantel lui-même, ces mots significatifs:

«— Nous ne voyons réellement que confusion et insuffisance dans le système actuel où tout certainement est à refondre et à refaire à neuf; mais comment briser avec les préjugés d'une routine de tant de siècles, et qui aura le courage, ou mieux l'audace, de frapper les premiers coups et d'entrer résolument dans la voie nouvelle? Nous sentons le besoin impérieux d'un changement; mais ce que ce changement doit être, nous ne le connaissons pas encore, et nous demandons la lumière qui doit nous éclairer dans cette voie encore obscure et incertaine.

«Oui, le préjugé, et surtout le long préjugé des siècles est difficile à vaincre; mais l'histoire ne nous fournit-elle pas de nombreux exemples des longs combats de l'humanité contre le préjugé de la routine, à l'égard de toutes les sciences qui ont marché à pas gigantesques, seulement quand l'homme a eu le courage de briser avec un passé qui le tenait dans l'ornière et dans la nuit. Que de merveilles accomplies dans l'astronomie, la chimie, la physique et toutes les branches de l'histoire naturelle, depuis le jour où, s'émancipant de l'empirisme, on a demandé à l'observation et à l'analyse les secrets de la nature et de ses mystérieuses synthèses ? L'enseignement seul de la jeunesse resterait-il donc fatalement condamné au procédé lent, incertain de la routine ; la clé du monde intellectuel et physique resterait-elle *mêlée* dans la serrure, quand l'homme, habitué à plus d'activité, attend impatiemment, à la porte, pour entrer ? Nous ne le croyons pas, et c'est à cause de cela que nous osons élever la voix, dans cette circonstance, et à l'occasion du système de M. Leroy, pour inviter toutes les institutions d'enseignement, sans exception, à essayer de diriger celui-ci dans une voie nouvelle et de faire au moins ce que l'on fait pour l'industrie, c'est-à-dire tenter en petit ce que l'on serait disposer à adopter en grand, si l'épreuve est satisfaisante.

« Sait-on l'objection la plus spécieuse que l'on fait à ce système dont la rationalité saute aux yeux ? C'est d'abord que tout se fait dans la classe et, ensuite, que l'élève termine ses études trop jeune pour prendre dans la société la place qui doit lui écheoir. À la première objection, il est facile de répondre que, si l'on apprend les langues mortes en un temps aussi court, il en restera davantage pour apprendre les sciences et les spécialités auxquelles désirent se livrer respectivement les élèves ; c'est que les hommes mêmes qui ont la vocation du commerce et qui, pour s'y identifier, ont besoin d'y entrer jeunes, pourront y arriver avec le bagage classique qui leur sera d'un incontestable avantage, quand, après avoir acquis la fortune, ils auront la louable ambition de donner leurs loisirs au service du pays.

« À la deuxième objection, à savoir que les élèves finiront leurs études à un âge où l'esprit n'est pas suffisamment mûr pour l'étude de la théologie, de la loi, de la médecine, etc., nous répondrons qu'il est facile de remplir la lacune en enseignant aux élèves une multitude de choses utiles qu'il leur est avantageux de savoir. Ils liront surtout, à cette époque où il est si important de lire, parce que c'est celle des loisirs et des impressions durables ; on lit généralement si peu au collège. Dans tous les cas, ce ne peut être une raison pour leur faire passer huit à neuf ans à apprendre ce qu'ils peuvent réellement apprendre en quatre ou cinq.

« Nous ne demandons pas à ceux qui enseignent de renoncer tout à coup au passé, de briser, de suite, avec autant de siècles, et avant d'être sûrs que la voie où on veut les faire entrer, est la bonne ; mais il nous semble que la question est assez importante, par elle-même, pour nous induire à en tenter l'épreuve et à faire marcher, côte à côte, les deux systèmes, afin d'adopter le nouveau s'il est préférable à l'autre, après l'épreuve, ou de le rejeter s'il ne justifie pas ses promesses. Que chaque collège, par exemple, ait une classe à part, une seule, soumise au système Leroy, pendant que le corps des élèves restera sous l'ancien régime. Nous ne demandons que six mois d'épreuve et, si après ces six mois, la classe exceptionnelle n'a pas donné les résultats promis, que l'on reste avec l'enseignement actuel, jusqu'à ce que l'on ait trouvé, s'il est possible, un autre moyen plus certain d'arriver au but. »

Mais malgré tant d'éloges, je ne me sentais pas encore l'esprit tranquille car il y avait déjà plusieurs mois que je travaillais mais presque dans l'anonymat maintenant que les journaux, fidèles à leur versatilité, s'étaient mis à s'occuper de tout autre chose. Monsieur Dion du *Journal de Québec* m'avait renseigné sur le poids que le grand-vicaire Dominique Racine, du collège de Chicoutimi, commençait à avoir au Palais épiscopal. Sans sa reconnaissance, mes projets, tôt ou tard, pouvaient se voir empêcher. Lorsque je le compris, il était déjà tard : j'avais tout misé sur Monsieur l'abbé Antonin Nantel, lui faisant même l'honneur de lui envoyer tous mes travaux, ce qui m'avait d'abord valu de sa part un intérêt au-dessus de tout soupçon : « Votre méthode, précisément parce qu'elle est nouvelle et qu'elle s'attaque à une routine séculaire, ne saurait manquer de rencontrer des obstacles et des ennemis ; mais j'ose espérer qu'elle triomphera tôt ou tard, et je vous souhaite ce triomphe *plus tôt* que *tard*. » Mais par la suite, quand je lui demandai de m'aider autrement qu'en paroles, lui faisant même la proposition de continuer au Séminaire de Sainte-Thérèse mes expériences, il me répondit qu'il ne croyait pas que l'heure en était venue, que ma proposition, s'il la présentait au Conseil du Séminaire, serait vraisemblablement rejetée. Il m'écrivit :

« Votre triomphe viendra, j'en ai l'assurance, mais l'heure n'est pas encore arrivée ; il y a tant de préjugés à vaincre. Il est si dur de briser le vieux moule des études classiques. En attendant le succès que je désire et que j'espère, je vous souhaite de persévérer dans vos efforts. Tâchez, s'il vous est possible, d'éveiller et de fixer l'attention publique. Je ne crains rien autant que la conspiration du silence qui semble commencer à se faire dans la presse sur votre système. Il faudrait gagner l'opinion publique ; alors, votre système entrerait, bon gré, mal gré, dans les collèges. Pour ma part, soyez sûr que je ne néglige aucune occasion de vous faire connaître et de prêcher autour de moi la réforme que vous demandez. »

Les semaines se mirent toutefois à couler avec une grande rapidité, et sans que ma situation ne changeât aucunement. C'est alors que je me demandai si le grand-vicaire Dominique Racine de Chicoutimi n'était pas vraiment du nombre de ces ennemis contre moi dont, dans l'une de ses lettres, Monsieur l'abbé Antonin Nantel m'avait appris l'existence. Je continuai donc à écrire au grand-vicaire Racine, sollicitant un entretien avec lui pour mettre fin, par delà notre antipathie réciproque, à ce qui me semblait être un malentendu. En même temps, et de manière à m'assurer des appuis solides dans la région de Chicoutimi pour pouvoir amenuiser éventuellement l'influence du grand-vicaire Racine si, toutefois, il se décidait à passer à l'attaque contre moi, je trouvai un allié inespéré en la personne de Monsieur Pierre Tremblay, député de Chicoutimi. J'eus l'occasion de faire sa connaissance aux bureaux du *Journal de Québec*. Ami de Monsieur Dion, Monsieur Pierre Tremblay calma toutes mes appréhensions : si le grand-vicaire de Chicoutimi n'avait pas répondu à mes lettres, il ne pouvait s'agir de mauvaise foi, mais bien plutôt d'un surcroît de travail qui l'empêchait de donner suite à sa correspondance. Il ajouta :

— Donnez-moi copie de vos travaux, et une nouvelle lettre pour le grand-vicaire Racine. Je les lui apporterai moi-même, et je ne doute pas qu'il vous répondra rapidement.

Dix jours plus tard, Monsieur Pierre Tremblay me faisait remettre la copie d'une lettre que lui avait envoyée le grand-vicaire de Chicoutimi, et dans laquelle, accusant réception de mes travaux, il disait : « J'ai lu avec une sérieuse attention les écrits de M. Leroy sur le mode d'enseignement qu'il s'efforce de faire adopter. Ayant trouvé dans son système plusieurs choses que je trouve très propres à faciliter l'étude aux enfants et à le leur rendre plus agréable, j'ai obligé un des professeurs du collège de Chicoutimi d'en faire l'essai dans sa classe. Ce monsieur m'a répété, à plusieurs reprises, qu'il était satisfait des améliorations apportées. Si nous réussissons cette année, je tâcherai de faire un pas de plus l'an prochain. »

Lorsque je lui fis lire cette lettre, Monsieur Dion afficha son scepticisme :

— Bien qu'il soit un homme de qualité, le

grand-vicaire Racine n'est qu'un fieffé ambitieux qui rêve de devenir évêque. Il vaut mieux ne pas se fier à ces gens-là qui ont l'habitude de virer de capot dès qu'ils y trouvent leur profit. Alors ne chantez pas le coq trop tôt. Vous pourriez avoir un réveil plutôt douloureux quoique je doive admettre que depuis votre arrivée au pays, vous avez su vous débrouiller avec art.

Avec le temps, Monsieur Dion devenait de plus en plus cynique. Parce qu'au fond, depuis que j'avais émigré en Canada, je ne m'étais pas comporté autrement que les Canadiens eux-mêmes. Ce n'était pas ma faute à moi si, pour s'avancer dans leurs affaires, ils faisaient preuve de duplicité. Par exemple, le clergé montrait des dents contre les libéraux, qui le lui rendaient bien, mais ça n'empêchait pas l'honorable Monsieur Cauchon, par exemple, d'avoir ses entrées au Palais épiscopal. De sorte que ce qui n'était pas possible en France le pouvait être ici, et j'avais bien l'intention de ne pas manquer le bateau, quitte à modifier quelque peu ma réforme de l'enseignement, jetant un peu de lest pour ce qui concernait les études religieuses proprement dites mais, sur le fond, restant absolument radical. C'est dans cet esprit que je me mis au parachèvement de mes travaux, décidé à frapper bientôt ce grand coup qui assurerait la fortune de ma réforme. Mais c'était sans compter sur ces revirements inattendus dont la Providence se montre si férue et, amèrement, je devais l'apprendre à mes dépens.

Un après-midi que j'étais dans ma chambre

à songer sur un point de ma réforme particulièrement difficile à énoncer, Monsieur Dion entra en coup de vent, et me dit :

— Le gouvernement de Québec vient de démissionner. Monsieur de Boucherville a été destitué.

Comme je n'y entendais goutte, je le priai de m'expliquer ce qui se passait. Il me dit :

— Il y a quelques mois, lorsque le lieutenant-gouverneur René-Édouard Caron s'est éteint dans son château de Spencer Wood, le gouvernement fédéral lui a choisi comme successeur Luc Letellier de Saint-Just, une figure marquante du Parti libéral. Par tradition, le lieutenant-gouverneur se satisfait du rôle cérémonial et décoratif qui est attaché à sa fonction. Mais de Saint-Just ne l'entendit pas ainsi et, usant de tous les prétextes, il a entrepris la lutte avec ses amis libéraux contre le gouvernement, notamment au sujet de l'augmentation des taxes. Avec pour résultat qu'hier, de Saint-Just adressait un mémoire aux conseillers constitutionnels, pour désavouer le gouvernement conservateur. « Le lieutenant-gouverneur ne saurait clore ce mémoire sans exprimer à Monsieur le Premier ministre le regret qu'il éprouve à l'idée de ne pouvoir continuer à le maintenir dans sa position à l'encontre des droits et des privilèges de la Couronne. » Et ce matin, de Boucherville, mis devant le fait accompli, celui de sa destitution, n'a pas pu faire autrement que de démissionner. Il semble que le lieutenant-gouverneur va appeler Monsieur Joly, chef du Parti libéral, pour former le nouveau gouvernement.

Trop pris par mes travaux, je n'avais jamais eu vraiment le loisir de m'intéresser de très près aux questions politiques. Aussi, je ne compris pas grand-chose aux propos de Monsieur Dion sauf que, le gouvernement venant d'être démis, je venais de perdre mon protecteur en la personne de l'honorable Monsieur Ouimet. Mais pour Monsieur Dion, ce véritable coup d'État du lieutenant-gouverneur signifiait bien davantage. Il me dit:

— Il y a quelques années, les conservateurs de Monsieur Ouimet, pour assurer leur ré-élection, ont aboli le Ministère de l'instruction publique à la demande des évêques du Québec qui voulaient garder toute leur main-mise sur l'éducation, et empêcher l'État d'en prendre le contrôle. Le nouveau gouvernement libéral qui entrera en fonction bientôt, qui a sur le cœur l'Affaire Guibord et tant d'autres, va sûrement tout remettre cela en cause. Comme les évêques ne peuvent pas sentir les rouges, cela veut dire que l'on va entrer dans une période fort trouble qui, je crois bien, va consolider l'emprise du haut-clergé sur l'éducation. Comme vous vous êtes commis avec l'honorable Monsieur Ouimet, je ne donnerais pas cher de votre peau.

— Mais j'ai toujours agi en mon âme et conscience, et j'ai maintenant des amis très influents au Palais épiscopal.

— Dans ces choses-là, il ne suffit pas seulement d'avoir des amis, mais encore d'avoir les moyens de les payer pour leurs bons offices. J'ai fait ma petite enquête : l'abbé Antonin Nantel vous aime bien mais ne lèvera pas le petit doigt pour vous aider maintenant que l'honorable Monsieur Ouimet n'est plus au gouvernement. Et Monsieur Cauchon, depuis qu'il s'est installé à Ottawa, a bien d'autres chats à fouetter que le vôtre. Quant au grand-vicaire de Chicoutimi, vous n'avez rien à attendre de lui : il croit que la réforme que vous voulez entreprendre donnera raison aux rouges, de sorte qu'il ne vous fera pas de quartier. Pour ce qui touche l'abbé Arnauld, préoccupé par ses missions sauvages, et bien que fort sympathique à votre cause, il ne sera pas d'un grand poids dans votre affaire. Aussi, mon pauvre ami, j'ai bien peur que vous ayez perdu votre temps et votre peine.

Devant une telle démonstration, je me sentis brutalement atteint par cette morosité qui, à la Trappe d'Aiguebelle, ne m'avait pour ainsi dire pas quitté, au point que j'avais dû me résoudre à en partir. Que m'arriverait-il maintenant que ma bourse reçue du gouvernement étant presque toute dépensée, je ne pouvais plus être certain de son renouvellement, et me retrouvais donc tout à fait dans le vague ? Se rendant compte de mon désarroi, Monsieur Dion me tapota l'épaule et me dit :

— Il ne faut pas lâcher. Depuis le début, les colonnes du *Journal de Québec* vous sont acquises et le resteront.

Puis il m'invita à aller dîner avec lui, ce que je refusai parce qu'il me sembla que devant ce qui m'arrivait, je n'avais d'autre choix que celui de rester enfermé dans ma chambre, à implorer la Divine Providence de me venir en aide. Dès que Monsieur Dion eut refermé la porte derrière lui, je me jetai à genoux, et suppliai Dieu de ne pas m'abandonner.

13

Trois jours durant, je restai à genoux, sans boire ni manger, fiévreux que j'étais que la Divine Providence m'envoyât ses lumières. Aussi, pour qu'elles puissent m'être données, entrai-je en état profond de méditation, remontant jusqu'à ma petite enfance afin d'être en mesure d'évaluer, par devers moi-même, tout le chemin que j'avais parcouru depuis. Et alors, je me rendis compte d'une chose qui m'avait jusqu'alors échappé et qui s'imposa à moi dans une telle violence, que je me sentis, pour ainsi dire, réduit à la dernière extrémité. Depuis mon arrivée à Québec, et pris d'une façon totale par mon projet, je m'étais dépensé sans compter, y mettant toute ma fortune en plus des mille piastres que le gouvernement de Québec m'avait accordées. Mais à être ainsi à tous les moments sur la brèche, à enseigner ou bien à écrire ce qui, au niveau de ma réforme m'arrivait toujours de nouveau, j'en avais oublié ma santé qui avait fini par s'altérer grandement sans même que je m'en rendisse compte. Sans doute, tout cela m'avait empêché de voir le mauvais côté qu'il y a dans toute chose, parce que l'orgueil m'animait et que j'avais la tentation de me dire: « Si j'étais à la place des Canadiens, sachant ce que je sais, comme je mettrais à profit l'expérience que j'ai acquise à mon dépens! »

Car de quoi avais-je profité depuis que j'étais à Québec? De ce qui m'était venu de mon enfance, de ce que j'y avais, d'un seul coup d'œil, jugé la vie, et compris quel en doit être le but véritable. Mais, parce qu'alors j'étais peu éclairé sur les dangers de l'existence et que j'étais mal dirigé, j'avais fait fausse route. En quelque sorte, j'avais été sacrifié à une éducation absurde qui, nulle part, ne tient compte des vocations diverses des enfants. Aussi n'avais-je eu qu'à réfléchir sur le passé pour trouver en moi-même et la cause du mal et le remède qu'il fallait y appliquer. C'est pourquoi, dès mon arrivée à Québec, j'avais joui d'une immense et inexplicable popularité pour battre en brèche le système d'enseignement actuel. J'y avais rencontré la sympathie de tous, sauf celle de quelques esprits malveillants qui, à l'instar du grand-vicaire de Chicoutimi, songeaient trop à leur carrière pour me venir vraiment en aide. Mais un homme seul est toujours trop faible pour exécuter une réforme qui ne peut se faire qu'avec le concours de tout le monde. C'est pourquoi je n'avais eu qu'un désir, celui de faire accepter mes principes par l'Université Laval. Mais le gouvernement de Québec l'avait devancée, m'accordant cette bourse pour que je puisse faire, en dehors des cours ordinaires, l'expérimentation de ma méthode. De sorte qu'à bien y réfléchir, il me

L'Université Laval et le Séminaire de Québec.

fallait admettre que c'était Monsieur Dion du *Journal de Québec* qui avait raison: avec la disgrâce qui affligeait maintenant Monsieur Ouimet, je me retrouvais sans appui, pris tout à coup d'une santé difficile et, bientôt, sans argent. De plus, il fallait m'attendre à la réaction du haut-clergé de Québec qui, parce que ma réforme n'avait pas commencé sous leurs auspices, se mettrait sûrement à me voir d'un mauvais œil. N'avait-il pas d'ailleurs commencé à miner le terrain sous mes pieds, par la duplicité du grand-vicaire Racine de Chicoutimi qui, tout en assurant Monsieur le député Tremblay qu'il faisait expérimenter ma méthode dans son collège, écrivait en même temps au grand-vicaire Bolduc du Palais épiscopal, afin de le monter contre moi-même ? Même si ces renseignements ne devaient que me parvenir plus tard, mes trois jours de jeûne m'en apprirent comme par avance l'immonde vérité.

C'est pourquoi, miné dans ma santé et miné dans mon projet, Dieu m'enjoignit qu'il valait mieux pour moi retourner en France, afin d'y trouver le soutien qui, j'en avais conscience, ne pourrait que me faire de plus en plus défaut en Canada. Je quittai donc la pension de Madame de Saint-Pierre, d'autant plus content que, pour m'avoir d'abord accueilli comme son fils, elle avait rapidement pris ses distances vis-à-vis de moi, afin de mieux me tromper et, tout en m'encourageant dans ma réforme, de me dénoncer auprès du haut-clergé de Québec.

Tout cela que je n'avais pas su bien voir depuis mon arrivée à Québec me sauta pour ainsi dire en pleine face grâce à la méditation totale que, pendant trois jours, je fis dans ma chambre. Et Dieu m'ayant alors parlé clairement, je m'embarquai donc pour la France, avec l'intention d'aller rencontrer Monseigneur Fournier, évêque de Nantes, afin de lui demander son concours. Je lui avais fait envoyer mes travaux, et il en avait approuvé tout de suite les principes, comme il me le fit assavoir quand il m'accorda audience, me disant :

— Depuis quarante ans, je défends, bien

que sans le savoir, votre thèse.

Heureux que j'étais qu'il me le dise, je lui rétorquai :

— Dans ce cas, il m'est donc possible de compter sur votre aide ?

Avec un malin sourire, il me répondit :

— Je suis évêque, et je ne puis rien. Croyez-vous pouvoir réussir ?

Je n'osai pas répondre que oui, mais je le pensais toujours, bien que je me dis que lors de mon jeûne de trois jours dans la pension de Madame Saint-Pierre, Dieu m'avait peut-être parlé mais sans que je fusse en mesure d'entendre tout. Rentrant à mon hôtel, je méditai profondément là-dessus et l'idée me vint peu à peu de l'urgence de fonder une nouvelle congrégation religieuse dont je trouverais en Canada tous les éléments étant donné que la France, vidée de toute spiritualité, ne pouvait, désormais, aspirer à quelque réforme que ce soit. J'allai à la Trappe d'Aiguebelle afin d'en aviser l'abbé prieur. Il ne voulut pas m'entendre et me congédia poliment. Une fois dehors, je ne me sentais plus le courage de rien. Aussi allai-je m'asseoir sous un arbre. Un père vint m'y voir. Je me confiai à lui. C'était le père Malachie, qui arrivait d'Afrique. Lorsque je lui racontai mon projet, il m'encouragea à retourner en Canada et de faire confiance à Dieu, dans l'absolu de sa miséricorde. Je revins donc à Québec, rencontrai le père Huyghens, et le mis au fait de mes nouvelles recherches : il n'y avait pas que l'enseignement à réformer, mais la spiritualité même. Il m'encouragea à oublier la fondation d'une nouvelle congrégation religieuse, et à me consacrer plutôt à l'enseignement. Je lui répondis que je n'étais pas revenu pour cela. Alors se rendant compte de mon obstination, il me suggéra, au lieu de rester à l'hôtel, de prendre pension chez les Morin qui étaient de ses amis, et dont j'aurai l'occasion de reparler plus tard. Pour le moment, tout ce que je veux dire, c'est qu'animé de la force nouvelle que me donnait mon nouveau projet de réforme, j'écrivis coup sur coup au grand-vicaire Racine de Chicoutimi et à l'abbé Arnauld afin de les avoir de mon côté. Je ne doutais pas que le supérieur du collège de Chicoutimi qui m'avait toujours fait l'effet d'être un ennemi, n'ajustât son tir à mon sujet, étant donné le bien-fondé de ma nouvelle réforme. Quant à l'abbé Arnauld, je m'adressais à lui au missionnaire et à l'ami qui ne m'avaient jamais fait défaut. Le grand-vicaire Racine ne daigna même pas me faire réponse. Mais l'abbé Arnauld, bien que pris par ses missions du Labrador et d'Anticosti, m'écrivit une longue lettre dans laquelle il m'assurait toujours de son amitié, trouvant même essentielle l'idée que j'avais d'une nouvelle congrégation religieuse dont la vie se fût inspirée du modèle que nous donnent les Trappistes.

Fort d'un tel appui, je me rendis au *Journal de Québec* afin d'obtenir l'aide de Monsieur Dion. J'y fus accueilli par un journaliste que je ne connaissais pas et qui me mit au fait de la situation : Monsieur Dion était en congé de maladie et il ignorait où je pouvais le trouver. Lorsque je dis au journaliste pourquoi j'étais venu le voir, il me signifia sans aménité qu'il avait bien d'autres chats à fouetter que moi et d'attendre le retour de Monsieur Dion pour lui parler de mes affaires. Autrement dit, il me refusait la signature dans son journal. Je ne pouvais croire et penser qu'on en arriverait à m'empêcher d'écrire, et qu'après avoir dépensé des sommes considérables, je serais finalement réduit à l'impuissance la plus complète et placé dans une position telle que, humainement parlant, la chose devrait me paraître et était réellement devenue impossible.

Toutefois, je ne suis pas de ceux qui cèdent sans combat et comme, en somme, je n'avais que de bonnes intentions, pour mettre ma conscience en repos, avant de déposer définitivement les armes, je fis à Dieu une prière dont voici à peu près le sens :

« Mon Dieu, je crois bien que j'ai raison, mais enfin il est possible que je me trompe, et, en tout cas, je ne puis continuer l'œuvre que j'ai entreprise sans savoir si elle vous est agréable ou non, sans savoir si, privé de tout moyen d'action, je puis au moins compter sur votre tout-puissant concours. Veuillez donc me dire, d'une façon ou d'une autre, si vous êtes pour ou contre moi, et dans le cas où vous me seriez favorable, donnez-moi, je vous prie, un signe quelconque. Si vous exaucez ma prière et que vous m'accordiez ce que je vous demande, je m'engage solennellement par vœu à ne jamais céder; mais si je n'obtiens pas ce signe, j'abandonne la partie. À quoi bon m'épuiser en pure perte, puisque seul, je n'arriverai jamais à aucun résultat sérieux. »

La prière faite, il s'agissait d'être exaucé et je vous avoue, en toute simplicité, que je n'avais point en moi une assez grande confiance pour croire que, par mes seuls mérites, je pusse obtenir une pareille faveur. Et c'est alors que, sans en bien comprendre la puissance, je résolus de sacrifier cent piastres, presque tout ce qui me restait de ma fortune, pour faire dire des messes à cette intention, de telle sorte que toute la question se résume à ceci : quatre cents messes ont-elles devant Dieu un mérite tel que Dieu, ainsi consulté, ait cru devoir y répondre par un des plus grands miracles qui aient jamais eu lieu? Dans la suite de mon récit, je me ferai fort de le prouver. Mais pour l'instant, il s'agit d'établir hors de tout doute qu'il y a eu quatre cents messes de dites ou, du moins, que cent piastres sont sorties de ma bourse pour cette fin. Comme je savais mes ennemis nombreux et rusés, je pris sur moi de ne pas faire les choses à moitié afin que si Dieu m'exauçait, personne ne pût mettre en doute le bien-fondé de tout ce que je pourrais avancer.

Quelques jours après l'incendie qui devait ravager le quartier Montcalm, c'est-à-dire vers la fin d'avril ou au commencement de mai 1876, j'allai voir Monsieur le notaire Alfred Fages. Pour la circonstance, je m'étais fait accompagner par Monsieur Léonidas Hudon qui, quel-

Le Grand Séminaire.

que temps plus tard, allait devenir novice chez les Jésuites, et par Monsieur David Morin, le frère de Monsieur Édouard Morin dans la famille desquels je pensionnais depuis mon retour à Québec. De plus, il y avait dans le bureau du notaire Fages deux autres personnes au-dessus de tout soupçon: Monsieur Jean-Baptiste Veilleux, actuellement pharmacien à Québec, et Monsieur Joseph Chabot, de Saint-Charles, qui se trouve à être le neveu de l'avocat du même nom. C'est en leur présence à tous que j'ai sorti de ma poche une enveloppe, l'ouvrant pour leur montrer et leur faire compter les cent piastres que j'y avais mis en billets de banque. Je demandai aussi à Monsieur le notaire Fages de sceller lui-même l'enveloppe après avoir lu la lettre que j'y avait jointe, qui ne portait toutefois pas ma signature, et ne contenait que deux ou trois lignes dans lesquelles j'indiquais sommairement quel devait être l'emploi de cet argent, à savoir : que le Grand Séminaire de Québec devait acquitter quatre cents messes et les dire le plus tôt possible, à une intention particulière. Après, le notaire Fages remit la lettre à Monsieur Joseph Chabot pour qu'il allât la porter en mains propres au père Huyghens, du Grand Séminaire.

    On s'interrogera peut-être sur la pertinence de ma démarche. Mais dans la nouvelle affaire qui m'occupait, et pour laquelle j'allais, je m'en doutais, jouer ma vie et mon salut, je ne pouvais rien laisser au hasard. D'ailleurs, je fus récompensé de ma prévoyance puisque, quelques jours plus tard, j'appris par David et Édouard Morin que, dans le clergé de Québec, circulait déjà une rumeur qui voulait qu'au lieu de quatre cents messes, c'était, tout au plus, une dizaine que j'avais payées. Devant une telle fourberie, je me rendis au Grand Séminaire de Québec pour y rencontrer le Supérieur des jésuites et tirer cette mauvaise affaire au clair. Il me promit une lettre qui confirmerait mes quatre cents messes et mon cent piastres, mais cette lettre, dois-je l'avouer, ne m'a jamais été remise. C'est ainsi que tout se passe quand Messieurs les Jésuites craignent la proximité du miracle et font tout pour l'empêcher. Dieu a toutefois autrement plus de pouvoir qu'eux, ce qui est heureux. C'est pourquoi en sortant du Grand Séminaire, je croisai l'abbé Arnauld qui, quittant momentanément ses missions sauvages du Labrador et d'Anticosti, était venu à Québec rendre compte des progrès de son apostolat. Je lui dis que j'aimerais rien de plus qu'avoir un long entretien avec lui, que c'était de la plus haute importance puisqu'ignorant que j'étais qu'il se trouvait à Québec, il fallait voir dans notre rencontre inespérée le signe que j'attendais de Dieu, et qui, enfin, venait de se manifester. L'abbé Arnauld me donna rendez-vous pour le soir même.

Quand je dis que cette rencontre était providentielle, je ne me trompe pas. Au moment où j'avais fait connaissance avec l'abbé Arnauld, je ne comprenais pas vraiment ce qui me portait vers lui, et pourquoi, dès les premiers moments, j'avais tellement cherché son amitié. Je devais l'apprendre ce soir-là même où, dans un petit salon du Palais épiscopal, l'abbé Arnauld me reçut, me demandant d'abord des précisions sur la dernière lettre que je lui avais envoyée à Notre-Dame de Betsiamits. Il me dit :

— Mais où donc vous est venue cette idée de fonder en Canada une nouvelle congrégation religieuse, inspirée des Trappistes ?

Je lui révélai alors ce que je n'avais encore dit à personne, c'est-à-dire qu'avant de venir m'installer à Québec, je m'étais fait trappiste à Aiguebelle.

Le visage du père Arnauld changea aussitôt, comme s'il avait été sous le coup d'une émotion extrême, et il me dit :

— Quelle coïncidence ! Je n'arrive pas à le croire !

Quand il m'eut expliqué de quoi il s'agissait,

je mis moi-même un certain temps à le croire. Imaginez la chose! Imaginez le monastère d'Aiguebelle, dans un pays comme la France où la population est dense; imaginez le monastère d'Aiguebelle, qui est comme un point imperceptible perdu au milieu des montagnes du Dauphiné et, le sol de cette région étant très aride, les habitations y sont clairsemées et les habitants peu nombreux. Sachant cela, je ne pouvais donc guère m'attendre, les Français de France étant eux-mêmes en Canada en assez petit nombre, à trouver, dans une contrée nouvellement ouverte, à mille cinq cents lieux d'Aiguebelle et à cent lieux de Québec, un religieux dont la famille, en 1815, habitait le monastère même d'Aiguebelle, à une époque où ce monastère, confisqué à la Révolution et vendu en 1810 comme bien national, était encore une propriété particulière louée à plusieurs familles du voisinage qui y demeuraient en commun.

À mon avis, et comme je me fis fort de l'expliquer à l'abbé Arnauld, il s'agissait bien plus que d'une coïncidence, mais du signe que, par mes quatre cents messes, j'attendais de Dieu. Je crois bien que l'abbé Arnauld partagea mon sentiment, comprenant aussi bien que moi qu'il n'y a pas de contradiction entre l'ordre naturel et l'ordre surnaturel, qu'ils se prêtent l'un et l'autre un mutuel secours, et comme la Providence conduit chacun de nous à sa fin par des moyens humains, et qu'elle prépare de longue date, et souvent à leur insu, les instruments dont elle se sert, il était bien normal, dans la circonstance, qu'elle m'ait désigné à ce grand prêtre des missions sauvages. Dieu, qui est l'être raisonnable par excellence, avait une grâce de choix à faire aux Canadiens et, pour la leur donner, il devait s'y prendre comme il venait de le faire avec l'abbé Arnauld et moi.

Car, pour parler net, n'y avait-il pas quelque chose d'extraordinaire dans ce fait que moi, laïc et étranger, je vinsse à savoir une chose que les évêques du pays ignoraient eux-mêmes et dont, bientôt, ils seraient passablement étonnés d'apprendre la nouvelle par ma bouche, quand le moment m'en serait indiqué ? Cette chose, ce fut la suivante, que j'appris dès le lendemain en lisant les journaux.

Désireux de donner un premier évêque au peuple du royaume du Saguenay et du lac Saint-Jean, le Pape priait l'archevêque de Québec de nommer à ce poste le prêtre qui, en Canada, pourrait le mieux s'acquitter de cette tâche sacrée. Je compris tout de suite que c'était là le deuxième signe que Dieu m'envoyait à la suite des quatre cents messes que j'avais fait dire au Grand Séminaire de Québec. Pour moi, il ne faisait aucun doute que c'était à l'abbé Arnauld qu'il fallait remettre la crosse épiscopale. J'en fis aussitôt part à l'archevêque de Québec, au Supérieur du Grand Séminaire et fis même, dans les journaux, de nombreuses représentations à ce sujet. Aussi, imaginez ma consternation lorsque j'appris que l'archevêque de Québec, faisait fi de mon point de vue qui n'était que celui de Dieu, songeait à nommer sur le trône épiscopal de

Chicoutimi nul autre que le grand-vicaire Racine ! Je vis dans cette possibilité, non plus l'intervention de la Divine Providence, mais bien celle de Satan qui, par de savantes ruses, essayait de contourner les desseins de Dieu. Et, tout aussitôt, il me sembla qu'il me fallait agir avant qu'il ne fût trop tard. Parce que la Divine Providence ayant fait de moi son envoyé, il fallait maintenant que je fusse à sa hauteur, même si cela dût signifier pour moi ma ruine et ma disgrâce. Alors, j'écrivis à l'archevêque de Québec quantité de lettres, lui signifiant qu'il devait écouter la voix de Dieu et, en lieu et place du grand-vicaire Racine, nommer comme premier évêque de Chicoutimi, l'abbé Arnauld.

Mais le démon étant de complexion très maligne, on ne tint pas compte, pas plus à l'archevêché de Québec que dans les journaux, du droit que la Divine Providence avait, et elle seule, de choisir le premier évêque de Chicoutimi. De sorte que le grand-vicaire Racine, aidé par son frère, lui-même évêque de Sherbrooke, fut nommé au trône épiscopal de Chicoutimi. Je demandai alors à l'archevêque de Québec de casser sa nomination, le menaçant, s'il n'écoutait pas la voix de Dieu qui se manifestait en moi, des pires calamités. Mais dominé par les intrigues couvées par le grand-vicaire Racine et par son frère, l'archevêque de Québec ne tint pas compte de mes avertissements, de sorte que, la mort dans l'âme, j'appris que le grand-vicaire Racine deviendrait le premier évêque de Chicoutimi. C'est Monsieur Dion du *Journal de Québec* qui, le premier, m'en donnât la nouvelle, ajoutant :

— Mon pauvre Leroy, j'ai bien l'impression que vous vous êtes trompé sur toute la ligne. Comme je vous l'avais dit, votre réforme de l'enseignement a été un échec parce que vous ne vouliez pas croire qu'en Canada, jamais rien ne se passe comme cela devrait pourtant être le cas. La même chose vient de se reproduire en ce qui concerne le grand-vicaire de Chicoutimi et l'abbé Arnauld, sauf que, cette fois-ci, je crains fort que votre chien ne soit bien mort.

Mais convaincu de ma mission, je lui rétorquai :

— Dieu n'a pas encore dit son dernier mot et je suis persuadé qu'il se fera entendre bientôt, sûrement le jour même du sacre du grand-vicaire Racine comme évêque de Chicoutimi. Et même, pour vous faire assavoir jusqu'à quel point je sais de quoi je parle, je peux, dès ce moment, vous faire une prédiction que vous serez à même de vérifier : le jour du sacre du grand-vicaire Racine, il se produira de grandes calamités, et je crois même, pour avoir refusé d'entendre la voix de Dieu, que le grand vicaire Racine, ou Monseigneur Taschereau lui-même, ne survivra pas à ce jour.

Monsieur Dion me dit :

— Je crois bien que vous devriez prendre quelques semaines de repos, afin d'oublier tout ça. Après, vous retournerez à l'enseignement et c'est là, peut-être bien en France, que vous serez le plus utile à tous.

Je ne rétorquai rien parce que j'étais certain de ce que je lui avais avancé. Je me contentai donc de lui faire mes adieux, et retournai à ma pension, afin de prendre avis de Dieu et d'attendre, sans jamais cesser de prier, la réalisation de ma prédiction, à l'effet que le jour du sacre du grand-vicaire Racine, il se produirait de grandes calamités.

14

Mais le jour du sacre du grand-vicaire Racine, imaginez mon étonnement quand j'appris que la cérémonie s'était déroulée normalement, sans que le nouvel évêque ne succombât à sa nomination, pas plus d'ailleurs que l'archevêque de Québec. À proprement parler, j'en étais démonté. Je passai toute la journée dans des affres sans nom, m'interrogeant et doutant de la mission que je croyais m'avoir été confiée par Dieu. Si le miracle ne se produisait pas, que me fallait-il maintenant penser de ce rôle que Dieu m'avait accordé et peut-être aussitôt retiré parce que je ne m'étais pas montré digne de sa complaisance? Je fondis, pour ainsi dire, en prières, ne sachant plus si, tout ce temps, j'avais erré tragiquement ou si, plutôt, il s'agissait d'une autre calamité que Dieu m'envoyait pour m'éprouver dans mon courage.

Je veillai ainsi, durant toutes ces nombreuses heures, appelant la vengeance de Dieu, mais de plus en plus angoissé quant à ses manifestations. Lorsque le matin arriva, il ne s'était encore rien produit. Abattu, je sortis de ma chambre, et descendis au salon. J'y passai toute la journée, assis dans mon fauteuil, incapable même de dire un mot à Madame Morin inquiète de me voir en pareil état. Elle m'apporta à manger mais sans que je fusse même capable de toucher à mon assiette. J'avais le sentiment d'avoir été abandonné par Dieu, et cela m'était bien pire que si je fusse mort.

J'entrai dans un tel état de prostration qu'il me sembla que je me trouvais dans une vaste plaine et que cette plaine, aussi loin que la vue pouvait s'étendre, était couverte de milliers et de milliers de grands serpents qui, tous et de tous côtés, rampaient vers moi. Sur le nombre, il y en avait quelques-uns plus gros que les autres qui se dressaient menaçants à la hauteur de ma poitrine, mais sans pouvoir me mordre. Étreint par l'angoisse, je revins à moi, presque rassuré de me savoir dans le salon de Madame Morin. Puis, entrant de nouveau en catalepsie, le même songe revint m'habiter : il me sembla voir un serpent énorme qui m'enlaçait dans ses replis. Sa tête était déjà à la hauteur de ma tête et je n'osais bouger, de crainte qu'il ne me piquât de son dard, quand enfin, l'œil fixé sur lui et surveillant tous ses mouvements, je le saisis brusquement par le cou pour l'étouffer ; mais, si rapide qu'avait été cette action, il m'avait devancé et mordu par deux fois.

Je ne sortis de ma prostration qu'à la tombée de la nuit lorsque Monsieur Édouard Morin vint me retrouver au salon. Il me secoua comme un pommier, brandissant devant moi un journal qu'il tenait absolument à me faire voir. J'étais si désemparé qu'il me fallut du temps avant de comprendre ce que je lisais. Mais quand les mots s'ouvrirent avec une éblouissante luminescence dans ma tête, je me jetai à genoux pour remercier Dieu, car je ne m'étais pas trompé : le jour du sacre du grand-vicaire Racine, il y avait bien eu calamité et, dans ma prophétie, si je m'étais trompé, ce n'était que de personne : Monseigneur Racine et l'archevêque de Québec avaient survécu mais Monseigneur Conroy, lui, avait succombé. Étant le nonce apostolique, donc le représentant du Pape en Canada, Monseigneur Conroy, que j'avais alerté comme tous les autres avant le sacre de Monseigneur Racine, n'avait pas tenu compte lui aussi de mes avertissements. Et voilà que le jour même de la cérémonie, prenant le bateau pour retourner à Rome, il mourait subitement à six heures du soir ! À toute la famille Morin assemblée au salon, je dis :

— Si la mort subite de Monseigneur Conroy, le jour même du sacre de Monseigneur Racine, n'est pas un jugement de Dieu et la preuve évidente que le grand-vicaire de Chicoutimi ne devait pas être évêque, je vous mets au défi de pouvoir me prouver quoi que ce soit en religion ! Prenez garde ! Prenez garde ! Car il est un péché qui n'est pas pardonné : c'est le péché contre le Saint-Esprit. Et ce péché consiste à ne pas adhérer, et d'esprit et de cœur, aux ordres formels de Dieu quand ils sont appuyés sur des miracles évidents.

Ils m'écoutaient tous, tête basse, en silence,

Monseigneur Dominique Racine.

comme pénétrés par la vérité de ce que je disais. À dire vrai, il n'y eut que Jean-Baptiste Morin, le père, qui ne parut pas terrassé par ce que je venais de dire.

— Couchez-vous, mon garçon, s'écria-t-il. Nous reparlerons de tout cela demain.

Mais l'heure était trop grande pour le sommeil, et je leur demandai à tous de s'agenouiller avec moi pour réciter le saint rosaire. Jean-Baptiste Morin dit :

— Pourquoi pas le *Te Deum* tant qu'à y être !

Alors je dis :

— Faites attention, Monsieur Morin ! Il ne faut jamais prendre avec peu de conséquence la voix de Dieu car ainsi on s'expose aux pires malheurs !

Monsieur Jean-Baptiste Morin allait sortir lorsque Madame Morin dit :

— Récitons le saint rosaire. Peut-être Monsieur Leroy a-t-il raison.

Monsieur Jean-Baptiste Morin répliqua :

— Ma femme, il y a des limites à tout.

— Je t'en prie, Jean-Baptiste. Faisons ce que demande Monsieur Leroy.

En bougonnant, Monsieur Jean-Baptiste Morin se mit à genoux avec nous. Nous récitâmes le saint rosaire, ce qui me vivifia totalement. Je me sentais prêt de nouveau à combattre avec férocité et, dès le lendemain, je sillonnais les rues de Québec, allant au Grand Séminaire, au Palais épiscopal et partout où je pus afin de mettre tout le monde en présence du miracle que j'avais prédit. Par la même occasion, j'exigeai que l'archevêque de Québec cassât sa nomination et nommât, à la place du grand-vicaire Racine, l'abbé Arnauld au Siège épiscopal de Chicoutimi. On ne voulut pas m'entendre, et pas davantage chez Monsieur Jean-Baptiste Morin qui commençait à vouloir me voir m'en aller. Je lui dis :

— Si, pour vous convaincre, il faut qu'un autre miracle ait lieu, eh bien ! je vous prédis qu'il y en aura un bientôt, et dans votre famille même.

Je ne me trompais pas. Mais il faut d'abord que je dise que j'ai toujours eu en Madame Morin une alliée qui ne m'a jamais fait défaut. C'était une femme de tête, toujours parfaitement maîtresse d'elle-même qui, par ses talents, a su donner à ses enfants une éducation soignée et les placer, tous, dans une situation relativement brillante. C'était aussi une catholique comme l'on en trouve peu, très dévote, et qui avait déjà eu une vision, ce qui l'habilitait à comprendre le rôle que Dieu m'avait confié. À moi seul, elle fit part de cette vision : elle était à l'église, écoutant l'office, quand, tout à coup, elle se sentit transportée : « Ce qui m'étonna surtout, ce fut cette lumière éclatante qui venait du ciel et auprès de laquelle toutes les lumières de l'église me parurent ternes et pâles. Il me fut impossible, pendant tout l'office, de penser à autre chose. »

L'on concevra aisément que Monsieur Jean-Baptiste Morin n'était pas un homme de cette qualité. Médecin comme mon père, il ne son-

Monseigneur Taschereau.

geait qu'à son métier, ce qui explique son scepticisme. Il fallait que le miracle vienne pour l'ébranler. Et il ne manqua pas de venir. Voici comment la chose se produisit.

Un soir, Jean-Baptiste junior arriva à la maison et se plaignit d'une pénible douleur à l'intérieur de sa main gauche. Deux jours après, il ne pouvait plus garder sa main fermée. Une bosse, d'abord grosse comme la pointe d'une épingle, y était apparue, grossissant presque d'heure en heure. Inquiet de la voir augmenter, Jean-Baptiste junior se rendit à l'hôpital de la Marine où son frère était alors interne, et se fit examiner par deux médecins. Leur diagnostic fut qu'il s'agissait d'une tumeur maligne et cancéreuse et qu'il fallait, au plus tôt, en faire l'ablation, mais que cette opération entraînerait la perte d'un doigt. Ainsi sont les médecins : ça ne demande qu'à couper et à inciser, et tout de suite. Mais Jean-Baptiste junior n'était pas si pressé de se mettre en leurs mains et, tout décontenancé, la tête basse, revint à la maison, croyant qu'il n'y avait aucun remède à son mal.

Pendant ce temps-là, ma santé à moi s'était gravement altérée, et comme je ne pouvais plus travailler sans être malade, je m'étais mis dans la tête, ayant déjà expérimenté la puissance de la messe, de forcer Dieu à me guérir et, au lieu de lui demander que sa volonté s'accomplît, quelle qu'elle fût, voici quel était mon petit raisonnement et le plan que j'avais formé. C'était de me procurer de l'eau de Lourdes, et pour donner à ma prière l'efficacité que je savais bien qu'elle n'avait pas, de faire dire une messe pour que l'eau merveilleuse produisît tout son effet. J'avais chargé Madame Morin de m'en procurer et, comme je ne paraissais pas plus mal qu'à l'ordinaire, elle me plaisanta assez longtemps à ce sujet avant de se décider à en demander à un professeur du Séminaire, qui lui en donna une petite bouteille, à peine quelques gouttes. Ni elle, ni son fils n'avaient songé d'abord à employer ce moyen pour la guérison de la tumeur; mais quand j'eus absorbé la moitié du liquide bienfaisant et qu'ils s'aperçurent qu'il en restait un peu, le jeune homme, revenu à des idées plus justes, consentit à en essayer et, le jour des Rameaux, ayant mis sur sa main malade une goutte seulement de l'eau miraculeuse, il fut instantanément guéri. Le lendemain, il alla voir le docteur Catellier, à l'hôpital de la Marine, qui lui déclara que c'était un miracle, un vrai miracle; et Monsieur l'abbé Labrèque du Séminaire le croyait si bien qu'il se préparait à en faire dresser le certificat authentique quand, la chose ayant été relatée par moi dans le *Journal de Québec*, il comprit que j'entendais me servir de ce miracle pour obliger le monde à me croire en ce qui concernait le grand-vicaire Racine. Oh alors! Il ne fut plus question du certificat!

Je me sentis tellement outragé par cette façon de faire que je demandai audience à l'archevêque de Québec et, ne l'obtenant pas, je m'adressai au Supérieur des Jésuites. Je n'y eus pas plus de succès. En désespoir de cause, je me rendis à l'hôpital de la Marine, mais le doc-

L'hôpital de la Marine.

teur Catellier refusa lui aussi de me recevoir. Alors il a bien fallu que je me résolve à lui écrire, ce que je fis en ces termes :

« Monsieur, vous vous êtes placé, par suite des circonstances que vous savez, dans une pénible alternative, ayant à choisir entre votre intérêt et votre devoir. Votre intérêt, le clergé de Québec dont vous dépendez, se trouvant compromis, c'est de déguiser une vérité qui lui déplaît et la condamner; votre devoir, si vous êtes un honnête homme, c'est de proclamer hardiment qu'il y a eu un miracle de fait puisque vous l'avez dit et que vous le croyez et, si vous ne le croyiez pas, pourquoi l'avez-vous dit ? »

Coincé, le docteur Catellier ne répondit jamais à ma lettre, ce qui, on le concevra aisément, n'arrangeait pas mon affaire. Si j'avais retrouvé la paix chez les Morin, je n'en étais pas plus avancé en ce qui concernait mon affaire avec le grand-vicaire Racine, et j'en étais rendu à me demander jusqu'où Dieu devrait aller pour que par ma voix on l'entendît. Je fis imprimer un opuscule que je distribuai partout dans Québec, appelant encore une fois la vengeance de Dieu si l'on ne me donnait pas raison. Mais il n'y a pas de pires sourds que ceux qui ne veulent pas entendre, et je ne fus pas entendu, sauf de Dieu qui répondit terriblement à la conspiration du silence dans laquelle je risquais de sombrer. Car le Dieu qui chargea autrefois Moïse de porter ses ordres à Pharaon et qui, pour punir ce prince volontairement incrédule, frappa l'Égypte de dix fléaux consécutifs, ce Dieu est encore aujourd'hui le Dieu qui gouverne le monde. Or, en 1877, l'année même où je dénonçais la nomination du grand-vicaire Racine comme évêque de Chicoutimi, un fléau parfaitement caractérisé, et reconnu comme tel, fléau analogue aux plaies d'Égypte, la bête à patates, s'est abattu sur le Canada en légions innombrables, privant les Canadiens d'un aliment que l'on trouve chez eux sur toutes les tables et à tous les repas.

Par ce fléau des bêtes à patates, il me semble que tout le monde aurait dû comprendre la vérité des miracles que, par ma voix, Dieu faisait entendre. Il me semble aussi que, n'importe qui, avec le moindre sens des choses, aurait aussitôt compris que Monseigneur Racine n'avait pas droit à son siège épiscopal. Il ne devait malheureusement pas en être ainsi et moi, serviteur de Dieu, l'on se mit à me ridiculiser, les femmes criant après moi dans la rue, me traitant même de ministre protestant !

Que me restait-il alors à faire ? Il y avait déjà longtemps que je savais qu'un homme seul ne peut rien, qu'il lui faut l'appui de ses semblables pour arriver là où il doit aller. Aussi, revenant à la pension des Morin, un soir, éprouvai-je le besoin d'une aide sérieuse et indéfectible. Je pensai alors à David Morin, le benjamin de la famille, qui m'avait toujours été plus que sympathique et à qui, aussi, j'avais toujours été plus que sympathique, et je me dis qu'il fallait absolument que je le misse dans le coup car, si Dieu avait voulu que les miracles arrivassent alors que j'habitais chez eux, ce n'était pas pour rien, mais parce qu'il fallait que vienne au monde l'Œdipe canadien, et cet Œdipe, ce ne pouvait être nul autre que David Morin. Cela peut paraître curieux mais lorsque je l'aurai expliqué, on comprendra tout aisément.

Le mal, a dit l'immortel Pie IX dans son fameux *Syllabus*, le mal vient toujours de quelque erreur, de sorte que pour détruire le mal, de quelque nature qu'il soit, il faut pénétrer l'erreur qui le produit.

Un homme, en particulier, peut être dans l'erreur, et, s'il n'est pas conséquent avec lui-même, il n'en souffrira pas trop; mais, chez les esprits logiques, le mal est nécessairement la conséquence de l'erreur; et c'est ce qui arrive pour les peuples qui tirent toujours des conséquences extrêmes de leurs principes bons ou mauvais. Il en résulte que, si une erreur générale s'est peu à peu infiltrée dans tout le corps social, et qu'elle fasse sentir en tous lieux sa funeste influence, pour vaincre l'erreur et extirper le mal, il faut découvrir la vérité qui lui est contraire. Car l'erreur ne tient pas en face de la vérité clairement démontrée.

D'un autre côté, l'erreur n'offrant pas à l'esprit une base solide, et l'homme qui est né pour la vérité, ne pouvant s'en contenter parce que l'erreur mène, en droite ligne, à la souffrance, il doit y avoir dans le monde, et il y a en effet, un travail général des esprits qui, tous, et sans s'en rendre compte, marchent, d'un commun accord, à la conquête de quelque vérité importante ; mais ce que l'on ignore, et qui existe cependant, c'est que dans chaque peuple, et plus particulièrement chez les peuples qui souffrent davantage de l'erreur, il y a certains hommes, plus spécialement destinés à pénétrer l'erreur dont ils ont à souffrir plus que les autres et qui, par une loi providentielle, sont, comme malgré eux, forcés d'en tirer des conséquences extrêmes, jouissant d'ailleurs, et souvent à leur insu, de redoutables prérogatives. Ce sont là les Œdipes qui doivent vaincre le Sphinx, et c'est autour d'eux que se passe la grande bataille parce que, de leur victoire ou de leur défaite, dépend la victoire ou la défaite de l'humanité dont ils sont les représentants.

Par la nature de leur mission, on conçoit, dès lors, que ce ne sont point ce qu'on appelle des saints, et qu'il y aurait un immense danger, pour les peuples, à ce qu'une mission de ce genre fût confiée aux hommes d'autorité ayant, par leur position, une influence considérable ; s'ils agissaient d'après des principes faux et qu'ils fussent logiques avec eux-mêmes, ils exposeraient les peuples à des expériences désastreuses qui peuvent, sans inconvénient, être faites en petit. Loin donc de laisser les hommes d'autorité agir librement d'après leurs idées personnelles qui ne sont pas toujours justes, la Providence, par son action incessante, trouve en général moyen, quand cela est nécessaire, d'empêcher ceux qui commandent d'imposer leurs caprices aux autres ; elle les immobilise, tandis qu'au contraire elle pousse en avant, à travers les écueils, ceux qui, après avoir découvert la route qu'il faut suivre, doivent servir d'éclaireurs et de guides et prendre, momentanément, à l'heure critique, la direction de l'armée avec le concours et sous le contrôle du général en chef. C'est, au reste, ce qui arrive journellement pour les capitaines des navires qui sont obligés, en vue des côtes, de remettre leur vaisseau entre les mains d'hommes qui, dans l'échelle sociale, sont placés au-dessous d'eux mais qui, par leur expérience et la connaissance qu'ils ont de certains parages, sont plus en mesure qu'eux de le conduire sûrement au port.

Si haut placé qu'il soit, et bien qu'infaillible dans l'ordre de la foi, le Pape ne peut pas tout voir et ne peut pas tout faire ; il peut se tromper ou être trompé dans l'ordre des faits ; et Dieu, pour sauvegarder la liberté de la conscience qui a été fréquemment opprimée et qui peut l'être encore, qui l'est au Canada, Dieu oblige, par d'éclatants miracles, à reconnaître en moi *le représentant du peuple*, celui qui a mission de parler en son nom. Je ne puis rien sans lui ; mais lui ne peut rien sans moi, et la tourmente qui sévit sur l'Église devrait l'en avertir. Pierre et Paul ne vont pas l'un sans l'autre.

C'est pourquoi il y a dans les sciences mathématiques des choses qui sont certaines, mais qui, bien qu'appuyées sur des raisonnements très solides, ne sont pas cependant à la portée de toutes les intelligences. Prenez, par exemple, un théorème de géométrie, une de ces vérités abstraites qu'un savant n'arrive à comprendre qu'après un temps très long, et cherchez à démontrer ce théorème, cette vérité, qui, à vous gens instruits, peut vous paraître si claire ; cherchez à la démontrer à un ignorant : vous comprendra-t-il tout d'abord ? Non. Il ne vous comprendra pas s'il fait des efforts pour vous comprendre, et il vous comprendra moins encore s'il n'en fait pas. Mais, à l'endroit des secrets de Dieu, ne sommes-nous pas tous des ignorants ; et si quelqu'un vient nous dire qu'il a pour mission de nous en révéler un, prétendrions-nous, sans effort, avoir part à cette révélation, nous qui, dans les choses ordinaires de la vie, avons quelquefois tant de peine à discerner le vrai du faux ? En réalité, le miracle d'Œdipe, qui, au premier abord, ne paraît pas avoir de signification, est un très grand miracle, puisque c'est la découverte d'une de ces lois très générales qui régissent le monde et dont l'existence avait été plusieurs fois soupçonnée par les esprits supérieurs; il y a sur la terre des hommes qui sont, pour ainsi dire, sacrifiés aux intérêts de l'humanité, qui reçoivent, à leur naissance, l'erreur en partage et que Dieu force ensuite à être logique avec eux-mêmes jusque dans les dernières conséquences de leurs principes. L'énigme pénétrée par eux, le Sphinx est vaincu.

On raconte que Sophocle, le plus grand poète de la Grèce, composant son admirable tragédie intitulée *Œdipe à Colone*, avait concentré tout son esprit sur le sujet dont il voulait faire son chef-d'œuvre; et comme il arrive d'ordinaire pour tous ceux qui vivent en dehors des lois de la nature et se consacrent, corps et âme, à la poursuite d'un but idéal, il dédaignait tout le reste et même, paraît-il, négligeait ses affaires. Ce que voyant, ses enfants le citèrent en justice en disant que la vieillesse avait altéré, chez leur père, les facultés de l'intelligence, et qu'en conséquence, ils demandaient qu'on lui enlevât l'administration de ses biens. Sophocle avait alors, je crois, quatre-vingts ans. Au reste l'âge importe peu.

Le jour du jugement étant arrivé, quand l'accusation eut été formulée devant lui, le grand poète méconnu se leva, et, pour toute réponse, il se mit à lire la pièce qu'il venait de terminer, et, après en avoir achevé la lecture, il s'écria: « Est-ce là, ô juges, le travail d'un homme incapable par lui-même de gérer ses affaires? » Les juges enthousiasmés (on sait qu'à Athènes, ils étaient généralement plusieurs centaines), les juges, sans écouter plus longtemps ses accusateurs, le couvrirent d'applaudissements et, au lieu de le condamner, ils le reconduisirent à sa demeure au milieu des acclamations de la multitude. La même accusation, portée contre Sophocle, s'est renouvelée, à tous les âges du monde, contre tous ceux qui, ayant l'intuition d'une grande œuvre à faire et poussés par une force inconnue, ont devancé leur siècle dans la voie des découvertes. Archimède, Galilée, Euler, Leibnitz, Newton et beaucoup d'autres sont venus, tour à tour, payer à l'humanité déchue le tribu douloureux de leurs angoisses et de leurs souffrances sans lesquelles il semble qu'il n'y ait pas de progrès possible. Ceux qui travaillent pour les hommes doivent s'attendre à être persécutés.

Ce n'est donc pas pour rien si, à ce moment-là, je me mis à lire *Œdipe-Roi*, un livre que j'avais avec moi depuis longtemps mais que je n'avais jamais ouvert. Tout le monde connaît l'histoire que raconte Sophocle. Un oracle annonce d'abord à Laïus, père d'Œdipe, qu'il mourra de la main de son propre enfant. Aussi, quand Œdipe naît, on lui perce les pieds pour que nul soit tenté de recueillir un enfant aussi mutilé. Œdipe est pourtant sauvé dans la montagne par des bergers et élevé par le roi de Corinthe, qu'il prend pour son père. Devenu grand, Œdipe apprend de l'oracle de Delphes l'horrible destinée qui pèse sur lui: il doit tuer son père et épouser sa mère. Pour échapper à l'oracle, Œdipe se hâte de fuir de Corinthe. Arrivé en Phocide, à la croisée de deux chemins, il rencontre un voyageur inconnu, se prend de querelle avec lui, le tue et continue sa route, sans se douter que la première partie de l'oracle est accomplie et qu'il vient de frapper son propre père. Il arrive à Thèbes où la contrée est ravagée par un monstre, le Sphinx, qui propose au passant des énigmes et dévore ceux qui ne peuvent en trouver la solution. Œdipe est arrêté par le Sphinx, qui lui demande « quel est l'être qui, doué d'une seule voix et seul de tous les êtres, a successivement quatre pieds, deux pieds et trois pieds, et qui a d'autant moins de force qu'il a plus de pieds ? » Œdipe répond que c'est l'homme qui se traîne enfant à quatre pattes, se dresse debout dans sa maturité et, devenu vieillard, s'appuie sur un bâton. Le monstre désappointé se tue, Œdipe devient roi de Thèbes en épousant Jocaste sa propre mère. Lorsque tous découvrent la chose, Jocaste se tue et Œdipe se crève les yeux. Il est chassé de Thèbes par ses fils qu'il a maudits, et meurt après une longue errance.

Voilà l'histoire d'Œdipe-Roi racontée par la tradition et reprise par Sophocle. En la lisant, je ne pouvais pas ne pas y retrouver la mienne, et d'autant plus que m'interrogeant sur ce chef-d'œuvre, David Morin est entré dans ma chambre pour, précisément, me demander des renseignements sur Œdipe, au moment même que j'écrivais sur le papier ce mot. Cette coïncidence me frappa vivement, et je vis immédiatement qu'elle établissait une relation particulière entre Monseigneur Racine, David Morin et moi. J'essayai de l'en convaincre, mais il s'en défendait en plaisantant. À bout d'argument, il me sembla alors que Dieu vint à mon secours, me faisant dire :

— Écoute, ce que je dis est la vérité. Dieu ne permettrait jamais que je te mente. Et cela est si vrai que je te propose ceci : ce soir, le père Mothon prêche à la basilique de Québec et, sans l'avoir jamais entendu, je te jure que, dans son sermon, il va mentionner Œdipe. Si cela arrive, tu avoueras que ce sera chose singulière et qu'ensuite, tu devras me prêter main forte en tout. Viendras-tu au sermon avec moi ce soir ?

Il me répondit :

— Je tiens le pari.

Ce soir-là, donc, j'allai avec David Morin à la basilique de Québec. Lorsque le père Mothon monta en chaire, j'eus comme une boule qui me serra la gorge, conscient que j'étais que cette fois-ci, j'allais jouer le tout pour le tout. Le père Mothon parla de la grandeur de l'âme humaine, de la mort et du jugement, de l'éternité des peines, de l'Immaculée-Conception, de la confession, de l'eucharistie, de la messe, puis, pour finir, de la lumière divine. C'est alors qu'il nomma Œdipe qui, aveuglé par ses fautes, avait dû passer le reste de ses jours à errer pour donner aux autres la lumière. Pour moi, le miracle n'était pas douteux, et David Morin lui-même n'en fut pas moins étonné. Tous deux, nous sortîmes de la basilique profondément secoués et, à mi-chemin entre elle et la maison, je dis à David Morin :

— Comprends-tu maintenant ce qui se passe ? Comprends-tu maintenant pourquoi Dieu m'a envoyé en Canada ?

Seulement à la façon qu'il eut de me regarder, je compris que Dieu avait pénétré son âme, que maintenant il ne pourrait plus se dérober à sa mission. Car depuis son enfance, David Morin avait toujours eu des dispositions spéciales pour la religion, au point que sa mère voulait en faire un prêtre. Il me dit :

— Je crois que vous êtes un saint. Quand vous êtes venu pensionner à la maison et que vous n'aviez pas d'argent pour payer, Dieu y a pourvu à votre place par des miracles, notamment la guérison de mon frère. Maintenant, j'aimerais bien faire tout ce que vous attendez de moi.

Je lui répondis que les paroles n'étaient pas tout et qu'une décision aussi importante exigeait, pour être reçue aux yeux de Dieu, un acte vraiment définitif. C'est pourquoi ce soir-là, je l'obligeai à faire les vœux de chasteté, de pauvreté et d'obéissance, ce qui le consacrait définitivement au service de Dieu dont j'étais l'envoyé. Je lui dis :

— Ta mission, c'est celle de l'Œdipe canadien, celui en qui, par un impénétrable mystère, réside la force du Canada français et c'est dans *son sac à lui* que, par la volonté de Dieu, a été mise la *coupe de Joseph*. Car, dans le monde chrétien, vous êtes, vous Canadiens, la tribu de Benjamin, le dernier-né des peuples, *le peuple du Sacré-Cœur*. Vois-tu, David, c'est un grand point de savoir qu'il y a, dans chaque peuple, certains hommes qui sont, pour ainsi dire, comme les boulevards du peuple parce qu'ils sont plus spécialement protégés par les puissances invisibles qui défendent le peuple et que, même à leur insu, même inconnus ou méconnus, par la force surnaturelle dont ils dépendent ou qu'ils immobilisent, ils ont toujours, sur la marche des événements, une action décisive. Ce n'est pas agir avec prudence, quand ils se présentent, de ne pas les reconnaître ; et, d'un autre côté, quand ils sont éclairés, eux autres, ils assument sur leur tête une terrible responsabilité en n'obéissant pas.

— Mais rétorqua tout de suite David Morin, pour faire ce que vous demandez de moi, il me faudrait me sacrifier et sacrifier ma vie entière.

— Sans doute, et si tu ne le fais pas, tu t'apercevras, avant qu'il soit longtemps, que Dieu n'aime pas être dédaigné.

— Je ne sais pas si je serai capable.

— Il le faut pourtant. Ton bonheur consiste à obéir à Dieu ; hors de là, pour toi surtout, il ne pourra y avoir que déboires et déceptions et, à ton heure dernière, si tu ne fais pas ce que je dis, tu auras de terribles inquiétudes. Mieux vaut profiter des expériences faites par d'autres que de les faire soi-même. Mieux vaut croire que voir.

Le jeune David Morin hésitant encore, j'ajoutai :

— Je sais que ton père voudrait que tu deviennes avocat. Mais par élection spéciale de

Dieu, tu as été choisi, non pas pour être l'avocat de telle ou telle cause, mais l'avocat de tout un peuple. C'est pourquoi tu es armé d'une puissance redoutable, qu'à ton gré tu peux arrêter ou précipiter les événements.

— Je pense que je ne comprends pas tout à fait ce que vous voulez dire.

— C'est normal, puisqu'il s'agit là d'un mystère. Et toi, si tu n'y réponds pas, ce mystère deviendra le mystère de Juda, Juda qui est la personnification d'un peuple et pouvait, par sa seule volonté, forcer le Christ à se faire reconnaître mais, par son obstination et son incrédulité, a empêché Dieu d'agir et de se manifester vraiment à sa nation. David Morin, il ne faut pas que tu aies la mission de Juda. Car menacés jusqu'ici parce que vous, Canadiens français, vous êtes le moyen, vous allez être certainement brisés, comme autrefois les Juifs, si vous devenez l'obstacle. D'ailleurs, tu n'as qu'à examiner comme il faut la tournure des événements actuels pour t'en rendre compte : il y a de la poudre dans l'air.

— Que voulez-vous dire ?

— À ton avis, suis-je oui ou non l'envoyé de Dieu ?

— Je crois que vous êtes un saint...

— C'est la même chose. Et toi, tu es l'Œdipe canadien, et tu l'as reconnu toi-même en faisant tantôt devant moi les vœux de religion : chasteté, pauvreté et obéissance. On ne peut jamais être relevé d'un vœu : c'est sacré. De sorte que maintenant, c'est à la vie à la mort entre moi l'envoyé de Dieu, toi l'Œdipe canadien et le Créateur lui-même. Mais toi et moi, nous devons garder le secret sur tout ce qui vient de se passer.

— Pourquoi ?

— Parce que le temps n'est pas venu de tout divulguer. De toute façon, nous voilà arrivés à la maison, et j'ai tant de choses à accomplir encore qu'il me faut bien aller au plus urgent.

Je laissai David Morin entrer dans sa chambre, et moi je montai à la mienne. Maintenant que Dieu m'avait fait le don d'un disciple, l'archevêque de Québec et Monseigneur Racine n'avaient qu'à bien se tenir parce que, grâce à la Divine Providence, ils ne perdaient rien pour attendre !

15

Le lendemain, avec toute cette énergie nouvelle qui me venait de ce que j'avais gagné David Morin à la cause de Dieu, je me rendis au Grand Séminaire de Québec pour y voir l'abbé Mothon afin de lui rendre compte des miracles qui étaient survenus et dont le dernier était, ni plus ni moins, que la lumière qui avait merveilleusement frappé mon disciple. Mon confesseur, le père Huyghens, me reçut. Lorsque je lui dis que je voulais rencontrer l'abbé Mothon, que j'y tenais absolument, il me demanda :

— Ce serait à quel sujet ?

Je lui répondis :

— C'est à propos d'un miracle qui a eu lieu hier soir dans la basilique de Québec pendant le sermon de l'abbé Mothon. Et je voudrais lui en parler pour qu'il l'authentifie.

— Et ce miracle, de quoi s'agit-il exactement ?

Le père Huyghens me prenait-il pour un fou et s'imaginait-il vraiment que j'allais lui raconter ce qui s'était passé ? Je lui dis :

— Il n'y a qu'à l'abbé Mothon que je peux rendre compte de ce miracle. Demandez-lui qu'il me reçoive. Je vous en prie : c'est de la plus haute importance.

Il était assis derrière son pupitre et me regardait avec l'air de quelqu'un qu'afflige une grave préoccupation. Puis, après s'être passé les mains dans le visage, il se leva, vint vers moi, me mit la main sur l'épaule et me dit :

— Écoutez, Leroy : nous nous connaissons depuis longtemps et vous savez que j'ai été l'un des premiers à m'intéresser à votre réforme de l'enseignement. Mais je pense qu'il est de mon devoir de vous dire aujourd'hui certaines choses. Ne vous rendez-vous pas compte que vous déplaisez souverainement à Dieu en persistant dans vos idées ?

— Il ne s'agit pas de mes idées mais de celles de Dieu, ce qui n'est pas du tout la même chose.

— Sans doute, mais de là à demander à l'archevêque de Québec qu'il casse la nomination de Monseigneur Racine, il y a quand même une marge, admettez-le.

— Seriez-vous par hasard devenu l'un de ses amis ?

— Je ne l'ai jamais vu de ma vie, de sorte qu'il m'est donc possible de parler de tout cela avec détachement. C'est pourquoi je vous ai déjà dit que vous faisiez fausse route, et que, dans les circonstances, il vaudrait mieux pour vous de quitter Québec. Vous n'êtes pas à votre place ici.

— Dieu seul pourrait me signifier cela. Or, il me parle tout autrement. C'est d'ailleurs la raison pour laquelle je veux voir l'abbé Mothon.

— Même si je voulais que vous le voyiez, ça serait impossible. L'abbé Mothon a quitté le Grand Séminaire ce matin pour aller prêcher à Saint-Hyacinthe.

Il le savait depuis le début et de me rendre compte tout à coup qu'il n'avait voulu que me faire perdre mon temps, cela me mit dans une grande fureur qui me fit comprendre que mon amitié sincère pour le père Huyghens venait de se terminer. Je lui dis:

— Mon père, je crains fort que désormais nous n'ayions plus rien à nous dire.

Et me jetant à genoux, j'ajoutai:

— Donnez-moi votre bénédiction.

Il le fit tout aussitôt. Lorsque je me relevai, il me demanda:

— Qu'allez-vous faire maintenant?

— Ce que je vais faire ne vous concerne plus, et ne relève que de Dieu seul. Adieu.

Je sortis du Grand Séminaire en espérant qu'une fois dans la rue, ma colère se calmerait. Mais c'était sans doute la Providence qui la nourrissait, afin que je ne succombe pas à la lâcheté et que je fasse ce qu'elle m'ordonnait de faire. Puisque maintenant tout dépendait de l'abbé Mothon et que ce dernier était à Saint-Hyacinthe, je n'avais pas le choix et devais m'y rendre. Je courus à la pension des Morin pour les aviser de ma décision et aussi, pour emprunter à Madame Morin, parce que j'étais sans le sou, l'argent nécessaire pour le voyage. Mais il n'y avait personne quand j'y arrivai: Madame Morin devait être à l'église pour ses dévotions, Édouard et David étaient à l'école et Monsieur Morin était à son cabinet de médecin, comme il se doit. J'y vis là un signe que la Providence m'envoyait encore: comme Œdipe, je devais m'en aller, aveugle et pauvre. Je laissai un mot à Madame Morin pour l'informer de mon voyage, puis j'écrivis une lettre à David afin de lui rappeler ses vœux et le secret qu'en attendant mon retour de Saint-Hyacinthe, il devait garder sur sa mission et la mienne. Ensuite, je partis, sans un sou en poche, décidé à faire tout le voyage à pied s'il le fallait. Et je l'ai fait! Je marchai sans arrêt et sans défaillir, depuis Québec jusqu'à Saint-Hyacinthe que je crus être située au bout du monde. Parfois un voyageur me faisait monter dans sa voiture et, lorsque j'avais vraiment faim, je m'arrêtais à un presbytère et y demandais ma nourriture au nom de Dieu.

Aussi, lorsque j'arrivai à Saint-Hyacinthe, étais-je si épuisé que je n'osai me présenter tout de suite à l'abbé Mothon. Je trouvai une famille où me restaurer et me reposer, et, quand le gros de mes forces me revint, j'allai frapper à la porte du presbytère. Lorsque je dis au curé que j'étais venu à pied de Québec à Saint-Hyacinthe parce qu'il était de la plus haute importance que je m'entretinsse avec l'abbé Mothon, il écarquilla les yeux, et dit:

— Si vous avez fait tout ce chemin à pied, c'est, en effet, que cela doit être de la plus haute importance.

Il me fit entrer, me demanda d'attendre

L'église et le presbytère de Saint-Hyacinthe.

quelques minutes dans son bureau, le temps qu'il lui faudrait pour prévenir l'abbé Mothon. Mains croisées, je restai immobile, à implorer Dieu pour qu'il me donnât la force nécessaire pour persuader l'abbé Mothon. Lorsqu'il vint au devant de moi, je fus frappé par son extrême douceur. Il me dit:

— On me dit que vous voulez me voir, mon enfant, et que vous êtes venu de très loin pour cela. De quoi s'agit-il?

Je demandai à lui parler seul à seul. Monsieur le curé de Saint-Hyacinthe daigna nous laisser tout de suite, me souriant avec aménité. Lorsque nous fûmes seuls, l'abbé Mothon me dit:

— Que se passe-t-il, mon enfant?

Je commençai d'abord par bredouiller, incapable de dire ma préoccupation profonde, tremblant dans mes extrémités de pieds et de mains. Puis je sentis de grands rayons lumineux qui me traversaient de part en part. Alors je retrouvai tout mon calme et, d'un seul souffle, racontai à l'abbé Mothon le sacre du grand-vicaire Racine et les miracles qui l'avaient suivi, ce qui prouvait bien que l'archevêque de Québec devait casser sa nomination. L'abbé Mothon m'écouta poliment, sans m'interrompre une seule fois, dans un état de grand recueillement. Lorsque j'eus terminé, il me demanda :

— Et que voulez-vous que je fasse dans tout cela, mon pauvre enfant ?

— Que vous preniez le parti de Dieu dont je suis l'envoyé, et que vous en persuadiez l'archevêque de Québec.

Il ne parut pas davantage étonné que lorsque je lui avais fait mon discours des miracles. Toutefois, il me dit :

— Je ne puis malheureusement pas prendre parti dans cette affaire parce qu'il ne m'appartient pas de juger les évêques, pas plus ceux de ce pays que ceux du reste du monde. Je ne suis qu'un pauvre prêcheur de retraites paroissiales et dérogerais à ma mission si j'agissais autrement.

— Vous rendez-vous compte de ce que vous dites ? Par votre refus, savez-vous à quoi vous allez m'obliger ?

Il perdit un peu de son calme et commença à jouer nerveusement avec ses mains et sa barbe. Je crus que la grâce de Dieu l'avait touché et qu'il finirait par me donner raison. Mais je me trompais :

— À quoi vais-je vous obliger, mon pauvre enfant ?

— À informer le Pape en personne sur les miracles dont j'ai été le témoin, de même que de votre refus de les admettre. Remarquez que je ne vous en veux pas. Mais comme la chose est urgente, j'aurais bien besoin de papier, d'encre et d'une plume afin d'écrire tout de suite au Souverain Pontife.

— Bien, mon enfant, dit-il.

Il me remit papier, encre et plume, et me laissa seul dans le bureau de Monsieur le curé de Saint-Hyacinthe. J'écrivis rapidement mon adresse au Pape, la mis dans une enveloppe que je scellai. Puis je sortis du bureau et retrouvai l'abbé Mothon et le curé de Saint-Hyacinthe qui devisaient derrière la porte. Je leur dis :

— Messieurs, je crains fort que vous n'ayiez bientôt à rougir de votre attitude. Mais quoi qu'il en soit, je vous remercie pour le papier, l'encre et la plume.

Je sortis dignement du presbytère mais je n'étais pas aussitôt dans la rue que je me surpris à pleurer à chaudes larmes. Qu'il était lourd le poids d'être l'envoyé de Dieu dans une contrée qui prenait un malin plaisir à se refuser même à l'évidence ! Où ai-je trouvé la force pour me rendre jusqu'au bureau de poste afin d'y maller mon adresse au Pape ? Je ne sais pas, tellement je me sentais comme mortellement atteint, à deux doigts de l'anéantissement. Pourtant, je trouvai encore le courage de reprendre la route, toujours à pied, pour Québec. Il me semble que c'est encore une autre preuve que Dieu parle fort, qu'il sait ses ennemis nombreux et puissants, ce qui le porte à faire don de sa complaisance à la plus infime de ses créatures quand celle-ci se range absolument de son bord. Cette seule pensée me rasséréna quelque peu et me permit d'atteindre Québec. C'était le soir, deux ou trois chiens jaunes et errants me suivaient dans ma marche, et j'avais hâte d'arriver à la pension des Morin pour y retrouver David et l'informer que maintenant il nous faudrait jouer dur avec l'appui du Pape dont je ne doutais pas qu'à la lecture de mon adresse, il rendrait enfin justice à l'envoyé de Dieu.

Pauvre de moi! Même si je commençais à me douter de la toute-puissance malicieuse du démon, je ne pouvais tout prévoir. Même qu'à mon départ de Saint-Hyacinthe, si j'avais seulement pu m'imaginer ce qui m'attendait à la pension des Morin, je me fusse sûrement écroulé dans la rue, rompu dans toutes les parties de moi-même. Mais attendez que je vous raconte, vous comprendrez bien assez vite.

J'arrivai chez les Morin alors que le soir était tombé depuis déjà longtemps. Je m'attendais à y retrouver l'atmosphère apaisante que j'y avais toujours connue mais, en lieu et place de cela, qu'y vis-je? Tous mes pauvres bagages rassemblés dans le corridor et Monsieur Morin qui faisait les cent pas dans le salon où étaient assis Madame Morin, Édouard et David. Comment avait-on su que j'étais sur le chemin du retour et que j'arriverais précisément ce soir-là? Je n'eus pas le temps de m'interroger longuement la-dessus car Monsieur Morin me dit aussitôt que j'entrai:

— Ah, vous voilà enfin mon garçon! Nous

avions été prévenus de votre arrivée et nous vous attendions.

Pour venir à la pension des Morin, il m'avait fallu passer devant le Grand Séminaire. Le père Huyghens avait dû me voir et envoyer quelqu'un prévenir les Morin. Mais pourquoi cet accueil pour le moins bizarre? Lorsque je m'en informai auprès de Monsieur Morin, il bomba le torse et me dit:

— Vous osez me le demander?
— J'ose parce que je n'ai rien à me reprocher.
— Eh bien! Ce n'est pas notre cas à nous, figurez-vous donc!

Et s'approchant de moi, plein de menace dans le regard, il ajouta:

— Nous savons tout. Et si nous savons tout, c'est que David nous a tout raconté!

Les jambes me manquèrent et je dus m'asseoir. Madame Morin s'était mise à pleurer en silence tandis qu'Édouard et David, penauds, regardaient le plancher. Mon Dieu! quelle désolation! Et bien pire encore fut-elle lorsque je sus ce qui s'était passé durant mon absence. Car si l'on peut parler de trahison, que dire de celle de mon disciple David? Il n'avait pas su résister aux assauts répétés que son père lui faisait pour qu'il devienne avocat et, taraudé par ce conflit, il avait tout révélé... à l'archevêque de Québec! Imaginez cela si vous le pouvez! Le jeune David Morin demandant audience à l'archevêque de Québec, et, l'obtenant, lui révélant tout: que je lui avais fait faire ses vœux de pauvreté, de chasteté et d'obéissance, qu'il s'était engagé vis-à-vis de moi à les tenir toute sa vie, mais que son père désirait ardemment qu'il devînt avocat, et que cette exigence paternelle remettait tout en question ! Alors le pauvre David, s'adressant à l'archevêque, lui demanda s'il était vrai qu'une fois un vœu prononcé, plus personne ne pouvait, dans cette vie, le délier, ainsi que je le lui avais dit. Et savez-vous ce que l'archevêque de Québec lui répondit ? Avec un aplomb imperturbable et sans l'ombre d'une hésitation, il lui a dit carrément qu'il avait le droit, par sa seule volonté, de faire qu'un engagement, pris devant Dieu et accepté par Dieu, cessât d'exister parce qu'il lui plaisait à lui, archevêque de Québec, qu'il n'existât pas !

Et c'était là-dessus que Monsieur Morin me condamnait, mettant même mes pauvres bagages dans le corridor. Je ne pus pas faire autrement que d'éclater d'un grand rire, qui mit longtemps à s'éteindre. Quand ce fut fait, je me levai et, m'adressant à David seul, je lui dis :

— Si Monseigneur Taschereau a vraiment répondu ainsi que vient de me l'affirmer ton père, c'est tout à fait inadmissible parce que Dieu ne peut donner à quelqu'un, quel qu'il soit, un droit pareil ! Si c'était le cas, que signifierait le vœu que jadis firent, sur les hauteurs de Montmartre, les premiers disciples de saint Ignace quand, à la messe du père Lefebvre, ils s'engagèrent tous, par serment, à vivre de la même vie et à combattre les mêmes combats ?

Monsieur Morin me mit la main sur l'épaule et me dit :

— Mon garçon, nous en avons fini avec tout cela. Et croyez-le, ce que nous vous demandons, nous peine beaucoup, mais nous n'avons pas le choix : vous êtes malade et il faut maintenant que vous partiez d'ici et pour toujours.

Après la trahison de David, plus rien ne pouvait m'étonner, sauf, peut-être, l'attitude de Madame Morin, toujours assise dans son fauteuil, et pleurant en silence. J'allai vers elle et lui dis :

— Madame Morin, je pense que nous nous sommes toujours compris tous les deux. Vous savez ce qu'on a vécu ensemble. Mais croyez-vous vraiment que l'archevêque de Québec ait raison contre moi, qui ne suis que l'envoyé de Dieu ?

Elle me répondit :

— Je vous aime beaucoup Monsieur Leroy, mais après ce qui est arrivé à David, je pense que mon mari a raison de vous demander ce qu'il vous demande.

Devant autant de mauvaise foi, que pouvais-je dire ? J'avais été trompé sur toute la ligne parce que le démon était un joueur encore beaucoup plus redoutable que je n'avais voulu le croire. Au fond, ces pauvres Morin n'y pouvaient rien, la partie qui se jouait étant trop forte pour eux. Aussi leur ai-je dit :

— Malgré tout ce qui est arrivé, je ne vous en veux pas, parce qu'en agissant ainsi que vous le faites avec moi, ce n'est pas de vous dont vous parlez, mais de ce qu'il y a de difficilement acceptable quand Dieu choisit de se manifester.

Et sans plus, je pris mes pauvres bagages, je sortis de la maison des Morin et me retrouvai dehors. J'y revis les deux ou trois chiens jaunes qui m'avaient accompagné dans mon retour de Saint-Hyacinthe. La nuit était tout à coup profonde comme l'encre que j'avais utilisée pour écrire au Pape, et je me retrouvais tout seul, avec deux ou trois chiens jaunes, une valise dans chaque main, pour affronter toujours et tout le temps le terrible démon qui avait pris possession de Québec. Où devais-je m'en aller et de quelle façon? Je l'ignorais, j'avais toute la nuit devant moi, seulement la nuit et deux ou trois chiens jaunes. Mais il restait, avant le matin, beaucoup de temps encore pour tout puisque Dieu, lui, ne pouvait pas ne pas être toujours là.

16

Le lendemain matin, je me réveillai sur le parvis de la basilique de Québec, sans savoir comment j'avais fait pour arriver jusque là. Les deux ou trois chiens jaunes étaient disparus et il ne me restait plus qu'une valise. Tout se passait comme s'il fallait à tout prix que je me retrouvasse au centre même du tumulte, à quelques pas du Grand Séminaire et du Palais épiscopal. Mais pour la première fois de ma vie je résistai à la tentation, car j'étais sûr que c'était le démon qui m'y avait amené. Aussi repris-je ma valise et me remis-je à marcher dans Québec, voyant défiler les rues devant moi, comme si c'était elles qui venaient vers moi, et non moi qui y marchais. Après je ne sais combien de temps, je me retrouvai devant l'édifice du *Journal de Québec*. Je restai un bon moment devant la porte et, quand je vis Monsieur Dion qui entrait au journal, apparemment sans me voir, je courus derrière lui. Lorsque je demandai à son secrétaire s'il m'était possible de le voir, celui-ci me répondit que Monsieur Dion était au Parlement de Québec, et ne reviendrait au journal qu'à la fin de la journée. C'était un mensonge si gros que je ne rétorquai rien et m'en allai m'asseoir sur le banc des innocents près de la porte, absolument déterminé à rester là tout le temps qu'il faudrait. J'eus bien raison d'agir ainsi puisqu'à peine quelques minutes plus tard, Monsieur Dion sortait de sa cachette et venait à ma rencontre. Il me fit entrer dans son bureau et me demanda ce que j'attendais de lui. Je lui dis :

— Tout le monde m'a trompé, sauf Dieu. Et je crains fort d'être obligé d'aller à Rome pour y voir le Pape puisqu'en somme, maintenant, tout dépend de lui. Ne croyez-vous pas ?

— Sans doute avez-vous raison, mais avez-vous de l'argent pour vous rendre jusque là ?

— Vous le savez aussi bien que moi qu'à Québec j'ai tout perdu, ma fortune et ma réputation. Il y a déjà longtemps que je n'ai plus un sou en poche, mais je ne doute pas que Dieu y pourvoira.

— Écoutez, j'aurais peut-être quelque chose qui pourrait vous aider. Depuis quelque temps, on a placé dans le *Journal de Québec* une annonce dans laquelle Monsieur Moïse DeBlois de Saint-François-du-Lac cherche un précepteur pour son fils immobilisé chez lui par la maladie. Je pense que vous devriez sauter sur l'occasion. Ça vous permettrait de refaire vos forces et d'amasser l'argent nécessaire à votre voyage. Monsieur De-Blois est un ami personnel de Monsieur Joseph Cauchon et je ne doute pas que si je lui écris une lettre de recommandation, il vous prendra

La place du marché et la cathédrale de Québec (milieu du dix-neuvième siècle).

tout de suite à son service. Qu'en pensez-vous?

Il n'attendit même pas ma réponse et se mit à écrire la lettre de recommandation. Lorsqu'il l'eut terminé, il me la remit, de même que quelques pièces d'argent et, me tapotant l'épaule de sa main, me reconduisit à la porte. Véritablement déconcerté, je crus que dans le circonstances, le parti le plus sage pour moi était effectivement de me rendre à Saint-François-du-lac. Monsieur Moïse DeBlois m'y reçut avec aménité. Comme il avait roulé sa bosse partout en Amérique en sa qualité de voyageur à l'emploi de la Compagnie du Nord-Ouest, il comprit aisément qu'un étranger pût se trouver embarrassé hors de son pays. Il m'engagea tout de suite, me présenta à son fils qui, par suite d'une malformation de naissance, claudiquait assez terriblement de la jambe gauche, ce qui l'empêchait de se rendre à l'école de la paroisse. Il était le résultat d'un premier mariage qui avait mal tourné, Madame DeBlois mourant lors de ses couches. Monsieur DeBlois s'était remarié en secondes noces avec la sœur d'un prêtre, ce qui, en quelque sorte, équilibrait la famille étant donné que Monsieur DeBlois, lui, appartenait au parti libéral et qu'il n'avait pas une idée très haute du clergé. Malheureusement, j'ignorais alors toutes ces choses, ne songeant qu'à m'acquitter de ma mission auprès du fils de Monsieur DeBlois. Mes soirées, je les passais entièrement à écrire des lettres à l'archevêque de Québec, à Monseigneur Racine pour l'enjoindre à se démettre de lui-même de la fonction qu'il avait usurpée, à mon confesseur le père Huyghens, au père Malachie à Aiguebelle, de même qu'au Pape dont je ne désespérais pas qu'il me répondît enfin un jour.

Ce fut alors, vers la fin de l'automne, que se produisit un événement qui, venu de mon ignorance des gens chez qui j'étais, remit tout en question. Un dimanche après-midi, Monsieur Moïse DeBlois invita chez lui le curé de la paroisse et le beau-frère de Madame DeBlois, un Monsieur Dufresne qui était riche et avait pour ami personnel l'archevêque de Québec (ce que je ne sus que par après). Un moment donné, l'on parla de miracles, et j'eus alors la malheureuse idée de dire carrément aux gens qui se trouvaient chez Monsieur DeBlois que son Excellence Monseigneur Conroy avait trouvé la mort le jour même du sacre de Monseigneur Racine de Chicoutimi, parce qu'il n'avait pas voulu écouter la voix de Dieu. Monsieur Dufresne, qui n'avait pas jusqu'alors affiché ses couleurs, le fit et me dit :

— Je me doutais bien que vous ne pouviez pas être ce professeur dont on a tant parlé. Vous n'êtes qu'un imposteur, l'ennemi du clergé, et l'on ne se défiera jamais assez de vous.

Je répondis à cela que ce qui était arrivé à Monseigneur Conroy pourrait leur arriver à eux autres tous s'ils refusaient, comme lui, d'entendre la voix de Dieu. Et j'ajoutai, parce qu'ils tentaient tous de me ridiculiser :

— Au moment même où je vous parle, il est en train de se produire une calamité effrayante qui concerne la famille même de Monsieur Dufresne. Et d'ici seulement quelques heures, vous allez vous en rendre compte d'une façon effroyable.

On me demanda de m'en retourner dans ma chambre, ce que je fis. Lorsque j'en ressortis le lendemain, ce fut pour apprendre que le frère même de Monsieur Dufresne, au moment précis que je faisais ma prophétie, avait pris le traversier de Trois-Rivières à Sorel et que, au beau milieu du lac Saint-Pierre, il était mystérieusement disparu. Évidemment, je fus le seul à comprendre qu'elle était la véritable cause de cette disparition. Aussi ne m'étonnai-je pas qu'au lieu d'admettre le miracle que j'avais prédis, la famille de Monsieur Dufresne préféra, pour toucher la prime d'assurances, publier des communiqués dans les journaux et offrir une forte récompense à qui découvrirait le cadavre avant que les glaces ne prennent définitivement.

    Mais toute cette histoire m'avait placé en fâcheuse situation et malgré la sympathie qu'avait pour moi Monsieur DeBlois, je dus abandonner la mission qu'on m'avait confiée auprès de son fils. Je partis donc et, après un long vagabondage à travers le Canada, je me retrouvai à Saint-Hugues où je postulai un emploi comme instituteur. Il faut absolument que je donne là-dessus quelques considérations, pour que l'on comprenne ce qui, par la suite, est advenu de moi.

    Car l'organisation scolaire en Canada est très différente de celle que l'on peut retrouver en France, par exemple ; et, à cause du climat qui est rigoureux et des grandes distances, les habitants du pays qui sont généralement à leur aise ont multiplié ce qu'ils appellent les petites écoles. Dans une seule paroisse, il y en a quelquefois jusqu'à six ou sept, pour chacune desquelles ils dépensent en moyenne de cent vingt à cent quarante piastres. Comme on le voit, ce n'est pas une grosse somme ; mais, d'ordinaire, ces écoles qui sont des écoles mixtes, sont confiées à des jeunes filles qui vivent ainsi sans être à la charge de leurs familles, et se suffisent à elles-mêmes jusqu'à ce qu'elles trouvent enfin à se marier.

    D'ailleurs, c'est un dur métier qu'elles ont là, et dans lequel, si peu lucratif qu'il soit, il faut pourtant qu'elles plaisent à bien du monde, mais surtout à ce qu'on appelle les commissaires d'écoles qui, à différentes époques, tous les trois ans, sont nommés à l'élection, et ont pour charge de veiller à tout ce qui concerne l'entretien. Ce sont ces commissaires, dont l'éducation quelquefois a été fort négligée, qui presque toujours ne connaissent rien à l'enseignement, à qui appartient le droit, chaque année, de garder ou de renvoyer les maîtres et les maîtresses qu'ils peuvent choisir comme bon leur semble ; mais, depuis l'établissement des écoles normales, le nombre des instituteurs ayant doublé, le gouvernement qui tend à tout centraliser, impose déjà aux inspecteurs qui sont obligés de s'y conformer l'obligation de chasser immédiatement les maîtresses qui n'ont pas une éducation suffisante, même celles qui ont un diplôme. Une jeune fille de la paroisse, Mlle Girard, ayant été ainsi renvoyée, j'avais trouvé le procédé un peu sommaire, et il ne me paraissait pas juste qu'au milieu d'une année, sans avoir égard à son diplôme, on pût procéder de la sorte ; je le dis assez franchement au commissaire d'école, Monsieur Bazinet, chez qui, précisément, je me trouvais alors, complètement immobilisé, vivant bien mais ne gagnant rien.

Je ne songeais guère à profiter du malheur de Mlle Girard dont j'étais certes bien innocent, lorsque Monsieur Bazinet m'offrit la place vacante que je ne pouvais accepter, n'ayant pas de diplôme. Qui aurait cru, d'ailleurs, qu'étant bachelier ès-lettres et bachelier ès-sciences, subventionné d'un gouvernement, je m'estimerais heureux d'occuper cet humble poste, très honorable sans doute, mais auquel je n'avais jamais pensé. Il n'entrait pas dans mon plan de devenir le maître d'une école élémentaire, et mon ambition, je l'avoue, était plus relevée. Mon premier mouvement fut de refuser l'offre qui m'était faite; mais à la réflexion, je vis que c'était un moyen pour moi de revenir en France, et j'écrivis à Québec, au Département de l'instruction publique, pour obtenir la permission, pour trois mois, de prendre cette école, ce qu'on s'empressa de m'accorder. Et voilà comment j'ai été appelé à enseigner la lecture à des bébés dont quelques-uns n'avaient pas cinq ans!

Mais la pauvre fille que j'avais supplantée s'imagina que j'étais responsable de son infortune et, sachant que ma position était irrégulière, elle résolut de soulever la population contre moi. Au Canada, les familles étant très nombreuses, il en résulte que dans une paroisse, tout le monde est un peu parent, et que si un étranger au pays vient à avoir de la difficulté avec quelqu'un, il a bientôt toute la paroisse contre lui.

Lassé de toute cette agitation que je suscitais, j'allai un jour trouver Mlle Girard et lui dis que si elle ne trouvait pas moyen d'y mettre fin par elle-même, qu'il se produirait pour elle un événement désastreux. Elle m'envoya paître, mais, quelques jours plus tard, on apprit à Saint-Hugues que le frère de Mlle Girard avait été écrasé par les chars à Trois-Rivières, ce qui eut pour effet immédiat de la calmer et de la forcer, malgré elle, à rester tranquille.

En me privant de tout, j'étais alors parvenu à mettre de côté quarante piastres et, à la rigueur, avec de l'économie, il y avait possibilité pour moi de quitter l'Amérique; mais, au dernier moment, j'eus peur de ne pas avoir assez d'argent, et, à la sollicitation d'un notaire de Saint-Hugues, Monsieur Lafontaine, je consentis à rester en Canada un an encore. Mais tout en utilisant la bonne volonté de ce Monsieur qui a été pour moi une véritable Providence, il aurait fallu, les circonstances étant favorables, me replacer hardiment sur le terrain où, tout d'abord, je m'étais placé à Québec, c'est-à-dire prendre l'habit religieux et fonder une école entièrement gratuite. C'était pour moi le seul moyen d'être compris par le peuple et d'arriver à mon but; mais j'avais toujours l'idée de me rendre à Rome, et je n'ai pas su, je dois l'avouer, profiter de la chance qui m'était offerte. Quand on fait les choses à moitié, on les fait toujours mal. Toutefois, au point de vue de l'enseignement, je parvins à organiser l'idéal d'une école telle que, dans l'intérêt des familles, il serait à désirer qu'il en eût partout, et, pour la première fois, quoique non encore outillé, je mis mon système en application avec quelques enfants seulement. À l'expérimentation, j'ai vu les perfectionnements qu'il fallait y introduire, en quoi et sur quel point il importait de corriger le règlement, et aujourd'hui j'ose dire que ce règlement répond à tous les besoins, qu'il assure tous les droits, qu'il prévoit toutes les difficultés, et si, au lieu d'entraver mon action, l'autorité religieuse m'avait prêté son concours, j'aurais très certainement rendu aux Canadiens un inappréciable service.

Ce n'est pas que le curé de Saint-Hugues, Monsieur Brown, m'ait été hostile. Non. Homme à idées larges, ce qui est rare en Canada, il eût été disposé à m'aider et je n'ai point eu à me plaindre de lui; il a été bienveillant à mon égard et il a même admis, en principe, qu'une réforme était nécessaire; mais, pour obtenir de lui un concours efficace, il aurait fallu garder le silence sur des miracles par lesquels je prétends que Dieu a fait connaître sa volonté; et, au risque d'échouer, je ne pouvais entendre parler de rien de semblable, parce que le principe de la réforme est chose plus importante que la réforme elle-même, et que l'organisation d'une œuvre religieuse n'est possible que par quelqu'un qui agit avec autorité, c'est-à-dire au nom de Dieu. Qu'importe qu'il y ait, ici ou là, une école plus ou moins bien tenue; ce qu'il faut, ce que Dieu veut, c'est une réforme générale et radicale sans laquelle tout effort individuel n'aboutira à rien de sérieux, à rien de durable.

Voilà pourquoi j'ai cru devoir publier, dès ce moment, un livre intitulé *Le mot de l'énigme* dans lequel il me semblait, et il me semble encore, que la vérité est très clairement démontrée; mais du moment qu'on ne se rendait pas à l'évidence, je devais regarder la bataille comme perdue et elle l'était en effet, le bien ne pouvant se faire qu'avec la coopération de ceux qui doi-

Une réunion de commissaires d'écoles à Saint-Hyacinthe.

vent s'y dévouer. Toutefois, ayant épuisé toutes mes ressources, je ne pensais point à partir quand tout à coup, chose à laquelle j'étais loin de m'attendre, je reçus de Me Aupinel, notaire à Vallet, une lettre dans laquelle il me demandait si j'avais besoin d'argent.

Ma mère avait une sœur dont elle a toujours vécu éloignée, mon grand-père et ma grand-mère, par incompatibilité d'humeur, ayant dû se séparer avant même, je crois, que ma tante ne fût née. Aussi, par suite de cette circonstance, mon père d'ailleurs s'étant remarié, je n'ai vu que très rarement ma tante, et depuis dix ans, sachant qu'elle n'était point capable de comprendre ma situation, j'avais complètement cessé de lui écrire, et quoique son héritier légitime, je ne pensais pas que jamais il me vînt d'elle quoi que ce soit pour plusieurs raisons : d'abord, parce que j'ai eu avec elle peu de relations ; ensuite, parce qu'elle est d'un caractère faible, et entourée de parents qui convoitent son bien ; enfin, parce que, toute à la dévotion, elle donne ce qu'elle a à l'Église et que je savais très bien qu'il eût suffi à son confesseur de lui dire de me déshériter pour qu'elle le fît aussitôt. Monsieur Texier qui a été vicaire à Vallet et qui la connaît parfaitement, peut certifier que tout cela est l'exacte vérité.

 Au reste, pour appuyer mes paroles de preuves positives, Monsieur Hubert m'a assuré avoir vu d'elle, en 1872, un testament par lequel j'étais à peu près complètement déshérité, et moi-même, dernièrement, j'ai pu m'en procurer un autre que j'ai entre les mains, et par lequel, en 1875, elle nomme, à mon détriment, comme ses légataires universels, mon grand-oncle, ancien curé de Saint-Gédéon, et une vieille grande-tante qui est morte il y a deux ans. Sans penser à moi, elle a abandonné sa part dans la succession de cette tante, et on était venu à bout, je ne sais trop à quelle époque, de l'amener à Nantes, chez Monsieur Frangeul, pour faire une renonciation complète de sa fortune en faveur de ses autres parents. Monsieur Frangeul, par bonheur, était absent, et la chose ne s'est point terminée, grâce à un prêtre de Vallet, Monsieur Délay, qui, pour des raisons complexes, s'est interposé et lui a fait une obligation de conscience de ne pas me déshériter. C'est alors que Me Aupinel a été chargé de m'écrire, et Me Aupinel pourra vous dire que pendant longtemps, il n'a pas été question de moi, qu'on me regardait comme mort, et que ma tante elle-même disait à qui voulait l'entendre que je n'aurais jamais rien d'elle. Et voilà que, sans avoir fait aucune démarche pour cela, je reçois de son notaire, après un silence de dix ans, une lettre dans laquelle on me demande si j'ai besoin d'argent.

J'aurais compris cela de mon père, à qui, par deux fois, en 1879, j'ai inutilement demandé qu'il m'aidât à revenir; mais de ma tante, que j'avais perdue de vue, à laquelle je ne songeais plus, cela m'a paru tellement extraordinaire, qu'après tout ce qui s'était passé, il m'a été impossible de ne pas voir immédiatement dans cette intervention *la main de la Providence.* C'était pour moi l'ordre que Dieu me donnait de partir afin que s'accomplît ma mission et que Monseigneur Racine soit destitué de son poste d'évêque de Chicoutimi. Je rassemblai une autre fois mes bagages, fis mes adieux à tous et quittai Saint-Hugues.

Une fois à Québec, je m'arrêtai au *Journal de Québec.* J'y surpris Monsieur Dion installé devant une machine qu'il m'a dit être un clavigraphe et dont il me vanta la rapidité :

— Cette machine va révolutionner la pratique du journalisme. Pour écrire un article, je sauve la moitié de mon temps.

— Avec ma réforme de l'enseignement, nous serions aussi arrivés à la même chose.

— Vous y pensez toujours ?

— Je ne suis pas du genre à abandonner, et Dieu non plus. C'est pourquoi il m'enjoint de retourner en France porter devant l'évêque de Nantes le cas de Monseigneur Racine. Et s'il le faut vraiment, j'irai jusqu'à Rome.

Il me demanda de l'informer sur tout ce qui se passerait et il vint me reconduire lui-même au port de Québec où je m'embarquai sur *La Volonté*. Avec la fortune qui me revenait providentiellement, j'étais absolument résolu à me rendre jusqu'à Rome s'il le fallait pour que Monseigneur Racine fût enfin chassé du trône épiscopal de Chicoutimi et que l'abbé Arnauld, des missions sauvages du Labrador et d'Anticosti, y fût nommé à sa place.

17

Je n'étais pas aussitôt arrivé au Havre que je pris la route pour Nantes afin d'y revoir Monseigneur Fournier, espérant que cette fois-ci il se rangeât de mon côté. Nous avions abondamment correspondu tout le temps que j'avais été à Saint-François-du-Lac et à Saint-Hugues et il m'avait paru qu'il avait changé d'avis sur la mort de Monseigneur Conroy qu'il semblait maintenant accepter comme un miracle.

Mais lorsque j'arrivai à Nantes, ce fut pour apprendre une nouvelle fort désastreuse : il y avait à peine deux mois, Monseigneur Fournier était mort mystérieusement et, en autant que je pus en juger, je trouvai que c'était là l'œuvre du démon. Pendant toute l'année, le clergé nantais s'était divisé en deux camps au sujet d'un miracle qui s'était produit dans le diocèse, mettant en cause une jeune fille de la campagne que l'on disait avoir les stigmates. Après vérification, Monseigneur Fournier authentifia le miracle, ce qui eut pour effet de faire éclater la guerre dans le diocèse. Dénoncé à Rome par ses adversaires, Monseigneur Fournier dut partir pour l'Italie afin d'expliquer sa conduite. C'est dans le train l'emmenant à Rome qu'il trouva la mort, subitement et mystérieusement.

Lorsque j'arrivai à Nantes, tout cela venait à peine de se passer, et un nouvel évêque, Monseigneur Lecocq, avait pris la succession de Monseigneur Fournier. Échaudé par le miracle des stigmates, Monseigneur Lecocq n'était pas près de prendre parti pour quoi que ce soit. Aussi, pour prouver mes miracles à moi, n'avais-je d'autre choix que celui de la patience, de la prudence et de la ruse. J'allai m'installer à l'hôtel, y prenant cette chambre qui donnait sur la cathédrale.

Il me fallut six mois pour mettre mon plan au point. Ayant enfin compris qu'il ne me servirait à rien d'attaquer de front, j'avais choisi de le faire pour ainsi dire par la bande en demandant une audience à Monseigneur Lecocq pour un tout autre sujet. Voici ce à quoi j'avais pensé.

Je voulais organiser, sous forme de confrérie, une ligue du bien public ayant pour but de renverser l'éducation actuelle dont tout le monde souffre, mais particulièrement les enfants. Une communion par an, un chapelet par mois, une cotisation insignifiante, l'adhésion à la vérité, la diminution des heures d'études, la suppression des programmes officiels et du baccalauréat, la liberté absolue de l'enseignement à tous ses degrés, mais surtout l'affirmation du droit qu'a l'enfant d'être élevé pour sa vocation et non pas pour les autres. Tels étaient les principes fondamentaux auxquels, après mûre réflexion, je métais arrêté. On comprendra qu'il y avait là, en quelques mots, l'exposé d'une doctrine dont je ne doutais pas qu'il sortirait nécessairement pour le peuple d'immenses avantages. Content de l'avoir, sur le papier, menée à bonne fin, je me résolus ensuite d'agir immédiatement. Sachant que l'œuvre de la Propagation de la foi avait commencé à Lyon, dans la mansarde d'une pauvre ouvrière, je me suis dit, tout d'abord, qu'il me fallait prendre un point d'appui et choisir un collège pour recruter des adhérents. Car la jeunesse n'a pas d'arrière-pensée ; elle vit, d'ordinaire, droite et généreuse et, dans le présent cas, plus susceptible que les hommes faits de comprendre une chose qui l'intéresse directement. Saint-Stanislas n'étant pas autre chose que l'ancien collège de Couëts où j'ai été élevé, j'ai cru que je trouverais là quelques enfants pour se mettre à la tête du mouvement, et voilà pourquoi j'ai distribué, à la porte de l'établissement, toutes ces brochures que j'avais fait imprimer pour informer les gens de ma réforme. Si mes ouvrages ont produit un grand effet sur les enfants, les professeurs, eux, les ont confisqués, avec humeur et en se moquant d'eux. De sorte que je n'eus pas besoin de demander audience à Monseigneur Lecocq. Un matin que j'étais à ma chambre d'hôtel, le bedeau de la cathédrale de Nantes vint m'y voir pour m'annoncer que l'abbé Allard, doyen du chapitre, et donc bras droit de Monseigneur Lecocq, voulait me voir.

Ne doutant pas qu'il voulait me parler de la

mort miraculeuse de Monseigneur Conroy, je me rendis à l'archevêché, la tête et le cœur remplis d'espoir. L'abbé Allard me reçut dans son bureau rempli de livres grecs et latins. Je n'y vis rien là d'anormal parce qu'avant son entrée à la cathédrale de Nantes, l'abbé Allard avait longtemps été professeur. Il me fit asseoir, puis, sortant précipitamment d'un tiroir l'une des brochures que j'avais distribuées à la porte du collège Saint-Stanislas, il la jeta devant moi et me dit :

— Qu'est-ce que c'est que ça ?
— Vous l'avez lue ?
— Bien sûr que je l'ai lue.
— Alors vous en savez autant que moi sur la nécessité qu'il y a de réformer en profondeur notre système d'enseignement. Ce n'est pas moi qui le dis, mais Dieu lui-même dont il ne faut pas que vous doutiez que je suis l'envoyé, la Divine Providence me l'ayant signifié à Québec par la mort miraculeuse de Monseigneur Conroy.
— Monsieur Leroy, je suis au courant de tout cela. Le vicaire Texier de la paroisse de Vallet m'en a parlé.
— Et qu'avez-vous à y répondre ?
— Je n'ai pas à juger de ce qui s'est passé en Canada.
— C'est justement pourquoi je voudrais voir Monseigneur Lecocq.
— Je ne crois pas également que Monseigneur Lecocq ait à juger de cela non plus.

Je vis tout de suite que je n'avais rien à attendre de l'abbé Allard. Ce n'était qu'un vieux professeur nourri de grec et de latin, comme on en trouve dans tous les collèges, hommes d'abstractions qui vivent et meurent au son de la cloche, mais qui n'ont jamais acquis par eux-mêmes une connaissance pratique des choses. Pleins d'une science vaine, follement épris de leur inutile savoir, on les rencontre toujours, ces orgueilleux Pharisiens, ces scribes imbéciles, quand Dieu suscite quelqu'un pour faire connaître sa volonté aux hommes, à ces heures décisives de l'histoire où il faut que les forces sociales se concentrent et que l'autorité agisse avec vigueur. Eux, ces beaux Messieurs, épiloguent, discutent et argumentent, non pas avec le désir de chercher la vérité et de la trouver, mais avec la jalouse obstination d'hommes qui ferment systématiquement leurs yeux à la lumière. Aussi dis-je à l'abbé Allard :

— Alors, pourquoi m'avez-vous demandé de venir vous voir ?

— Pour vous enjoindre tout simplement de ne plus distribuer nulle part vos pamphlets dans le district du diocèse de Nantes. Nous prenons trop à cœur l'éducation de nos enfants pour accepter que quiconque cherchant à les débaucher ne soit pas mis hors d'état de nuire. Ceci étant dit, nous ne jugeons pas votre réforme : c'est au Ministère de l'instruction publique qu'il appartient de le faire.

Je me sentais devenir furieux mais comme je ne voulais pas m'emporter, je répondis simplement :

— Monsieur l'abbé, vous prenez en face

de la vérité une position qui n'est pas acceptable en principe. Parce qu'en effet, il ne s'agit pas pour vous d'une question à juger, mais, ce qui est bien différent, d'une question jugée par Dieu lui-même. C'est purement et simplement un autre acte de foi qu'il exige de vous. Et la preuve des miracles étant faite, je ne vous reconnais d'autre droit que celui d'obéir.

— Pensez de cela ce que vous voudrez, mais en ce qui me concerne, je ne changerai pas d'idée.

— Avec un système comme le vôtre, même Jeanne d'Arc n'aurait pu établir sa mission. Dieu veuille que, par votre faute, dans l'effroyable bouleversement qui se prépare, les victimes innocentes ne soient pas trop nombreuses !

— Monsieur Leroy, vous n'êtes qu'un faux prophète, et tout ce qui vous reste à faire, c'est de sortir d'ici !

— Quand bien même je cesserais d'être catholique pour me faire mahométan ou juif; quand bien même, abandonnant le droit chemin, j'entasserais sottise sur sottise, la vérité serait encore la vérité, et elle vous condamnerait. Personne ne peut la détruire, ni l'affaiblir, pas même moi. Et à défaut de m'entendre, c'est Dieu lui-même qui se chargera de vous le faire assavoir !

Je sortis de chez l'abbé Allard animé d'une colère telle qu'elle ne pouvait pas ne pas venir de Dieu. Je m'en retournai à ma chambre d'hôtel, décidé à y attendre là la suite des événements. Ils ne tardèrent pas. Dès le lendemain, j'apprenais qu'un élève de Saint-Stanislas, en plein cœur de la nuit, y avait trouvé une mort aussi mystérieuse que subite, dans son lit. Il ne pouvait pas faire autrement que de s'agir d'un miracle. Je m'emparai de l'affaire, comme il se doit, et me mis à faire le tour de Nantes afin d'alerter le clergé pour qu'il comprît que la mort de l'élève de Saint-Stanislas ne faisait que s'ajouter à une longue chaîne de miracles et de calamités qui, de France en Canada, avaient marqué ma route depuis la nomination du grand-vicaire Racine comme évêque de Chicoutimi.

J'en parlai d'abord à l'abbé Beuchet. Pour toute réponse, il me dit:

— Puisqu'on s'est passé de miracles jusqu'à maintenant, on peut bien s'en passer encore.

Il me rétorqua cela sans sourciller, sans même s'apercevoir qu'il disait une grosse bêtise. J'ai mangé hier, c'est une raison pour ne pas manger aujourd'hui, n'est-ce pas? Louis XIV avait sur les miracles du Sacré-Cœur à peu près les mêmes idées que l'abbé Beuchet et, quand le père La Chaise, un jésuite pourtant, lui eut transmis le message de la Bienheureuse, il répondit que c'était une folle et qu'on n'avait qu'à l'enfermer. Aussi, avant de m'en aller, redis-je à l'abbé Beuchet les mots de sainte Hildegarde au clergé:

— Vous devriez être comme des colonnes de feu marchant à la tête des peuples, et vous êtes des reptiles malfaisants, distillant le plus noir venin!

Je sortis de chez l'abbé Beuchet pour me rendre chez l'abbé Texier, grand-vicaire à Saint-Pierre. Mis au courant de tout, il me dit :

— Je ne suis ni pour ni contre.

Et il me renvoya poliment à l'abbé Boutin, diacre d'office à la cathédrale de Nantes. Je lui refis mon boniment, l'enjoignant, puisque j'étais l'envoyé de Dieu, de me croire et de m'obéir. Il me dit :

— Comment ? On serait obligé de vous croire et de vous obéir, à *vous* ?

— Certainement, et pourquoi pas ? Je suis bien obligé, moi, pour me sauver, de croire en vous et aux incroyables prérogatives dont vous jouissez comme prêtre.

— Sortez d'ici ! tonitrua-t-il. Et faites en sorte de ne plus jamais revenir !

Loin de me décourager, je continuai ma tournée auprès du clergé de Nantes. Je ne m'étonnai pas davantage lorsque le gros curé Bliguet ne voulut même pas me recevoir et que l'abbé Constant, une fois que je lui eus tout raconté, me dit :

— On n'est pas obligé de croire à la mission surnaturelle d'un homme.

La belle affaire ! Devant tant de mauvaise foi, il fallait me rendre à l'évidence : le clergé de Nantes avait pris le parti du démon contre moi et je ne pourrais rien obtenir à moins de jouer de ruse. Apprenant qu'on attendait la venue à Nantes de douze prélats étrangers pour le couronnement de Notre-Dame-de-Toutes-Aides, je vis là l'occasion attendue par moi de me faire entendre. Mais ne voulant pas mettre la puce à l'oreille de Monseigneur Lecocq, j'annonçai à tous mon départ. Je quittai bel et bien ma chambre d'hôtel, mais ce fut pour m'en aller me réfugier dans une petite ville voisine, désireux d'y attendre là l'arrivée des douze prélats étrangers. Me croyant parti au loin comme je l'avais laissé entendre, Monseigneur Lecocq ne tarda pas à se manifester dans la *Semaine religieuse*, par un article qu'il écrivit à mon sujet, sous le prétexte de parler du livre que le Père Pouplard venait de publier : *Un mot sur les visions, révélations et prophéties*. À la lecture de cet article, il m'apparut évident que Monseigneur Lecocq ne s'adressait, en fait, qu'à moi. Il écrivait :

« Le livre du Père Pouplard fera comprendre à tous de quelle extrême réserve on doit user en présence de certains phénomènes plus ou moins extraordinaires, et aussi combien il importe de se tenir en garde contre les pièges et les illusions de ce faux mysticisme, fruit de l'orgueil ou d'une imagination exaltée, qu'on a vu trop souvent se produire dans notre siècle, à la grande joie de celui que l'Écriture nomme le Père du mensonge et au détriment de la religion elle-même. »

Après la lecture de cet article, il m'était facile de comprendre que depuis mon arrivée à Nantes, le peu de succès que j'avais obtenu venait du refus de Monseigneur Lecocq et des ordres qu'il avait donnés partout dans le diocèse pour m'éliminer de la circulation. Il me fallait donc tenter un grand coup pour lui faire entendre raison.

Aussi, dès que les douze prélats étrangers furent à Nantes, je m'employai à épier tous leurs mouvements. Je sus, par une personne que je mis dans la confidence et qui, pour cela, doit rester secrète, que les douze prélats étrangers et Monseigneur Lecocq devaient se réunir à la salle capitulaire de la cathédrale de Nantes. Je m'étais caché non loin de là, et attendis que la lourde porte se refermât sur eux pour faire mon apparition. Devinez leur étonnement quand j'arrivai au milieu d'eux et que ne laissant à personne le temps de parler, je leur expliquai à eux tous le but de ma mission. La circonstance étant exceptionnelle, et pris totalement par mon discours, je ne m'aperçus pas que l'abbé Allard avait quitté la salle capitulaire et était sorti. Les douze prélats étrangers et Monseigneur Lecocq m'écoutaient en silence et je crus vraiment, cette fois-ci, que je tenais la victoire. Comme je me trompais dans ma naïveté! Car je n'avais pas encore terminé mon réquisitoire que l'abbé Allard revenait dans la salle capitulaire, escorté de six gendarmes. Ceux-ci m'obligèrent à les suivre. Ils me firent monter dans une voiture, me demandèrent à quel hôtel je logeais, m'y conduisirent mais, une fois arrivé devant la porte, refusèrent de me laisser descendre. Deux gendarmes furent envoyés à ma chambre, pour y prendre mes bagages. Ils les apportèrent dans la voiture, et nous repartîmes aussitôt. Nous roulâmes jusqu'aux limites du diocèse de Nantes, et c'est là seulement qu'on me pria de descendre, me montrant la route devant moi et me disant :

— Maintenant, vous pouvez aller où vous voulez et faire ce que vous voulez. Mais ne songez plus à remettre les pieds à Nantes, sinon nous vous arrêterons pour vagabondage et subversion.

Le procédé était tellement gros que je ne répondis rien, descendis mes bagages de la voiture, et pris aussitôt la route. Mon idée était faite : puisque personne ne voulait m'entendre, ni en Canada ni en France, eh bien! j'irais à Rome. Désormais, le Pape seul avait autorité pour agir. Je n'arrêterais qu'au monastère d'Aiguebelle afin de me faire donner une lettre de recommandation du Père Aurèle, puis je me rendrais à Marseille et m'embarquerais sur le premier vaisseau venu pour l'Italie. Je ferais un pèlerinage dans toutes les villes saintes de l'Italie pour que Dieu me donnât le courage d'affronter même le Pape s'il le fallait.

Mais je ne doutais pas de sa réponse et c'est pourquoi, rempli d'espoir, je me retrouvai à Marseille et payai mon passage à bord du *Bienheureux*. Coïncidence qui me parut de bonne augure, *le Bienheureux* transportait une foule de pèlerins qui, venus des quatre coins du monde, allaient faire comme moi le tour des villes saintes de l'Italie avant de voir le Pape à Rome. Mais moi seul me rendrais jusqu'à lui puisque c'était là ce que Dieu exigeait.

18

Il y a ceci de particulier chez les pèlerins, c'est que, venus de très loin dans le monde pour se rendre compte de la toute-puissance de Dieu, ils mettent plus de temps aux choses profanes qu'à celles de la religion. Moi qui croyais arriver en Italie et ne voir que les manifestations les plus pertinentes de la foi, je déchantai rapidement : mes compagnons de voyage mettaient plus d'enthousiasme à visiter les rues sordides des villes où nous nous arrêtions qu'à chercher vraiment à comprendre ce qui, au niveau de la spiritualité, en faisaient la grandeur.

Durant la traversée, je m'étais lié d'amitié avec un jeune abbé américain, et il ne mit pas de temps à partager mon avis. Aussi, au lieu de suivre la foule des pèlerins qui se jetaient dans le ventre des villes comme des pourceaux à qui l'on donne des perles, avons-nous souvent préféré partir seuls afin de nous recueillir à notre aise dans les lieux saints rencontrés par nous.

C'est ainsi qu'à Gênes, nous nous rendîmes dans la petite chapelle de Saint-Jean-Baptiste, moi particulièrement heureux de m'y retrouver parce que le Canada vivait toujours en moi et que saint Jean-Baptiste était son patron titulaire. Étonnés de voir qu'il n'y avait pas de femmes dans la chapelle, l'abbé américain et moi, nous nous en informâmes au bedeau. Il nous répondit que les femmes n'avaient le droit de venir à la chapelle qu'une fois par année, à cause de l'animosité que leur sexe suscitait toujours depuis le meurtre de saint Jean-Baptiste, commis pour satisfaire les caprices d'Hérodiade. Quelque part dans la chapelle, il y avait un petit coffre dans lequel reposaient les cendres de saint Jean-Baptiste; il était entouré d'une chaîne, celle-là même qui le tenait attaché quand il était en prison. L'on nous montra aussi un portrait de la Sainte-Vierge peint par saint Luc et, mon ami et moi, nous saluâmes l'humilité de ce grand apôtre qui, dans ses textes, n'avait jamais mentionné qu'il était peintre.

À Milan, nous nous recueillîmes devant la *Dernière scène* de Leonardo da Vinci, admirant ce qu'il y a de plus beau dans ce chef-d'œuvre, les visages et les regards véritablement inspirés, comme si Dieu les brûlait de son souffle même.

Mais ce qu'il y avait de plus grand encore à Milan, c'était que partout où nous allions, nous rencontrions des signes religieux: l'image rudimentaire d'un saint encastré dans une énorme croix, ou un pilier de pierre au bord de la route. Une sculpture du Sauveur nous émut particulièrement: elle le représentait en croix, le visage déformé par l'agonie; il y avait les blessures de la couronne d'épines, la plaie au côté, les mains et les pieds transpercés, les marques de fouet et, de chaque partie de son corps, coulait un flot de sang. Si cela me toucha autant, c'est qu'il me sembla que dans cette sculpture, je me retrouvais entièrement, à ceci près que le Pape pouvait encore tout changer, ce qui n'avait pas été la possibilité du Christ forcé par sa mission à mourir horriblement.

Mais j'avais hâte d'arriver à Venise parce qu'il y avait là la cathédrale Saint-Marc, la plus illustre des cathédrales, bâtie entièrement de marbres précieux venus d'Orient, même les cinq cents gigantesques colonnes qui la soutenaient. Sous l'autel reposaient les cendres du saint. L'abbé qui nous montra l'autel nous raconta que saint Marc avait apprivoisé un lion et qu'il voyageait toujours avec lui: c'était son protecteur, son ami et son bibliothécaire. Voilà pourquoi le lion ailé de saint Marc, avec sa patte posée sur la Bible ouverte, est-il devenu le symbole favori de Venise. L'abbé nous dit aussi:

— À l'époque de la fondation de Venise, un prêtre eut ce songe d'un ange lui apparaissant pour lui dire que tant que les restes de saint Marc ne seraient pas apportés à Venise, la ville ne serait jamais bien haut dans l'image des nations. Pendant quatre cents ans, on fit de nombreuses expéditions pour rapporter les restes de saint Marc. On ne devait y réussir que grâce à un stratagème inspiré par Dieu: le chef de l'expédition s'appropria les os de saint Marc qu'il répartit dans des urnes contenant du saindoux. Comme les musulmans abhorraient le porc, ils ne touchèrent pas aux urnes qui purent ainsi passer facilement la frontière et venir jusqu'à Venise. C'est ainsi que tout se passe, et personne n'y peut rien, quand Dieu se manifeste par le songe.

Même s'il y avait foule autour de nous, je fus certain que c'était à moi seul que s'adressait l'abbé. D'ailleurs, et tout au long de notre visite, il me jeta de pressants regards, comme s'il avait tout deviné de moi. Mon sentiment fut de croire que l'abbé était un ange que Dieu avait mis sur mon chemin pour m'encourager dans ma mission, me démontrer que j'en étais indigne mais qu'avec sa compassion, j'aurais bientôt raison de tous mes ennemis.

C'est dans cet état d'esprit que j'arrivai à Rome. Dès que j'y fus, je n'eus rien de plus pressé à faire que de me rendre à l'église de Saint-Pierre où je payai vingt piastres, comme à Milan, Venise et Gênes, pour faire dire des messes. L'église avait été décorée récemment pour une grande cérémonie en l'honneur de saint Pierre, et des gens étaient occupés à retirer les fleurs et le papier doré des murs et des piliers. Comme aucune échelle n'aurait été assez haute, les hommes s'élançaient des balustrades et des chapiteaux, suspendus à des cordes, pour faire ce travail. C'était très impressionnant, tout autant que la foule considérable qui avait envahi l'église, désireuse comme moi de se recueillir devant un morceau de la Vraie Croix, quelques clous et une partie de la couronne d'épines.

Cela me rappela l'année 1867 alors que je m'étais aussi retrouvé dans l'église de Saint-Pierre, avec le bataillon des zouaves dans lequel je m'étais engagé afin de défendre le Souverain Pontife contre les hordes barbares de Garibaldi ! Mon Dieu que le temps avait passé ! Et quel chemin j'avais parcouru depuis, et qui me ramenait à Rome, non plus pour voir le Pape dans ses jardins, en train de distribuer des oranges et des bouquets de fleurs, mais bien pour l'informer que Dieu avait fait de moi son envoyé par une série de miracles qui voulaient que Monseigneur Racine fût démis de sa fonction d'évêque de Chicoutimi ! À genoux devant le morceau de la Vraie Croix, je restai de longues heures à prier, heureux d'avoir été choisi par Dieu malgré mon indigence. J'étais dans une méditation si profonde que l'on dut me réveiller et me signifier que l'église fermait ses portes pour que je m'en aille.

Une fois dehors, je fus étonné de voir que la nuit tombait déjà. Il était grand temps pour moi de me rendre chez le procureur-général des Trappistes. Grâce à la lettre de recommandation que m'avait donnée le Père Aurèle d'Aiguebelle, je fus reçu avec sympathie. Mais lorsqu'on me demanda ce qui m'emmenait à Rome, je bredouillai une vague réponse. J'avais connu jusqu'à présent trop de déboires pour avoir parlé trop vite, de sorte que la prudence s'imposait presque d'elle-même. De plus, j'étais bien conscient qu'il me fallait à tout prix rencontrer le Pape puisqu'étant donné que j'étais

Les ossements des capucins.

désormais à Rome, j'étais bien obligé de réussir ou de mourir. Parce que le procureur-général des trappistes insistait, je lui fis un pieux mensonge : j'étais venu à Rome pour l'archevêque de Québec qui m'avait chargé d'une lettre de la plus haute importance à remettre personnellement au Pape. Il me dit :

— Vous savez, il vient à Rome des milliers de personnes qui désirent toutes voir le Pape pour des choses plus importantes les unes que les autres. Je ne voudrais pas vous décourager mais je doute fort que vous puissiez arriver jusque là. Mais quoi qu'il en soit, si vous tenez vraiment à ce que je vous écrive une lettre de recommandation, je vais le faire, avec grand

La crypte mortuaire des capucins.

plaisir.

Non satisfait de m'écrire cette lettre, le procureur-général des Trappistes trouva à me loger à Rome chez une Dame Lavigne qui tenait, *via delle Mercede*, une espèce d'hôtellerie pour les pèlerins. J'y arrivai avec la nuit et y fus reçu avec une grande cordialité. Comme je n'avais à peu près pas mangé de la journée, Madame Lavigne, malgré l'heure tardive, accepta de m'ouvrir sa cuisine. Mais plus je l'entendais parler, plus son accent me rappelait celui des Canadiens chez qui j'avais habité à Québec, Saint-François-du-Lac et Saint-Hugues. Quand je le lui dis, elle s'écria:

— Mais c'est que je viens de Québec! Je

n'habite Rome que depuis une dizaine d'années.

C'était vraiment une coïncidence hors du commun. À peine parti du Québec pour venir à Rome, il fallait que je tombasse sur cette dame Lavigne expatriée en Italie! Comment avait-elle pu aboutir ici? Lorsque je le lui demandai, elle m'expliqua qu'elle n'avait toujours eu qu'un but dans la vie: donner un enfant à Dieu pour qu'il devînt prêtre. Elle n'en avait eu qu'un seul qu'elle avait élevé chrétiennement avec son mari, lui faisant faire ses études au Grand Séminaire de Québec. Devenu capucin, son fils était venu à Rome, au couvent des Capucins, afin d'ajouter encore à ses études. Et Dieu avait voulu qu'il y restât. Son mari étant mort, et se retrouvant toute seule, Madame Lavigne éprouva l'ardent désir de se rapprocher de son fils. Elle vendit donc tout ce qu'elle possédait à Québec, s'embarqua pour l'Italie et, sur les conseils de son fils, ouvrit cette hôtellerie pour les pèlerins. Je trouvai que c'était une belle histoire, à son image. Je lui dis même que ce n'était sans doute pas pour rien si Dieu avait voulu que je m'abrite chez elle. Croyant que je faisais comme tant d'autres un simple pèlerinage, elle me demanda si j'avais visité la grande crypte du couvent des Capucins. Je lui répondis que j'avais vu beaucoup de choses à Rome, mais pas celle-là. Elle me dit:

— C'est mon fils qui est chargé de son entretien. La première fois que j'y suis allée, je n'en croyais pas mes yeux. Pensez donc! Toutes les décorations de la grande crypte sont faites des ossements des moines qui ont habité le couvent et y sont morts. C'était la première fois que je voyais des arcades et des motifs architecturaux entièrement formés par des vertèbres ou bien des côtes. Ne croyez-vous pas qu'il faut beaucoup de piété et un grand amour de Dieu pour lui rendre un tel hommage?

J'en convins aisément, comme de l'excellence du repas qu'elle m'avait si gentiment préparé. Évidemment, elle me demanda ce que j'avais fait à Québec, et je lui racontai tout, certain que Dieu l'avait mise sur mon chemin pour qu'elle me vînt en aide. Elle m'écouta religieusement, je dirais, m'interrompant à l'occasion pour me demander un renseignement supplémentaire. Quand j'eus terminé, je ne pus m'empêcher de lui dire :

— Je ne sais pas pourquoi je vous raconte tout cela, sans doute parce que je vois en vous cette mère qui m'a toujours fait défaut. Pour le reste, je ne me fais pas d'illusion : vous ne devez pas me croire davantage que tous ceux à qui, jusqu'à présent, j'ai confié toutes ces choses.

Elle me répondit :

— Je crois que les miracles existent puisque mon fils, à sa naissance, et selon l'avis du médecin, ne devait pas vivre plus de deux ou trois jours. Or, la nuit de sa naissance, j'ai eu un songe : mon fils allait vivre si je consacrais tout le reste de ma vie à sa cause et à celle de Dieu. C'est ce que j'ai fait, avec obstination, et aujourd'hui, je n'ai pas à m'en repentir.

C'était plus qu'une alliée que je trouvais en Madame Lavigne, mais comme l'image réincarnée de la Sainte-Vierge elle-même. J'y vis là le résultat des nombreuses messes que j'avais fait dire aussi bien à Venise qu'à Gênes, aussi bien à Milan qu'à Rome. Rassuré par ce signe que Dieu m'envoyait, je montai à ma chambre, bien décidé, dès le lendemain, à me rendre au Vatican afin d'y demander audience au Pape. Je dormis comme un ange, rêvant que dans les jardins du Vatican, le Pape devisait tranquillement avec moi, faisant venir son camérier et lui enjoignant d'écrire à Monseigneur Dominique Racine de Chicoutimi pour lui apprendre que lui, le Pape, avait décidé, à cause des révélations que moi l'envoyé de Dieu je lui avais faites, de le faire descendre de son trône épiscopal et d'y mettre à la place l'abbé Arnauld des missions sauvages du Labrador et d'Anticosti. J'étais heureux. De toute façon, n'était-il pas normal que, tôt ou tard, Dieu triomphât?

19

Le lendemain, je me levai tôt et me mis résolument à la tâche afin d'obtenir cette audience avec le Pape, audience de laquelle tout dépendait. Durant le petit déjeuner, je fis la connaissance du chanoine de Marseille et de trois religieuses des environs de Vannes qui me dirent qu'ils étaient à Rome depuis huit jours, attendant qu'on leur accordât une audience et qu'ils ne pouvaient l'obtenir. Je leur fis assavoir qu'avec moi, tout serait différent parce que c'était ainsi que Dieu le voulait. Je sortis donc de l'hôtellerie de Madame Lavigne, prêt à remuer ciel et terre. Muni de la lettre de recommandation du Père Aurèle d'Aiguebelle, et de celle du procureur-général des Trappistes, j'arpentai durant trois jours les couloirs du Vatican, frappant à toutes les portes, voyant tout le monde qui, à Rome, était susceptible, de par ses fonctions, d'avoir une influence quelconque. À la longue, il me fallut bien m'avouer que je n'obtiendrais rien par les voies ordinaires : si le Pape n'accordait pas d'audiences à de saints religieux qui avaient traversé toutes les mers pour venir le voir, comment pouvais-je bien croire que ceux qui travaillaient sous ses ordres daigneraient seulement m'écouter ?

Aussi, à la fin du troisième jour, je revins à l'hôtellerie de Madame Lavigne plutôt désenchanté. Le chanoine de Marseille me dit :

— Je vous avais prévenu, mon pauvre ami. On n'entre pas au Vatican comme on va chez le marchand de livres. Comme nous, vous en serez quitte pour votre peine et devrez renoncer. Nous retournons demain à Marseille.

J'aurais préféré mourir plutôt que d'en arriver là. C'est ce que je dis au chanoine de Marseille et à Madame Lavigne, ajoutant :

— Puisqu'il semble plus facile de s'adresser à Dieu qu'à ses saints, eh bien ! je vais écrire directement au Pape. On verra bien.

J'écrivis donc cette lettre :

« Votre Saint-Père le Pape,

« Je suis venu de Québec à Rome pour répondre à la mission extraordinairement importante que Dieu m'a confiée. C'est pourquoi il est d'une extrême urgence que je puisse vous voir avant qu'il ne soit trop tard. J'ai donc l'honneur de solliciter de votre Grâce une audience dans les plus brefs délais.

« Je demeure, bien humblement, votre serviteur et celui de Dieu. »

Je fis plusieurs versions de cette lettre mais, incapable de l'embellir vraiment, je me persuadai de l'envoyer, telle quelle, au Pape. Au grand étonnement du chanoine de Marseille et de Madame Lavigne, le Pape m'envoya aussitôt par une estafette une lettre d'audience pour le lendemain. Rasé de frais et aussi bien habillé que possible, n'admettant même pas qu'on pût me donner tort parce que j'avais raison, le lendemain, à l'heure fixée, j'étais à la porte du Vatican. Je fus aussitôt introduit chez Monseigneur Boccali, le secrétaire intime du Pape. Il me dit :

— Vous avez cinq minutes pour exposer votre cas. Que voulez-vous ?

— Je veux voir le Pape. Au Pape seul appartient le jugement de l'affaire qui m'amène.

— Vous voulez voir le Pape ? Ce n'est pas possible. Le Pape est trop occupé en ce moment pour vous recevoir.

— Il l'était tout autant en 1867 quand Garibaldi avait juré sa perte et que nous, les zouaves pontificaux, avons été reçus par lui sans même à avoir à le demander.

— Sans doute, mais les problèmes auxquels le Saint-Père fait face, avec tous ces grands bouleversements qu'il y a dans le monde, l'obligent malheureusement à refuser beaucoup d'audiences. Mais j'ai ordre de prendre connaissance de la question et c'est sur mon rapport que jugement sera rendu. Par conséquent, veuillez, aussi brièvement que possible, m'expliquer pourquoi vous êtes à Rome et ce que vous voulez.

— Eh bien, voici en quelques mots de quoi il s'agit. Après avoir fait dire quatre cents messes, j'ai su par des miracles quelle est la volonté de Dieu sur un point déterminé : Dieu veut que le Révérend Père Arnauld, religieux de la congrégation des Oblats, soit placé sur le siège épiscopal de Chicoutimi. Les évêques canadiens, et plus particulièrement Monseigneur Taschereau, archevêque de Québec, s'étant opposés à la chose, j'ai transmis l'ordre de Dieu à Son Excellence Monseigneur Conroy qui a refusé d'intervenir et qui, pour cela, est mort subitement le jour même du sacre de Monseigneur Dominique Racine, premier évêque de Chicoutimi. Je viens à Rome, au nom de Dieu, demander au Pape qu'il fasse descendre Monseigneur Racine du siège épiscopal de Chicoutimi, qui ne lui appartient pas, pour y faire monter le Révérend Père Arnauld. Voilà, en peu de mots, ce qui m'amène.

— Oh, oh! ce n'est pas peu de chose que vous demandez là!

— C'est vrai, Monseigneur. Mais ce que je demande, j'ai le droit de le demander. Est-ce que la mort de Son Excellence Monseigneur Conroy, le jour même du sacre de Monseigneur Racine, ne vous dit rien? Et les miracles qui sont venus par la suite, la guérison de Jean-Baptiste Morin avec de l'eau de Lourdes, les sermons de l'abbé Mothon à la basilique de Québec et l'épidémie de bêtes à patates qui a décimé les récoltes de tout le Canada peu de temps après le sacre de Monseigneur Racine, est-ce que cela ne vous dit rien aussi?

— Sans doute, et je le reconnais: la mort de Monseigneur Conroy et ce qui est survenu après constituent des événements extraordinaires et semblent vous donner raison. Mais puisque Monseigneur Racine est maintenant installé à Chicoutimi, que voulez-vous que nous y

Le Pape Léon XIII.

fassions ?

— Monseigneur, pensez-vous vraiment ce que vous dites? Parce que Monseigneur Racine est à Chicoutimi, quoiqu'il y soit sans droit, contre la volonté expresse de Dieu, vous croyez, vous, qu'il doit y rester. Mais alors qu'avez-vous à dire de l'occupation de Rome par les Piémontais? Ils y sont, qu'ils y restent!

— Écoutez, Monsieur Leroy...

— Je ne suis pas venu à Rome pour écouter mais pour que vous obéissiez à la voix de Dieu. Alors quand vous me parlez comme vous me parlez, savez-vous à quoi votre logique d'ecclésiastique me fait penser? Au fameux principe de Bismark.

— Le fameux principe de Bismark? Qu'est-ce que c'est que cela?

— C'est Bismark qui a dit et qui, de plus, s'est chargé d'appliquer cette idée qui veut que la force prime le droit.

— Je ne vois pas ce que cela vient faire dans notre affaire.

— C'est pourtant clair, ce me semble. J'ai le droit de demander la destitution de Monseigneur Racine du siège épiscopal de Chicoutimi parce qu'en somme la question est simple: y a-t-il eu miracles ou non, et suis-je ou ne suis-je pas l'envoyé de Dieu?

— Je vous l'ai dit: la mort de Monseigneur Conroy m'apparaît comme extraordinaire dans les circonstances. Mais Monseigneur Racine ayant été nommé par l'archevêque de Québec, nous sommes dans l'impossibilité de faire quoi que ce soit là-dedans. Il restera donc à son poste.

— Non, Monseigneur: il y est, c'est vrai, mais il faut qu'il en sorte, et il en sortira, ou bien il n'y a pas de justice à Rome et il est inutile, dès lors, d'en appeler au Pape. Or le Pape lui-même l'a dit: « Où il n'y a pas de justice, il n'y a pas d'autorité. » Ceci étant dit, ce n'est pas vous que je suis venu voir, mais le Pape lui-même. Lui seul, dans le cas présent, a l'autorité suffisante pour me donner gain de cause contre les évêques et, le jugement prononcé, pour se faire obéir. Mais je n'admets pas que le Pape, sans prendre par lui-même connaissance des choses, puisse savoir vraiment à quoi s'en tenir. C'est pourquoi je vous demande : vais-je oui ou non voir le Pape?

— Tout ce que je peux faire, c'est de lui transmettre votre demande.

— Vais-je oui ou non voir le Pape? Pouvez-vous m'en donner l'assurance aujourd'hui même?

— Je crois que vous auriez tort d'espérer pour rien.

— Monseigneur, j'en appelle au Pape mal informé au Pape mieux informé.

— L'audience est terminée, Monsieur Leroy. Je regrette.

— Je vous remercie quand même mais, avant de m'en aller, je voudrais poser la question comme elle doit être posée: ce n'est pas un jugement que je demande, c'est un ordre que j'apporte, un ordre de Dieu. Et le Pape lui-même n'a qu'une chose à faire: obéir à cet ordre et, en vertu de son autorité souveraine, forcer

Monseigneur Racine, qu'il le veuille ou non, à descendre de son siège. C'est au Père Arnauld seul qu'appartient le siège de Chicoutimi. Adieu, Monseigneur.

 Une estafette m'attendait à la porte pour me reconduire à l'extérieur du Vatican. C'est à ce moment que je me suis rendu compte de ma grande naïveté : croire qu'il est possible, quand on n'est rien, d'en appeler au Pape et d'être écouté ! Alors qu'il n'y a pas plus de justice à Rome qu'il y en a ailleurs. S'il y a quelque chose, il y en a moins. Oh justice ! n'es-tu donc qu'un vain mot !

 J'errai plusieurs heures dans les rues de Rome, et j'eus tout à coup beaucoup de pitié pour tous ces pèlerins venus du monde entier, en train de visiter les lieux saints, d'y prier et de s'y recueillir alors qu'ils ignoraient tout du Vatican et de ces prêtres qui, assis derrière de grandes tables, décidaient par eux-mêmes, et sans que le Pape le sache, de ce qu'il convenait de faire. Pauvre peuple ! Exploité dans tout ce qu'il est, à commencer par son éducation contrôlée par des prêtres ignares mais heureux du pouvoir qu'ils se sont accordé et peu désireux de s'en remettre à Dieu pour ce qui concerne vraiment la religion ! J'en étais absolument désenchanté et je comprenais enfin toute l'illusion et toute la chimère qui avaient été mon lot depuis ma naissance. À douze ans, j'avais eu cette révélation qui voulait que je devinsse missionnaire pour aller me faire casser la tête chez les barbares de Chine, mais mon père s'y était opposé parce qu'il désirait plus que tout au monde que je fasse mes études en médecine. Dès ce moment, et parce que je n'avais pas su être fidèle à mon idéal, je n'avais rencontré sur mon chemin que déboires et incompréhension, y perdant ma fortune et ma réputation. Pourtant, dans toute cette affaire, celle de Monseigneur Dominique Racine, c'était moi qui avais raison et trop de fois Dieu me l'avait confirmé pour que, même désespéré de tout, même du Pape, je cessasse de demander que justice fût enfin rendue. Peut-être même le Pape n'était-il pas un bon Pape, en ce sens que l'histoire de l'Église est pleine de Souverains Pontifes qui ont véritablement usurpé le trône de saint Pierre. N'avait-ce pas été le cas de Borgia, élu dans le meurtre et le sang, faisant tuer même des cardinaux parce qu'ils étaient ses adversaires ou, tout simplement, parce qu'il ne leur aimait pas la face? Qui me disait que le Pape actuel n'était pas, au fond, un Borgia déguisé qui, tels ces potentats d'Orient, vivait grassement, dans la corruption et le stupre le plus éhonté? Car, après tout, pouvait-on faire confiance à quelqu'un enfermé dans le Vatican comme au centre d'une forteresse, avec une infinité de sbires pour empêcher qu'on vienne jusqu'à lui, même seulement pour lui parler? Luther avait eu raison de se révolter contre l'Église, contre cette Église exploitant l'homme. Et s'il fallait que j'aille jusque là, c'est-à-dire passer le reste de mon existence à exiger la destitution du Pape, eh bien! je le ferais. Je n'avais pas usé de ma vie à défendre une cause aussi importante que la mienne, et abandonner parce que le Pape n'avait pas le temps de m'écouter. Et si Dieu voulait que je souffrisse encore pendant des années, alors je le ferais.

C'est dans cet état d'esprit que je me trouvais lorsque je revins à l'hôtellerie de Madame Lavigne. Je lui dis :

— Madame Lavigne, je vous prédis qu'après que le Pape qui est actuellement à Rome sera mort, il n'y en aura plus que dix autres qui viendront après lui. La fin du monde aura donc lieu au plus tard au milieu du siècle prochain.

Je n'eus pas besoin de lui apprendre que le Pape avait refusé de me recevoir. Elle me demanda :

— Qu'allez-vous faire maintenant ?

— J'ai encore un peu de fortune qui m'est venue providentiellement de l'héritage que m'a laissé une vieille tante. Mon intention est maintenant d'écrire un livre, de le faire traduire en italien et de le distribuer partout à des milliers d'exemplaires. Parce qu'en somme, que je le veuille ou pas, tout dépend encore du Pape.

Je montai donc à ma chambre, décidé à y rester tant que je n'aurais pas écrit mon livre qui prouverait hors de tout doute, même au Pape, que Dieu m'avait choisi comme son envoyé afin de dire à toutes les nations que Monseigneur Dominique Racine avait usurpé le siège épiscopal de Chicoutimi, qu'il devait en descendre pour laisser sa place à l'abbé Arnauld des missions sauvages du Labrador et d'Anticosti. Le reste, pour moi, n'avait plus aucune importance et n'en aurait pas davantage tout le temps que j'aurais encore à vivre.

Je me mis donc à écrire, avec fureur, convaincu que c'était Dieu lui-même qui traçait pour moi les mots sur le papier. Et j'étais bien décidé à écrire tout le temps qu'il faudrait, et bien plus longtemps encore. Car si Dieu était là, ce ne pouvait être pour rien.

Trois jours et trois nuits s'écoulèrent ainsi, dans cette fébrilité sans nom qui me mit bien en avant dans mon livre. Mais il était écrit entre les lignes que je n'aurais pas le loisir de l'achever puisqu'à l'aube de la quatrième journée, Madame Lavigne me fit mettre à la porte par les gendarmes romains. Il me fallait donc m'avouer que j'avais tout perdu et qu'il ne me restait plus qu'à me jeter dans cette absurde fuite en avant qui, avant mon départ d'Italie, me fit acheter un revolver dont je ne savais trop à quoi il me servirait. J'épuisai le reste de ma fortune à sillonner l'Europe en tous sens et à semer derrière moi les espions que le Pape et Monseigneur Dominique Racine de Chicoutimi envoyèrent à mes trousses, même en Canada où je retournai une dernière fois avant de revenir à Paris, bien décidé maintenant à obliger le Pape à descendre de son Trône, dussé-je pour cela me servir contre lui de mon revolver. J'eus toutefois l'imprudence de m'ouvrir de mon projet à l'hôtellier chez qui je pensionnais à Paris, et c'est ainsi que j'ai été arrêté et conduit, revêtu d'une camisole de force, à la Maison de Santé. Quand j'entrai dans cette grande salle blanche et que l'on me délesta de ma camisole de force, le sourire me revint: à l'autre bout de la grande salle, le Souverain Pontife, assis sur un trône d'or, me faisait signe de la main de venir vers lui, sans doute pour m'offrir ces fleurs et ces oranges qu'il y avait dans la corbeille devant lui. Je serrai les dents, m'approchai du Pape, sortis de sous ma ceinture mon revolver et fis feu.

Montréal-Nord/Trois-Pistoles,
octobre 1981 — août 1982.

F Beaulieu, Victor-Lévy 32,475
BEA Moi Pierre Leroy, prophète, martyr et un peu fêlé du chaudron.

DATE DUE
DATE DE RETOUR

APR 2 1
JUL 21
JAN 2 1988

DISCARDED

LOWE-MARTIN No. 1137